◎《中国诗词大会》官方独家授权　◎中国

诗词的力量

《中国诗词大会(第二季)》节目组　编著

北京联合出版公司
Beijing United Publishing Co.,Ltd.

中国诗词大会

诗香浸润心灵，阅读点亮人生

中国是一个诗歌的国度，古诗词是我们民族文化的精华。中国诗词是我们独有的文化瑰宝，是沉淀在每一位中华儿女血脉里的文化基因，能唤醒每个人心底最温暖的记忆。2017 年新春佳节之际，《中国诗词大会》（第二季）的热播，成为一场现象级的文化盛宴，犹如一道清流直入人心、浸润心灵，也让我们共同开启了一段关于诗词的美妙心灵之旅。

世上最美的时光，那是读书的时光。阅读，是一种最美的姿态。从台下的百人团到台上的选手，从嘉宾到主持人，所有人都深刻地诠释了什么才叫真正的"腹有诗书气自华，最是书香能致远"。中华古诗词对精神的提升，人格的塑造，情感的陶冶，文化素养的形成，语言能力的形成等方面，有着不可估量的作用。

赏中华诗词，寻文化基因，品生活之美。诗词是语言、情感的提纯，更是精神的提纯。它能够给人提供一种心灵滋养，抚慰、纯化、提升心灵，所形成的美好意象和情感会一直流传。诗词会内化成人的审美能力和审美情趣，让每个读它的人，从中悟道，这也是古人的智慧。古人早就有诗教一说，诗歌能起到教化人心的作用。诗词里面蕴含永不褪色的真善美，讴歌友情的美好、爱情的美好、生命的美好，让人的心灵受到洗礼，从而变得温柔敦厚。习近平总书记曾经指出："追求真善美是文艺的永恒价值。艺术的最高境界就是让人动心，让人们的灵魂经受洗礼，让人们发现自然的美、生活的美、心灵的美。"

许多网友感叹，看了《中国诗词大会》，才知道一度被他们所遗忘的诗词竟然是那么有趣，中国诗词歌赋真是让所有语言都失色的存在。传统诗词，穿越时代而仍然有着浸润心灵、启迪人心的力量。"腹中贮书一万卷，不肯低头在草莽。”在《中国诗词大会》第二季的舞台上，我们见证了太多打动人心的故事，触动了我们情感的共鸣。以诗词寄托对父母亲思念的8岁男孩冯子一，坚信生活总会厚待努力的人的独臂女孩张超凡，人生处处是诗意的修车大爷王海军，“千磨万击还坚劲”的抗癌农民白茹云，一身都是诗意的工科文艺女陈更，用诗词精神追逐法治梦想的检察官时秀元，凭诗词改变命运的小学教师刘泽宇，用诗词通知取快件的快递大叔曹中希，一直怀有诗人梦想的歼十战机工程师高松，用诗词抗击病魔的乐观少女王越彤，有“人肉背诗机”美誉的北大全才彭敏，以诗为药的生命斗士孙东辉，拥有古典气质的夺冠才女武亦姝……

百位选手，百样人生。他们都是普通人，是诗词让他们在或浮躁纷扰、或艰难困苦的环境中仍能保持一份心中的恬淡、宁静，也让观众感悟到古典诗词滋养的诗意人生。在春风化雨、润物无声中，汲取我们民族生生不息、发展壮大的丰厚滋养。

《中国诗词大会》（第二季）节目播出后，长期占据同时段收视率榜首，深受全国广大观众喜爱。其中不少参赛选手给观众留下了深刻印象，为了让更多读者了解这些参赛选手背后与诗词结缘的故事，本书精心选取了七位颇具代表性的参赛选手，叙述他们的赛场表现、与诗词结缘相伴、从诗词中汲取前行力量的励志故事，重温那些美好的诗词，分享诗词之美，感受诗词之趣，充分领悟传统文化的艺术魅力，重点突出古诗词如何给现代人带来积极向上的“正能量”，如何让人寻得“生活的诗意”。

他们都是平凡的人，并没有显赫的人生履历，但无一例外，诗词在他们生命中都扮演了极其重要的角色。诗词，陪伴他们经历过疾病、生死的考验，让他们略显平淡庸常的人生多了一份诗意与精彩，也完美诠释了知识改变命运的真谛。

在诗歌已经走下神坛,诗人与诗歌一度被冷落、被误解、被冷落、甚至被嘲笑的时代,他们并没有随波逐流,放弃自己对于诗歌的挚爱。这份执着,是否打动了你?

他们并没有因为病痛的折磨、身体的残疾而一蹶不振,丧失生活的勇气,反而通过诗词的洗涤,变得乐观向上,笑对人生,真正成为生活的强者。这份坚韧,是否感染了你?

毋庸讳言,让《中国诗词大会》备受推崇的,并不仅仅是这些"行走的诗词库",还有他们与诗词结缘又被其改变的人生经历,以及整个节目所展现出来的中国诗词之美。《中国诗词大会》成功唤醒了每个人心中的诗和远方,让我们重新体会到中华经典诗词中所蕴藏的强大精神力量,从古人的智慧和情怀中汲取营养,丰富智慧,涵养心灵,提升个人文化水平与文学修养,也让我们在榜样的力量中砥砺前行。谁还能说诗词只是束之高阁的发黄经卷,是用以挤过高考独木桥、赢得文凭的一纸凭证呢?诗词不在远方,诗词就在脚下,诗词就是生活本身。

我们读诗、写诗并不是因为它们好玩,而是因为我们是人类的一分子,而人类是充满激情的。没错,医学、法律、商业、工程,这些都是崇高的追求,足以支撑人的一生,但诗歌、美丽、浪漫、爱情,这些才是我们活着的意义。

诗词有润泽人们内心的力量,在领悟诗词之美的同时,成为一个能赏析,能感受,能领会生活之美的人。那些感受诗词之大美的人,也能从中获得生命的力量,直至一生。生活不只是眼前的苟且,还有诗和远方。

诗言志,词蕴情。当代人应时时以中华经典诗词之美感慰藉心灵、涵养精神。从此,你会发现,走向远方的人生路上,定有一缕诗香伴你同行,这份大美,赖有春风能领略,一生相伴遍天涯。生命因诗词而美丽,青春因智慧而飞扬。诗词,我的世界因你而亮丽。

一个伟大的民族，即使再富有，诗也不会显得多余；即使再贫穷，诗也不能被缺少。

孔子在庭训中告诫儿子孔鲤："不学诗，无以言"。诗者，志之所之也。在心为志，发言为诗。在生活中，当我们遇到困难或者挫折的时候，所想起的常常不是经典文献中的内容，而是警句一般的诗句，可能就是那简单的两句诗，就可以鼓舞起我们追求事业抑或爱情的决心。诗，是要去体悟的。有体验，方能悟入。诗道，是君子养成之道。学诗的人，要努力成为君子，有高尚的人生目标，有"为天地立心，为生民立命，为往圣继绝学，为万世开太平"的担当精神，学习古代读书人的志向和传统，书写大写的人生，成就自我，造福社会，担负起历史赋予我们的光荣使命。

《中国诗词大会》火了，也说明了人民大众对优秀文化是如此渴望，身在泱泱五千年文脉的文化古国大国，我们有广大的诗词爱好者，这就是古典诗词生根发芽最好的土壤——群众文化基础，这终究是让人兴奋的！

不忘初心，方得始终。

目　录

豁达乐观

诗意人生

第六章 王越彤 安居不用架高楼，书中自有黄金屋

高山流水

读书万卷

力俭者富

第七章 孙东辉 种桃道士归何处？前度刘郎今又来

柳暗花明

杜鹃啼血

以诗为药

第一章　冯子一

小荷才露尖尖角，早有蜻蜓立上头

冯子一，《中国诗词大会（第二季）》年龄最小的登台选手，登台时仅 8 岁。3 岁开始喜欢古诗词，4 岁已经认识两千多个汉字，深受姥爷的影响，走进了这个幽深有趣的古诗词乐园，他深知“学而不思则罔，思而不学则殆”的道理，希望自己小学毕业时能背会两千首诗词。

小池

【宋】杨万里

泉眼①无声惜②细流，树阴照水③爱晴柔④。
小荷才露尖尖角⑤，早有蜻蜓立上头⑥。

【注释】

① 泉眼：流出泉水的洞穴。
② 惜：舍不得。
③ 照水：倒映在水中。
④ 晴柔：晴天里柔和的风光。
⑤ 尖尖角：初出水端还没有舒展开的嫩荷叶尖端。

【赏析】

杨万里的书房名叫“诚斋”。他的诗有一个特点，诗法自然，即对哲理性的感悟都不是凭空而出的，而是从自然界景物当中领悟出来的。“小荷才露尖尖角，早有蜻蜓立上头”，在他看来，刚刚长出的“尖尖角”代表新生的力量，后来人们称这种诗为诚斋体，又如“一山放出一山拦”。这些感觉都很巧妙，让人有所领悟又不枯燥。宋代很多理学家爱写诗，一写就爱讲道理，让人感觉十分无趣。一些大家虽然也写哲理诗，人读了之后往往不觉得在说教。（康震）

润物细无声。有哲理性而无道学气，宋诗写到这个境界就比较好了。（蒙曼）

激扬赛场

恰同学少年，风华正茂

沁园春[①]·长沙

【现代】毛泽东

独立寒秋，湘江北去，橘子洲头。看万山红遍，层林尽染；漫江碧透，百舸[②]争流。鹰击长空，鱼翔浅底，万类霜天竞自由。怅寥廓，问苍茫大地，谁主沉浮[③]？

携来百侣曾游，忆往昔峥嵘岁月稠[④]。恰同学少年，风华正茂；书生意气，挥斥方遒[⑤]。指点江山，激扬文字[⑥]，粪土当年万户侯[⑦]。曾记否，到中流击水，浪遏飞舟？

【注释】

① 沁园春：词牌名，“沁园”原本是东汉明帝为女儿沁水公主修建的皇家园林，据《后汉书·窦宪传》记载，沁水公主的舅舅窦宪倚仗其妹贵为皇后之势，竟强夺公主园林，后人感叹其事，多在诗中咏之，渐成“沁园春”这一词牌。

② 舸：大船。这里泛指船只。

③ 沉浮：比喻事物盛衰、消长，也指随波逐流，这里指兴衰。

④ 峥嵘岁月稠：不平凡的日子是很多的。峥嵘，山势高峻，引申为卓越、不平凡。

⑤ 挥斥方遒：热情奔放，劲头正足。挥斥，奔放。方，正。遒，强劲有力。

⑥ 指点江山，激扬文字：评论国家大事，用文字来抨击丑恶的现象，赞扬美好的事物。

⑦ 粪土当年万户侯：把当时的军阀官僚看得同粪土一样。

【赏析】

1925 年正是“大革命”高潮的时候，毛泽东 30 岁刚出头，在湘江边上看“万类霜天竞自由”，天地之辽阔，宇宙之穹庐。毛泽东意气风发，胸怀壮志，想起过往英雄，看到江天万类，联想到身边同学。特别是最后一句，“曾记否，到中流击水，浪遏飞舟”，绝对可以和他几十年后写的“俱往矣，数风流人物，还看今朝”相提并论，可以说是遥相呼应的千古好词。

（康震）

毛泽东的诗词，记录了他革命人生的心路历程，反映了中国革命各个时期的现实生活，是一部中国革命的英雄史诗。翻阅毛泽东诗词，对秋天似乎情有独钟，然而却毫无悲秋之意，寥廓、苍凉、大气，凸显出伟人的胸襟和英雄的气概。在这首词中，无论是树叶经霜变红似染过的“万山”，还是搏击长空的雄鹰和水中自在来往的游鱼，都是经诗人眼中筛选过的景物，打上了诗人鲜明的情感烙印。这些景物不像古人眼中的秋景，给人的感觉不是“悲”，不是“愁”，而是“万类霜天竞自由”的热烈、喜人的场面，传达给读者的是一种乐观、昂扬向上的情绪。

丈夫未可轻年少[1]

己亥杂诗（其二百二十）[1]

【清】龚自珍

九州生气恃风雷，万马齐喑究可哀。
我劝天公重抖擞，不拘一格降人才。

【注释】

① 九州：中国别称之一，分别是冀州、兖州、青州、徐州、扬州、荆州、梁州、雍州和豫州。

② 生气：活力，生命力，生机。

③ 万马齐喑：比喻社会政局毫无生气。喑，沉默，不说话。

④ 天公：神话传说中指自然界的主宰者。

⑤ 抖擞：振作，奋发。形容精神振奋、饱满。

【赏析】

诗人于道光十九年己亥（1839年）辞官南归回杭州老家，在途中写下三百一十五首《己亥杂诗》，这首诗是其中的第二百二十首。当诗人从京返回家乡的途中，沿途只见商业衰败，市场萧条，田园荒芜，民不聊生，不禁感慨万端。当他路过镇江南郊长江边的一座古庙时，人山人海，当地百姓正在向玉皇大帝和风神、雨神求雨，负责写祭文的道长与诗人是熟人，在他的一再恳请下，诗人写下了这首祭神诗。

诗的前两句描绘了中国的现状，说明了当时在腐朽的清王朝统治下，祖国暮气沉沉，思想被禁锢，人才被扼杀，现实状况令人窒息，这一切无不令忧国忧民的爱国志士为之悲哀。诗人呼唤风起云涌、风狂雨骤、风雷激荡的社会大变革，出现新

2017年1月29日，《中国诗词大会（第二季）》终于在全国观众的热切期待中“千呼万唤始出来”。主持人穿着一身梅红色套装，携带着清幽风雅的诗书气息，从舞台后面款款向前走来。

“我劝天公重抖擞，不拘一格降人才[1]。大家好，我是董卿。《中国诗词大会（第一季）》播出之后，得到了全国，包括海外所有热爱中华传统文化的观众的喜爱和关注。大家说，中国诗词是浸润在每一个中国人血脉里的文化基因。《中国诗词大会》唤醒了我们心底最亲近、也最温暖的一份记忆。今年，我们再一次集结来自全国各地的诗词爱好者们，带着以诗会友的一片热情，聚集在了一起。看到你们，我想到了‘江山代有才人出’；看到你们，我想到了‘天生我材必有用’；看到你们，我想到了‘长江后浪推前浪’。也希望各位能够在《中国诗词大会（第二季）》的舞台上，挥斥方遒，绽放光芒！”

一段简练而精彩的开场白之后，《中国诗词大会（第二季）》一百余名来自五湖四海的参赛选手之间的诗词角逐正式开始。随着音乐的响起，向舞台走来的是本季首位“个人追逐赛”选手——冯子一，也是本季年龄最小的登台选手。八岁不到的年纪仿佛寓意着本季节目朝气蓬勃而又旺盛的生命力和焕然一新的面貌，以及中华传统诗词文化薪火相传、“一代新人换旧人”的喜人形势。

1《上李邕》【唐】李白

大鹏一日同风起，扶摇直上九万里。假令风歇时下来，犹能簸却沧溟水。
世人见我恒殊调，闻余大言皆冷笑。宣父犹能畏后生，丈夫未可轻年少。

冯子一的定场诗选用的是宋朝诗人杨万里《小池》中的两句，“小荷才露尖尖角，早有蜻蜓立上头。”八百余年前的诗人如一位高明的摄影师，用快镜拍摄下一个妙趣横生、生机盎然的最佳镜头，前一句所描述的，正是荷花池中，荷叶的嫩尖刚刚露出水面。短短十四言，便将一幅生机勃勃的场景画面展现得惟妙惟肖，如现眼前。此时荧屏上，呈现在观众面前的，恰好又是一个身高不足一米二的垂髫小儿。他的右手手腕随着这句诗的吟诵节奏转动，吐字发音中透露着稚儿特有的腔调，以及与他年龄稍显不符的认真劲儿，一句诗刚由其口中吐出，就在万千观众面前崭露头角，令人耳目一新，印象深刻。诗中的“小荷”和吟诗的“小儿”相得益彰，物与人相通，虚与实相连。

“我叫冯子一。别看我个子小，我可已经上四年级了，其实我才8岁，这或许就是‘浓缩就是精华’吧。我3岁开始喜欢古诗词，姥爷教我念诗，现在能背好多好多首古诗词呢！”这是冯子一个人介绍短片里他的独白，透过其俏皮可爱的语调和稍显乖张的话语，依然能感受到他对于古诗词浓厚的兴趣。紧接着，他又背诵了三首经过他精心挑选的诗词。一首是毛泽东的《七律·咏贾谊》[2]，一首是张籍的《秋思》[3]，一首是杜牧的《山行》[4]。

从小被夸为“神童”的冯子一，现就读于上海浦东上南实验小学。他5岁开始上学，一年级半年，二年级半年，直到三年级学校才不允许他再次跳级。

“个人追逐赛”正式开始后，冯子一表现出色，一连顺利回答出了两道题目。更为难得的是，

兴的社会力量，从而彻底扫荡这种沉闷腐朽的社会现状，让中国重现生气勃勃的局面。第三句相当于《诗经》中的颂，因为本诗原本是为祭神咏唱而创作的，故直接呼唤天公（天神），化腐朽为神奇，趁道士要他作祭神诗之际，借用民间的祭神活动来为自己所要表达的思想感情与政治意图服务，呼唤老天爷也需要重新振奋精神。尾句劝老天爷别墨守成规，而要根据社会变革的需要，使各种各样的人才降临到人间，使人民免当亡国奴，表达了诗人关怀国家命运和渴望改革强国的迫切心情。

七律·咏贾谊[2]

【现代】毛泽东

少年倜傥廊庙才，壮志未酬事堪哀。
胸罗文章兵百万，胆照华国树千台。
雄英无计倾圣主，高节终竟受疑猜。
千古同惜长沙傅，空白汨罗步尘埃。

【注释】

① 少年倜傥廊庙才：贾谊年少多才、卓异不凡，是国家的栋梁之材。倜傥，卓异，不同寻常。廊庙，指殿下屋和太庙，后代指朝廷。

② 胆照华国树千台：华国，即华夏，汉朝。树千台，指建立众多的诸侯国。台，官署名。汉朝因袭秦制，以尚书为中台，谒者为外台，御史为宪台，分别掌握政事、外交、监察。

③ 圣主：指汉文帝。

④ 空白汨罗步尘埃：白，陈述。汨罗，汨罗江，屈原自沉处，在湖南省境内。步尘埃，犹言步后尘。

花鸟扇面

明，陆治，北京故宫博物馆藏

【赏析】

毛泽东写过两首咏赞贾谊的诗，即《七绝·贾谊》《七律·咏贾谊》。这首七律表达了诗人对贾谊年少多才，壮志未酬，英年早逝的同情与惋惜。贾谊虽然才高八斗，却为奸人所谗，导致被皇帝疏远，最终抑郁而终。毛泽东平生同情“小人物”，尤其同情那些受到“大人物”压制的“小人物”，而贾谊正是这样的“小人物”。

秋思[3]

【唐】张籍

洛阳城里见秋风，欲作家书意万重。
复恐匆匆说不尽，行人临发又开封。

【注释】

① 意万重：思绪万千。
② 复恐：又担心。
③ 行人：指捎信的人。
④ 临发：将要出发。
⑤ 开封：打开已经封好了的家书。

以他的年纪和阅历，竟能基本准确地说出题目中的诗词出处和内涵。在回答完第二道题目之后，主持人和点评嘉宾蒙曼在分析为什么有二十七位“百人团”的选手答错时，冯子一迅速联想到误导他们的诗句，即唐朝诗人杜秋娘的《金缕衣》中的“劝君莫惜金缕衣，劝君惜取少年时”[5]。冯子一的现场表现，令在场所有人无不赞叹这个少年英才后生可畏。

【赏析】

在古代文人的笔下，秋天无疑是最能引起人们思乡的季节。见秋风而起乡思，古来有之。见字如面，纸短情长。诗人通过写家书前后的心理活动，“意万重”“复恐匆匆说不尽”，刻画了诗人深切的思乡之情。“临发又开封”，纵然千言万语，也有意犹未尽之处，或许是漏交待了重要事项，或许是再三叮咛与嘱咐。从前的车、马、信件都很慢，但镌刻在笔尖下的絮语却成为永恒。王安石评张籍的诗说：苏州司业诗名老，乐府皆言妙入神。看似寻常最奇崛，成如容易却艰辛。这首诗就是生动的例证。

山行[4]

【唐】杜牧

远上寒山石径斜，白云生处有人家。
停车坐爱枫林晚，霜叶红于二月花。

【注释】

① 寒山：深秋的山林。
② 石径：石子铺成的小路。
③ 斜：倾斜。
④ 车：轿子，由车演化而来，起初作为山行的工具，后来走平路也用它作代步工具，称为肩舆。
⑤ 坐：因为，由于。
⑥ 枫林晚：傍晚时的枫树林。
⑦ 霜叶：枫树的叶子经深秋寒霜之后变成了红色。

【赏析】

古代的诗词中，有一类诗对节序很敏感，又分两类，一类伤春，一类悲秋。甚至有时候看到早春也会感伤，看到秋天，特别是晚秋非常有感慨。实际上这是作者本人对生命过程的一种触动。但是要热爱生命的每一个过程，善待生命的每一个过程，春夏秋冬是一个必然的过程，童年、少年、青年、老年也是一个过程。这首诗“霜叶红于二月花”，实际上就是在赞美生命的一个阶段。（王立群）

人们常说：杜郎俊赏。杜牧虽然是晚唐的诗人，但是相较于李商隐的诗，他的诗艳丽非常，色彩绚烂。从“远上寒山石径斜，白云生处有人家”到“停车坐爱枫林晚，霜叶红于二月花”，清俊健朗，有一种很清新的感觉。所以有人认为，杜牧虽是晚唐人，但诗歌这种风格颇有些盛唐风味。尤其是绝句方面，既没有晚唐诗人的那种哀叹落寞的情调，在色彩上也不像晚唐诗人那样秾艳。这是因为杜牧本人的个性好兵学，自己又做过刺史，他的家族也显赫。他是京兆杜氏，贵族出身， 所以好言兵略，好谈国略，有很高的志向。这些都使他的诗歌展现出一种迥异于晚唐其他诗人的风采。（康震）

金缕衣[5]

【唐】杜秋娘

劝君莫惜金缕衣，劝君惜取少年时。
花开堪折直须折，莫待无花空折枝。

【注释】

① 金缕衣：缀有金线的衣服，比喻荣华富贵。
② 堪：可以，能够。
③ 直须：尽管。直，直接，爽快。
④ 莫待：不要等到。

【赏析】

杜秋娘有一个非常男性的名字叫杜仲阳，“仲”是她的排行。她是唐朝镇海节度使李锜的宠妾。李锜造反兵败后，杜秋娘等人被收入宫中。唐宪宗很喜欢她。唐穆宗即位后，任命她为儿子李凑的傅姆。后来，李凑被废去漳王之位，杜秋娘被赐归故乡金陵。杜牧路过金陵，感慨她又穷又老，于是就写了一首《杜秋娘诗》，诗中附了一段注，提到了杜秋娘演唱的这首《金缕衣》，一般学者就认为这是杜秋娘所作。注中提到这是李锜当年最喜欢听她唱的一首诗。由此可见，在他们年轻的时候，两人爱情是十分美好的。（郦波）

相逢只论诗 1

山居秋暝[1]

【唐】王维

空山新雨后，天气晚来秋。
明月松间照，清泉石上流。
竹喧归浣女，莲动下渔舟。
随意春芳歇，王孙自可留。

【注释】

① 暝：日落，天黑，黄昏。
② 空山：幽深少人的山林。
③ 清泉石上流：清澈的泉水在石头上流淌。
④ 竹喧：竹林中笑语喧哗。喧，喧哗，这里指竹叶发出沙沙声响。
⑤ 浣：洗涤衣物。
⑥ 随意春芳歇：随意，任凭。春芳，春天的花草。歇，消散，消失。
⑦ 王孙自可留：王孙，原指贵族子弟，后来也泛指隐居的人。留，居。

【赏析】

怎样诗意地生活？首先是要有好的环境。《楚辞·招隐士》中，“王孙兮归来，山中兮不可以久留”，写山中各种猛兽野怪，奇林怪石，不适宜人居。王维却非如此，“竹喧归浣女，莲动下渔舟”，漂亮的女子也生活在这里，“王孙”可以留下来，并非一定要到朝廷去做官。其实《招隐士》是汉代作品，汉朝人和经历了南北朝之后的唐朝人，心境有所不同，汉朝人喜欢往前冲，唐朝人则在王维的诗中将儒家和道家融合在一起，很有意思。（蒙曼）

冯子一登台之后，右手一直在抖。体察入微的主持人董卿也注意到了，因而特意就此事问及冯子一，试图缓解他的紧张。在答题时，前面两道题对冯子一来说十分轻松容易，而在答到第三道题时，因记忆不够牢固加上现场的气氛，他竟一时记不起王维《山居秋暝》中的诗句“随意春芳歇，王孙自可留”[1]。答案公布之时，他一脸遗憾懊恼的表情以及下台时没忍住的眼泪，都令观众印象深刻。

令小神童冯子一遗憾落败的那道题是填字题，“随意春（ ）歇，王孙自可留。”答案本来应该是“芳”，但冯子一由于记不清了，就猜了个“风”，结果与正确答案擦肩而过。主持人董卿觉得冯子一肯定是知道答案的，“风”与“芳”的声母都是 f，但可能在台上感觉紧张，只记住了声母，不免使人为他感到惋惜。

其实，以冯子一千首左右的诗词储备量，《山居秋暝》这种难度不大的题目，对他而言，原本应该是手到擒来，但偏偏就卡壳在了这道看似容易的题目上面。参加《中国诗词大会（第二季）》的选手中，也有不少人答题失败的原因与此类似。并非题目真的很难，让自己一无所知，而是在当时的情境之下，由于各种原因，偶尔会出现大脑的瞬间短路，相关的记忆一片空白，等到自己想起正确答案时，答题时限却已经过了。

---

1 《酬刘书记一二知己见寄》【唐】 李山甫

见说金台客，相逢只论诗。坐来残暑退，吟许野僧知。自喜幽栖僻，唯惭道义亏。
身闲偏好古，句冷不求奇。晦迹全无累，安贫自得宜。同人终念我，莲社有归期。

如果选手发挥出色，能够答完所有题的话，应该是九道题，但冯子一在第三道就挑战失败了，自然是意犹未尽，心里面感觉特别难过。康震老师也安慰他："别难过，加油，别难过。"

答题时，由于怕看不清题，冯子一一直是目不转睛，直到现在才使劲眨巴着他那对清亮的眼睛。主持人还以为他的眼泪就要夺眶而出了，鼓励他要坚强："不要这样，你是一个小小的男子汉，要勇敢。"事实上，冯子一虽然的确是有些难过，但他并没有哭，表现依然大方得体，依然爱着古诗词，要继续做一个勇敢的男孩子。小小年纪，勇气可嘉，现场的观众对此也报以热烈的掌声。没有晋级，未能达到自己的预期，固然有些遗憾，但他从小就培养了自己的诗词爱好，并为此而坚持，拥有超出同龄人数倍的古诗词积累，已经非常了不起了，值得所有人为之自豪。

相信这首诗，必然会给冯子一留下极其深刻的印象。"等你回去再背一背这首诗，你人生境界就更大了，你就更了不起了。"这是主持人对冯子一的祝福与期望，这也应该是冯子一内心的自我期许吧。失败，并不可怕，学会正确去面对，失败就可以成为成功之母。

蒙曼老师在点评冯子一的表现时说道："这个小孩子非常敏感，是一个有诗人气质的孩子。虽然说，（比赛结果）没有达到他最满意的境界，有点黯然伤神地离开了，但正是这种黯然伤神，让人看到了他那颗敏感的心灵。比方说我印象很深，他说他认为他妈妈一定在哭，所以他不敢表达对他爸爸妈妈的留恋之情，这就是一种体贴入微的情怀。其实中国诗也好，中国文化也好，要

塞下曲（其二）[2]

【唐】卢纶

林暗草惊风，将军夜引弓。
平明寻白羽，没在石棱中。

【注释】

① 惊风：草突然被风吹动。
② 将军：指西汉飞将军李广。
③ 引弓：拉弓，也可指持弓，这里还包含着下一步的射箭。
④ 平明：指天刚亮时。
⑤ 白羽：指羽箭。白羽就是尾部装置白翎的箭。李白《北风行》诗中有"中有一双白羽箭，蜘蛛结网生尘埃。"
⑥ 石棱：石头的棱角。也指多棱的山石。

【赏析】

卢纶的《塞下曲》是组诗，一共六首，原本是和诗，即《和张仆射塞下曲六首》，但张仆射的原诗现在已经失传了。六首诗的主题，分别为发令出征、夜巡射虎、雪夜慑敌、庆功宴舞、乘兴狩猎、淡泊名利，生动真实地表现了边塞将士的军旅生活，反映了将士们英勇无畏的性格，体现了他们"封侯非我意，但愿海波平"的高尚情怀，功成不居，只求能够保疆安民，而丝毫不计个人功名利禄。本诗是其中的第二首，描写了李广将军夜间巡逻时的情景。

将军猎虎，并非作者的艺术想象，而有其历史原型，它取材于西汉著名史学家司马迁记载当时名将李广事迹的《李将军列传》。原文是："广出猎，见草中石，以为虎而射之，中石没镞（箭头），视之，石也。因复更射之，终不能复入石矣。"

首句就交待了将军巡逻的时间与地点，营造了紧张的气氛。深林幽暗，疾风劲吹，草木披靡，而当时将军李广驻扎的右北平地区恰好是多虎地区，很容易使人联想到是不是老虎的出动引发了"草惊风"。

《易经》有云："云从龙，风从虎。"百兽之王老虎生活在深山密林之中，经常会在黄昏时分出山，而由于老虎体型巨大，速度飞快，奔跑起来，犹如狂风大作。一旦山林中有任何风吹草动，难免让人觉得是老虎的出没所致。面临险境，将军临危不惧，镇定自若，张弓搭箭，向他目标中的"老虎"射去。最终的结果是"没石饮羽"，入石三分。原来，将军昨晚遇见的并非猛虎，而是形状像老虎的石头。将军神力由此可见一斑，也充分体现了将军的敏捷有力和大将风度。即便真的是老虎，恐怕也早已在箭下毙命。

不过，李广后来在现场又多次尝试重现没石饮羽的奇迹神力，却并未能够如愿。人在危急关头，体内肾上腺激素会急剧上升，瞬间产生巨大的能量以应付危机，往往能爆发出胜于平时数倍的勇力与气力。李广入石三分的神力，之所以可遇而不可再求，也是因为当他后来想再次尝试时，本人并未处于面临生死的危急关头，体内肾上腺激素仍然属于正常浓度，自身的潜能也就不可能被完全激发，当然也就难以再现奇迹了。比如武松打虎时，闪转腾挪，武艺精湛，居然把一只猛虎用拳头就给活活打死了，但一旦老虎被打死，威胁与危险不复存在，犹如紧绷着的那根弦突然松掉，顿时手脚都酥软了，气力已经用尽，也是基于同样的道理。

的就是这种体贴感。不服输的男孩子，敏感的男孩子，其实就是一个有诗心的男孩子。"

尽管比赛结果不尽如人意，但通过参加节目，能够结交一些志趣相合的朋友，相伴徜徉在诗词的海洋中嬉戏游玩，冯子一依然感到非常开心。和他们相处在一起时，所有的聊天或者活动的主题基本都是围绕古诗词。在北京录制节目之余，他在酒店还经常和百人团的诗友们玩"飞花令""射覆"接龙等诗词游戏。"那半个月过得很充实、很有趣。"当谈到录制节目那段时间的感受时，冯子一这样回忆道。

冯子一和百人团中年纪比他稍长一些的弋银、叶飞关系处得很好。在节目中，他还专门解释了弋银"一匹狼叔叔"和叶飞"孩子王""大魔王"外号的由来。冯子一写了一首命题诗《赠一匹狼叔叔》，送给弋银，"身像一匹狼，穿行森林中。平明寻踪迹，没在丛影中。"这首诗，很容易让人想起卢纶的那首《塞下曲（其二）》，"平明寻白羽，没在石棱中。"[2]

以诗为伴

诗酒琴棋客，风花雪月天

神童诗（节选）

【宋】汪洙

春水满四泽①，夏云多奇峰②；
秋月扬明辉，冬岭秀孤松③。
诗酒琴棋客④，风花雪月⑤天；
有名闲富贵⑥，无事散神仙。
道院迎仙客⑦，书道隐相儒；
庭栽栖凤竹⑧，池养化龙鱼⑨。
春游芳草地，夏赏绿荷池；
秋饮黄花酒，冬吟白雪诗。

【注释】

① 四泽：古时有九州四泽之说，四泽指雷泽、大野泽、菏泽、孟渚泽，这里泛指河流。

② 夏云多奇峰：形容夏天的云朵变幻莫测，大多状如奇形怪状的山峰。

③ 秀孤松：青松在严寒中展现出勃勃生机。

④ 诗酒琴棋客：古代的文人以弹琴、下棋、作诗、饮酒为风雅高尚的娱乐活动。

⑤ 风花雪月：古人以夏季的风、春季的花、冬季的雪、秋季的月作为四季风光的典型事物，故常以“风花雪月”来概括四季的景象。

⑥ 有名闲富贵：悠闲富贵而又高名远扬。

⑦ 道院迎仙客：道院，有道之士所居住的院落。仙客，像仙人一样高雅脱俗的宾客。

⑧ 栖凤竹：竹的美称；给凤凰停留、居住的竹子。

⑨ 化龙鱼：鲤鱼的美称。相传鲤鱼跃过龙门以后就变化为龙。

【赏析】

《神童诗》一卷，旧传为宋代汪洙所编撰，后人以他的诗为基础，再加进其他人的诗，编成《神童诗》。它是古代以诗歌形式对儿童进行品德、知识教育的蒙学读物，也是教儿童习作诗歌的示范教材。全部选用五言绝句，篇幅短小、诗味浓郁、音韵和谐、琅琅上口。

本文是节选，分为四时、消遣、幽居、四季共四个主题，选择的都是一些比较雅致的意象与景色，经常在中国古代文人笔下所出现，具有较高审美价值，有助于修身养性，涵养人的道德情操。

学而不思则罔，思而不学则殆[1]

冬夜读书示子聿（其三）[1]

【宋】陆游

古人学问无遗力，少壮工夫老始成。
纸上得来终觉浅，绝知此事要躬行。

【注释】

① 示：表明，把事物拿出来或指出来使别人知道。
② 子聿：陆游最小的儿子陆子聿。
③ 古人学问无遗力：学问，指读书学习，就是学习的意思。无遗力，用出全部力量，没有一点保留，不遗余力、竭尽全力。
④ 少壮工夫老始成：少壮，青少年时代。工夫，做事所耗费的时间和精力。
⑤ 纸上得来终觉浅：纸，书本。终，到底，毕竟。浅，肤浅，浅薄，有限的。
⑥ 绝知此事要躬行：绝知，深入、透彻的理解。躬行，身体力行，亲身实行。

【赏析】

古人读书有“三余”之说，“三余”即冬者岁之余，夜者日之余，阴雨者时之余，提倡人们充分利用一切空余时间读书。杜甫在《柏学士茅屋》一诗中写道：“古人已用三冬足，年少今开万卷余。”农历将冬天分为十月、十一月、十二月共三个月，即孟冬、仲冬、季冬，故称“三冬”。古时人们认为冬季是用来读书的时间。用足三冬，即是用足全部时间来读书。

《冬夜读书示子聿》是一组诗，一共有八首，是陆游一生的读书感悟与心得体会，也是对儿子的谆谆教导，本文是其中

冯子一出身于一个普通的工薪家庭，姥姥姥爷在上海浦东改革开放之初，通过人才引进来到浦东。冯子一的妈妈在上海读过书，爸爸是北京人。一家人对他从小就寄予了很大的期望，因而对他的教育也尤为重视。

在《中国诗词大会（第二季）》上，最终夺冠的武亦姝，来自上海。年纪最小，第一个登台的选手冯子一，也来自上海。从百人团中脱颖而出，进入挑战赛的年龄最小的选手侯尤雯才 13 岁，同样也是来自上海，而她所在的文来中学已经连续 11 年蝉联上海古诗文大赛冠军……事实上，上海地区一共有 9 名选手参加了《中国诗词大会（第二季）》，比例非常高。自然，这也离不开上海地区古诗词教学的良好氛围。

具体到小神童冯子一个人而言，他的诗词启蒙导师其实是姥爷冷志斌。冯子一才学会说话，姥爷便开始教他诵读古诗词了，而这也正是他与诗词结下不解之缘的开始。耳濡目染之下，4 岁的冯子一就能认识两千多个汉字，已经可以自己看书了，让家人大吃一惊。因为那时候，冯子一还没有学过汉语拼音，父母亲平时工作太忙，也没空辅导他认字读书。不过，姥爷与爸爸妈妈买来的那些古诗词图书，在姥爷的悉心教导之下，冯子一跟着念的过程中，也就把字形与字音牢牢地刻在了脑海中。

---

1 《论语·为政篇》（节选）【先秦】孔子
子曰：“学而不思则罔，思而不学则殆。”

所谓师傅引进门，修行在个人，冷志斌坦言："我们从来不强迫他背诗词，这孩子读了几遍自己就记住了。平时他也喜欢诵读、琢磨里面的内涵。"对于诗词的热爱，姥爷从小的引导固然重要，但这毕竟只是外因，冯子一个人对于诗词的由衷喜爱才是根本的内因。兴趣，才是最好的老师。热爱阅读，也是冯子一的良好习惯。除了少儿读物，他还会经常翻阅姥姥订阅的老年报，甚至看得津津有味，不免令人忍俊不禁。当然，冯子一的最爱，还是每天都会读的《唐诗三百首》《宋词三百首》等诗词类书籍。

正是由于看得多，背得多，脑子越用越灵活，才让冯子一拥有了超群的记忆力。几年下来，才8岁的冯子一就已经有上千首的古诗词储备了，远超出同龄人，但他并不因此而满足，并立下了小学毕业前争取背会两千首古诗词的目标。

在节目中，冯子一曾经说道："古诗词我每天都会背诵，而且我背诵时会记住词牌名、作者等。姥爷说，背就要背全，有一次我只背了一首词的上阕，姥爷鼓励我把下阕也背全，没想到下阕就在诗词大会上考到了。"

古人早就有"诗教"的传统，孔子的"诗教"是以《诗经》作为教育范本，包括礼、乐、射、御、书、数在内的"六艺"，以人的全面发展作为目标。事实上，"诗教"的理想状态应该是情与理、道与艺、人与文的完美统一，让人真正了解到诗词歌赋背后的人生、宇宙，才能塑造自强不息、厚德载物的君子，才能对民族、对社会有所贡献。"诗教"并不是要培养一个人当诗人，而是要通过诗的内容及蕴含的情感，培育人立身处世的胸襟与气度。

第三首。陆游一生共有七个儿子，子聿，即陆子聿，是他最小的儿子。这首诗教导儿子不仅要努力认真学习，而且要持之以恒，同时还强调了实践的重要性，因而具有普遍的指导意义。

诗的首句以古人为例，说明了读书学习必须竭尽全力，这对于贪玩、自制力相对较差，很难静下心来认真读书的少年来说，尤其具有教育意义。次句说明求学是个漫长的过程，必须活到老，学到老，潜心钻研，坚持不懈，才会真正有所成就，而不能急功近利，时刻幻想着能够走捷径，梦想一蹴而就。三四句则提到了实践的重要性，缺乏实践的读书只能是死读书，没有把书读活，不能学以致用，只能是事倍功半。年轻时读书往往心浮气躁，急于求成，略知表皮，理解不深，领悟不透，必须要加强实践，实践出真知。清代文学家张潮在《幽梦影》中曾有一个绝妙的比喻："少年读书如隙中窥月，中年读书如庭中望月，老年读书如台上玩月，皆以阅历之浅深为所得之浅深耳。"读书需要实践，需要阅历，只有实践多了，阅历足够深了，真正知其三昧，认识读书的真谛，达到"知其然，知其所以然"的境界，这才真正是把书读活了，才能活学活用。

静夜思[2]

【唐】李白

床前明月光，疑是地上霜。
举头望明月，低头思故乡。

【注释】

① 静夜思：静静的夜里，产生的思绪。
② 疑：猜度。

【赏析】

我们目前读到的这首诗是清代人的版本，本诗起初为“床前看月光，疑是地上霜。举头望山月，低头思故乡”。古人选诗对原作常有删改，因为选家自己作诗也很高明。这首诗本集宋版二种及元明本一、三句皆作“看月光”“望山月”，清代诗人王士祯《唐人万首绝句选》作“明月光”、乾隆敕编《唐宋诗醇》作“望明月”，清代诗人沈德潜《唐诗别裁集》悉作今本，流传至今。原作“看月光”“望山月”虽无不可，今人王文才先生说：“似不如改本之深厚、流畅、自然，一气呵成。”因此，经典也是在流传的过程中，一步一步最后形成的。

春晓[3]

【唐】孟浩然

春眠不觉晓，处处闻啼鸟。
夜来风雨声，花落知多少。

【注释】

① 春晓：春天的早晨。晓，天明。
② 不觉晓：不知不觉天就亮了。
③ 啼鸟：鸟的鸣叫声。

【赏析】

《春晓》在汉语世界里妇孺皆知，其实并不是说一首诗复杂到什么程度就美，简单也是美的。（康震）

中国山水田园诗特别容易唤起我们对古人生活的向往，古人的生活有花、有鸟，富有春天的感觉，而且也是在这样的情景之下，才会有这种小小的哀伤——“夜来风雨声，花落知多少”，这是中国古代特别好的、跟诗结合在一起的情感——哀而不伤，我们所谓的“诗教”是中国人的心灵，它是敏感的，但是它不沉重，这样的诗最适合小朋友读。（蒙曼）

“诗教”自然应该从孩子开始抓起，在基础教育阶段尽可能让中小学生多学习一些古诗词，不仅能够培养学生的语言文字运用能力和文学审美能力，更能提高文化素养，提升学生的综合素质，培养健全与完善的人格。诚如专家所言：在基础教育阶段加强对中小学生的中华优秀传统文化教育，具有“为人生奠基”的作用，帮助他们“扣好人生的第一颗纽扣”。

正因为如此，姥爷经常会有意识地给冯子一讲解一些修身立志方面的古诗词，以此来勉励他勤学上进。比如颜真卿《劝学诗》中的“黑发不知勤学早，白首方悔读书迟”，以及《唐诗三百首》中最后一首《金缕衣》的“花开堪折直须折，莫待无花空折枝”，教导他要珍惜时光，努力读书，发奋图强。

冯子一虽然年纪小，但自学能力特别强，学习成绩很好，在班级里平时成绩可以排名前五。其实，从小到大，冯子一并没有参加过什么课外辅导班，都是靠自己去书店挑选辅导教材练习。在平时阅读中，冯子一也养成了遇到生僻的字就勤查字典的学习习惯。

父母经常不在身边，书就成了他最好的陪伴，而古诗词恰恰也是他的爱好。虽然，对于一个小学生来说，古诗词未免显得有些晦涩难懂，但功夫不负有心人，凭借着强烈的兴趣爱好所支撑起来的求知动力，冯子一总是能够通过各种不同的办法，排除万难，最终将那些非常难懂的诗词意思完全弄明白。这种孜孜不倦求真问道的精神，想必也会使他以后的人生道路走得更加踏实稳健吧，而这一切正是源自诗词的启蒙。

"纸上得来终觉浅，绝知此事要躬行。"[1]冯子一并不满足于书本上所学来的诗词知识，每当休假出去游玩时，当见到那些历史悠久的文化古迹或者如诗如画的自然风光时，他总会很自然地联想到古人是如何在诗词中描写此情此景的，并迅速调动自己大脑中的诗词储备，与眼前的所见所闻，一一加以比对。

从小，冯子一就熟读了《论语》。姥爷特意向他强调"学而不思则罔，思而不学则殆"，鼓励他既要努力学习，同时也要认真思考，要能够举一反三，活学活用。思考是对阅读的深化与升华，是认知的必然结果，也是把书读活的关键。如果只是机械地阅读、被动地接受、简单地浏览，却缺乏认真的思考，必然是人云亦云，充其量，也只是一个"两脚书橱"，再好、再多的知识也难以真正消化与吸收，并不能化为自己的知识，为我所用。爱因斯坦曾经坦言："学习知识要善于思考、思考、再思考，我就是靠这个方法成为科学家的。"姥爷耐心的讲解，冯子一逐渐有所领悟。在古诗词的积淀和学习中，冯子一总结道："小时候只会念诗，对诗歌的意思一知半解，现在读得多了，自然就懂了。"

其实，在古诗词当中，也不乏明白如话、朗朗上口的诗句，节奏与韵律也都比较优雅动人，比如李白《静夜思》中的"举头望明月，低头思故乡"[2]，孟浩然《春晓》中的"夜来风雨声，花落知多少"[3]，王勃《春庄》中的"岂知人事静，不觉鸟声喧"[4]。这些诗句通俗易懂，即便放在千年之后的今天，也让人一看就懂，就连识字不多的小孩也能吟诵。最初，冯子一正是通过背诵

春庄[4]

【唐】王勃

山中兰叶径，城外李桃园。
岂知人事静，不觉鸟声喧。

【注释】

① 径：小路。
② 喧：大声说话，声音大而杂乱。这里是指鸟的啼叫之声。

【赏析】

兰，作为花中四君子之一，自古以来，有无数文人墨客讴歌兰花的名篇佳章，比如："兰草已成行，山中意味长。坚贞还自抱，何事斗群芳。""兰花本是山中草，还向山中种此花。尘世纷纷植盆盎，不如留与伴烟霞。"兰花多生长在山中与幽谷当中，幽是它的突出特点，有空谷幽兰之称。城外桃李盛开，山中的兰花可谓"不因纫取堪为佩，纵使无人亦自芳"，由此也表达了诗人对于春天的热爱之情。兰花的特性，喜静喜幽，正好符合此刻诗人的心境。置身于幽静的山林之中，有芬芳的兰草相伴，静静地享受山林中的美，让内心归于宁静。即便有了鸟叫的声音，也完全沉醉在美景之中，浑然不觉。即便听到了，也丝毫不会觉得喧闹，而是如同天籁。山清水秀，鸟语花香，本身就是大自然的有机组成部分。山峦起伏，小溪潺潺，碧草连天，翠竹摇曳，云海飞瀑，白雪皑皑……让自己的思绪拥抱蓝天白云，呼吸着带有泥土芳香的空气，感受回归大自然的喜悦。只有当人返回大自然中，才能真正感受到心灵的慰藉，因为那就意味着回家，人本来就是从大自然中来的。

这些简单易懂的诗词，从而对古诗词文化产生浓厚兴趣的。

当然，对于一个小孩来说，这种明白如话，几乎不需要翻译的古诗词，毕竟是少数，晦涩难懂的引经据典，佶屈聱牙的字眼，经常会阻碍冯子一对于古诗词的深入理解。冯子一的诗词储备和积淀，除了要归功于他自身的兴趣爱好、良好的阅读习惯、高效的学习方法以及出类拔萃的理解能力之外，还得益于他从小便得到了良师益友的引导和调教。

第一个要感谢的，自然是他的姥爷。此外，冯子一说还要感谢他的语文老师丁敏和浦东青少年活动中心的汤敏宏老师。“丁老师给我们细致讲解了课本上的古诗词，让我学会如何更好地解读诗歌。汤老师教我朗诵古诗词，这个过程我也背诵积累了大量的古诗词。”报名参加此次诗词大赛也是汤老师向冷志斌建议的。“我可是以小组第一的成绩脱颖而出的呢。”提起这事儿，冯子一还有点掩饰不住的自豪。

“我们从来没想过这个孩子以后要有多大成就，我们就是顺其自然，希望孩子能健康快乐地成长。”提到自己的古诗词教学心得，冷志斌这样说道，“古诗词是中国古典文化的重要载体，诗言情、诗言志，孩子们读诗词，可以感受美好、开阔心境，传承中国文化。浦东无论是在课堂教育还是青少年活动中心的活动，都很有传承经典文化的氛围，子一也从中受益不少。”

花鸟立轴（局部）

明，陆治，北京故宫博物馆藏

凯风寒泉[1]

暗中时滴思亲泪，只恐思儿泪更多

忆 母

【清】倪瑞璿

河广①难杭②莫我过，未知安否③近如何？

暗中时滴思亲泪，只恐思儿泪更多。

【注释】

① 河广：河道宽广。

② 杭：渡。

③ 安否：是否平安。

【赏析】

倪瑞璿是清朝文坛上少有的女诗人，其诗具有一定的批判精神。这首小诗，表面上是在写儿女对母亲的思念，实则体现了母亲对儿女的思念更加殷切。儿女思念母亲，应该是母亲有事不在身边，在诗中并没有具体说明是出于什么情况。在古代，虽然交通不便，“河广难杭”，邮政系统不够发达，“家书抵万金”，也没有移动电话等快捷方便的通信工具，但并不存在留守儿童问题。古代中国，是个农业社会，人口极少流动，安土重迁，除了求学、做生意、做官之外，很少会背井离乡。即便是在外做官与做生意，长期远离家乡，也不会父母双双外出，一般也会留下女人在家带孩子。或者等安定之后，再派人到老家接来家眷同住。

不过，自古至今，亲情与孝道都是一以贯之的。父母恩重如山，儿女思亲难忘。儿女对于父母的思念，父母对于儿女的牵挂，都是永恒的主题。

1《诗经·国风·邶风·凯风》（节选）【先秦】佚名

凯风自南，吹彼棘心。棘心夭夭，母氏劬劳。凯风自南，吹彼棘薪。母氏圣善，我无令人。

爰有寒泉，在浚之下。有子七人，母氏劳苦。睍睆黄鸟，载好其音。有子七人，莫慰母心。

谁言寸草心，报得三春晖

水调歌头[1]

【宋】苏轼

丙辰中秋，欢饮达旦，大醉作此篇，兼怀子由。

明月几时有？把酒问青天。不知天上宫阙，今夕是何年？我欲乘风归去，惟恐琼楼玉宇，高处不胜寒。起舞弄清影，何似在人间？

转朱阁，低绮户，照无眠。不应有恨，何事长向别时圆？人有悲欢离合，月有阴晴圆缺，此事古难全。但愿人长久，千里共婵娟。

【注释】

① 丙辰：宋神宗熙宁九年（1076年）。这一年苏轼在密州（今山东省诸城市）任太守。

② 子由：苏轼的弟弟苏辙，字子由。

③ 天上宫阙：指月中宫殿。宫阙，指古时帝王所居住的宫殿，因宫门外有双阙，故称宫阙。

④ 琼楼玉宇：指仙界楼台，月中宫殿，也形容富丽堂皇的建筑物。

⑤ 弄清影：意思是月光下的身影也跟着做出各种舞姿。弄，玩耍，把玩。

⑥ 转朱阁，低绮户，照无眠：月儿移动，转过了朱红色的楼阁，低低地挂在雕花的窗户上，照着没有睡意的人（指词人自己）。

⑦ 不应有恨，何事长向别时圆：（月儿）不该（对人们）有什么怨恨吧，为什么偏在人们分离时圆呢？

⑧ 千里共婵娟：只希望两人年年平安，虽然相隔千里，也能一起欣赏这美好的月光。婵娟，指明月或形容月色明媚。

在节目当中，当主持人董卿问他最喜欢的古诗词是哪一首时，他毫不犹豫地回答，当属苏轼的《水调歌头》[1]，并在现场吟诵起了这首词，以表达自己对父母的思念。此时此刻，在他心底所涌起的，一定会是与父母亲在一起时点点滴滴的美好回忆吧。

“但愿人长久，千里共婵娟”，我们往往会将其视为情侣之间的美好祝愿，苏轼创作的这首词尽管也是怀人之作，但怀念的对象其实是自己七年未曾见面的亲弟弟苏辙。人有悲欢离合的变迁，月有阴晴圆缺的转换，这种事自古以来就难以周全。只希望这世上所有人的亲人都能够平安健康，即使相隔千里之外，也能够共享这美好的月光。可当谈及对自己父母的思念时，冯子一却不敢直说，因为他怕母亲哭，转而将一首《游子吟》[2]送给自己的妈妈。

现在，冯子一在上海上学，与姥姥姥爷生活在一起，而父母亲则在北京工作。遥遥千里相隔，至亲之间的沟通交流，却只能通过冰冷的现代通信设备来维系，方能稍稍缓解相思之苦。尽管如此，冯子一还是时常怀念起父母在身边的那种感觉，那种触手可及的温暖。

林语堂曾这样说过，幸福就是睡在自家的床上，吃着父母做的饭，听爱人给你说情话，跟孩子做游戏。然而，这平常的父母子女相处的光景对于城市留守儿童来说，却是奢望和梦想。

提到留守儿童，大家首先想到的或许是父母双方或一方为了生计外出到城市打工，而被留在农村生活的孩子们。然而如今，在繁华的城市里，也出现了一批非典型意义上的留守儿童——城市留守儿童。他们的父母或因公出国，或去外地进修学习，或被派往异地开拓市场。留下来的小孩，要么与保姆为伴，要么在爷爷奶奶的隔代抚育下成长，要么小小年纪就寄宿在学校或者其他一些辅导机构，与父母缺乏沟通和交流的城市儿童，就是所谓的城市留守儿童。冯子一，正是城市留守儿童中的一员。

龙应台的《目送》有这么一段话："所谓父母子女一场，只不过意味着，你和他的缘分就是今生今世不断地目送他的背影渐行渐远。你站立在小路的这一端，看着他逐渐消失在小路转弯的地方，而且，他用背影默默告诉你，不必追。"然而如今，在繁华的都市里，这两者的位置却对换了。由于父母常年在外或工作繁忙，许多留守儿童只好站在家的这一端，看着爸爸妈妈的背影渐行渐远。

其实，古代也有留守儿童，正如杜牧诗中所说："稚子牵衣问，归来何太迟？"[3]

当然，相对于现代，古代的留守儿童问题并不突出，关键原因在于并非父母双方外出，往往是母亲和孩子一起留守。古人外出经商也好，当佣工也好，很多时候都是老婆孩子留在家中，极少出现父母都离家的，留守家中的孩子可以从母亲那里得到保护与情感慰藉，而研究也表明，与母亲一起留守的孩子各方面表现在留守儿童中是最好的。

与农村留守儿童不一样的是，城市留守儿童的生活并不贫困，有的还很富裕。他们有的用着最新款的手机，有的有着数不清的高级玩具、多得吓人的零花钱，有的上着昂贵的补习班，但他

【赏析】

每逢佳节倍思亲，反映中秋佳节思乡的作品有许多，但这首词历来被认为是中秋词里最好的一首，南宋著名文学家胡仔在诗话集《苕溪渔隐丛话》说："中秋词，自东坡《水调歌头》一出，余词尽废。"

在这首词中，词人想象力丰富，富有浪漫主义色彩，借与明月的对话，探讨人生意义，抒发了强烈的思亲之情，表达了对明月的向往之情和乐观豁达的人生观。在词的上阕中，词人虽一度表现了厌倦尘世生活的倾向，感情抑郁惆怅，"我欲乘风归去"，但词人思虑过后，最终想通了，"人有悲欢离合，月有阴晴圆缺，此事古难全"，道尽了自古至今的离人之情，也是人类所普遍共有的情感体验，人生本来就离合无常，从而得到了自我解脱，化解了他的苦闷、惆怅与离愁别绪，从美好的想象中得到人生的慰藉。

游子吟[2]

【唐】孟郊

慈母手中线，游子身上衣。
临行密密缝，意恐迟迟归。
谁言寸草心，报得三春晖。

【注释】

① 游子：古代称远游旅居的人。这里指诗人自己，以及各个远离家乡的游子。
② 临：在……之前，在即将……时候。
③ 意恐：担心。
④ 寸草：一寸长的小草。这里比喻子女。
⑤ 心：语义双关，既指草木的茎干，也指子女的心意。
⑥ 报得三春晖：形容母爱如春天温暖、和煦的阳光照耀着子女。报得，报答。三春晖，春天灿烂的阳光，指慈母之恩。三春，旧称农历正月为孟春，二月为仲春，三月为季春，合称三春。晖，阳光。

【赏析】

孟郊一生贫困，常年颠沛流离，所以更能够感受到亲情和母爱之珍贵。（董卿）

孟郊对于那个官职并不安心，所辖溧阳县郊区有一片湿地，他经常在上班的时候在那里徘徊作诗，耽误了很多公务，县令特别着急，无奈便找人代他的班，两人平分俸禄，他的生活就越发穷困潦倒，写的诗，按苏轼的说法也是“郊寒岛瘦”，原因就在此。（蒙曼）

归家[3]

【唐】杜牧

稚子牵衣问，归来何太迟？
共谁争岁月，赢得鬓边丝？

【注释】

① 稚子牵衣问：一作童稚苦相问。

② 鬓边丝：两鬓边已经长出了银丝，形容年老。

【赏析】

这首小诗描写了一个略显伤感的事实：诗人为仕途奔波在外，处境不顺，愁白了头，而失去陪伴的孩子却抱怨诗人为何回来得这么迟？诗人也不由得扪心自问：时间都到哪儿去了？不知不觉间竟两鬓白发。诗人的尴尬、辛酸与无奈，溢于言表，但面对童稚的孩子，却又感觉无言以对。父母背井离乡打拼，也是为了让家人过得更好，让孩子获得更优越的成长环境，但孩子的成长，其实是离不开父母亲的陪伴的。对于孩子而言，父母的陪伴与关心，就是他们最大的满足，这是任何物质上的享受都无法替代的。父母只有乐于陪伴、善于陪伴孩子，才能更了解孩子，最大限度地满足孩子成长的需要，才能让孩子健康成长。

们和农村留守儿童一样，很少见到自己的父母，缺乏心灵的关爱，都同样面临着亲情的缺失。

孩子只有通过在家庭、学校、社会的全面学习，才能适应社会生活、个性逐步得到完善。如果孩子长期缺乏亲情的关爱和抚慰，长此以往，必然不利于其健康人格的形成。所以，在孩子的成长过程中，家长的角色最好不要缺席。

忙永远只是借口，人们总是把时间用于自己认为最有价值的事上。只有当父母真正意识到陪伴对孩子成长的重要作用时，再远的距离都能变成零距离，再忙的打拼也都能挤出时间。

江山楼阁图

元，佚名，北京故宫博物院藏

第二章　陈更

腹有诗书气自华

细数《中国诗词大会（第二季）》舞台上最受瞩目的选手，曾经勇夺三场擂主之位的陈更无疑是要占据一席之地的。曾经的陈更是理性思维的理工女，对诗词的热爱给她带来了诗情画意，增添了她柔软感性的右岸，赋予她深厚的文化底蕴和清丽的古典美，从而使她成为更好的自己。

题芝龛记八首（其三）

【清】秋瑾

莫重男儿薄女儿[1]，平台诗句赐蛾眉[2]。
吾侪[3]得此添生色[4]，始信英雄亦有雌。

【注释】

① 薄女儿：轻视女子。

② 平台诗句赐蛾眉：指明思宗（崇祯）赋诗赞秦良玉事。《明史·秦良玉传》中记载，“崇祯三年，永平四城失守。良玉与翼明奉诏勤王，出家财济饷。庄烈帝（崇祯的谥号）优诏褒美，召见平台，赐良玉彩币羊酒，赋四诗旌其功。”平台，在北京紫禁城内，明代为皇帝召见大臣的地方。蛾眉，亦作“娥眉”，形容女子细长而弯的眉毛，常用作美女的代称，这里借指女子。蛾，以蛾的触须比拟眉毛的弯状。语出《诗经·国风·卫风·硕人》：“螓首蛾眉，巧笑倩兮，美目盼兮。”

③ 吾侪：我辈；我们这类人。侪，等辈，同类的人们。

④ 添生色：增添光彩。

【赏析】

秋瑾的学生兼革命盟友徐双韵在《记秋瑾》中曾写道，秋瑾少年时期“特别爱读《芝龛记》等小说，对秦良玉、沈云英备极推崇”。《题芝龛记》是秋瑾的少年之作，共有八首，这首诗是其中的第三首。本诗显示了秋瑾少年时期争取妇女解放的思想，也表现出了她叱咤风云的英雄气概和豪放的性格。

秋瑾早年学习经史诗词歌赋，善于骑射，常以花木兰、秦良玉自喻，自小就有一股豪放气概。后来，她奉父母之命，媒妁之言，嫁给了颇有文名的王子芳，不料对方家富却胸无大志，庸碌无能。挣脱婚姻樊笼之后，秋瑾东渡日本留学，加入了光复会、同盟会等革命组织，走上反清爱国的革命道路。秋瑾英勇就义之后，孙中山先生亲笔为她题词：巾帼英雄。

撒盐空中差可拟，未若柳絮因风起

世说新语·言语（节选）

【南朝宋】刘义庆

谢太傅[1]寒雪日内集[2]，与儿女讲论文义[3]。俄而[4]雪骤，公欣然[5]曰："白雪纷纷何所似？"[6]兄子胡儿曰："撒盐空中差可拟。"[7]兄女曰："未若柳絮因风起。"[8]公大笑乐。即公大兄无奕女[9]，左将军王凝之妻也。

【注释】

① 谢太傅：即谢安（320—385），字安石，晋朝陈郡阳夏（今河南太康）人。做过吴兴太守、侍中、吏部尚书、中护军等官职。死后追赠为太傅。

② 内集：家庭聚会。

③ 讲论文义：讲解谈论诗文。

④ 俄而：不久；顷刻；一会儿。

⑤ 欣然：非常愉快的，自然的高兴的样子。

⑥ 白雪纷纷何所似：这纷纷扬扬的大雪像什么呢？何所似，像什么。

⑦ 撒盐空中差可拟：跟把盐撒在空中差不多。差，大致、差不多。拟，相比。

⑧ 未若柳絮因风起：不如比作柳絮凭借着风飞舞。

⑨ 无奕女：谢太傅的哥哥谢无奕的女儿，指谢道韫，东晋女诗人，左将军王凝之之妻，世称"咏絮才"，又称谢柳絮。"柳絮因风起"使谢道韫名垂千古，后"咏絮才"成为形容才女的专用词。

【赏析】

这篇文章是一篇千古佳话，通过描写咏雪，表现了谢道韫的聪明智慧与出众才华。平心而论，雪初下时，雪的颜色和下落之态跟盐确实比较接近，"撒盐说"可谓非常形似，但把盐撒在空中，意境上差了许多。当大雪纷飞时，"柳絮说"显然意境更美妙传神，也给人一种春天即将到来的感觉。正如唐朝大诗人韩愈在《春雪》诗中所描写："白雪却嫌春色晚，故穿庭树作飞花。""柳絮"与"飞花"，二者可谓异曲同工之妙。

"寒雪""内集""讲论文义""欣然""大笑"，也交待了谢家的门第以及家庭氛围。当时在东晋，王、谢两大家族并称，谢安家族可谓诗礼簪缨之族，既是官宦世家，也是书香门第，累世显贵，以诗书礼仪教育子弟。其实，也只有在这种知书达礼的富贵人家，才会在大雪无法出行时，有谈论文义的雅兴，也向读者展示了谢太傅家温馨愉快、和谐融洽、文化气息浓厚的家庭气氛。

文章比较含蓄，并没有直接说明谢太傅评价二人比喻的高低优劣，但"公大笑乐"，紧接着又介绍了谢道韫的身份，也暗示了他更赞赏谢道韫的才气。

秋阴不散霜飞晚，留得枯荷听雨声[1]

蝶恋花 · 春景[1]

【宋】苏轼

花褪残红青杏小。燕子飞时，绿水人家绕。枝上柳绵吹又少，天涯何处无芳草。

墙里秋千墙外道。墙外行人，墙里佳人笑。笑渐不闻声渐悄，多情却被无情恼。

【注释】

① 褪：减色；消退。

② 柳绵：即柳絮。

③ 天涯何处无芳草：谓春光已晚，芳草长遍天涯。现常引申为男女之间没必要死守一方，天下可以爱或值得爱的人有很多。

④ 无情：这里代指墙内的佳人。

【赏析】

苏轼向来以个性豪放不羁、豁达开朗而著称，开创了豪放词派，与后来的辛弃疾同为豪放派代表，并称“苏辛”，但苏轼的婉约词其实也写得相当好。写作这首词时，苏轼被贬为远宁军节度副使，惠州（今广东省惠州市）安置，是一个有职无权的闲职。这首词上阕写伤春，暮春将尽，表达了繁华易逝的伤感。下阕写伤情，暗示着词人对于朝廷忠心耿耿，却受到贬官远谪的不幸遭遇，表达了词人仕途坎坷、飘泊天涯的失落。宋代文学家范晞文曾言：“景无情不发，情无景不生。”词人正是借暮春景物的描写，表达了其政治上的失意与孤独惆怅。

一袭民国青布衫不染脂粉，黑色长裙淡雅朴素，两条麻花辫乌黑垂下，满面春风出口成诗，《中国诗词大会（第一季）》舞台上走出了一位温婉娴静的书香女子。满腹经纶、口吐莲花、自信果敢、过关斩将，精彩表现引发了观众的热议和点赞，更被无数学生奉为榜样。她，就是陈更。

陈更曾说过，她之所以会选择民国女学生的打扮，是因为穿得太花哨不符合诗词的气质，穿得太随便又显得邋遢，所以选择了这身富有书卷气息的民国装扮。

《中国诗词大会（第一季）》第一场中，三十九道题陈更答对了三十八道，正确率最高且用时最短，从百人团选手中脱颖而出，走向攻擂台，与台上“个人追逐赛”的获胜者彭超争夺擂主之位。

“我是来自北京大学工学院一般力学与力学基础专业的直博生。我现在攻读的方向是智能康复机器人，我和我实验室的老师同学们，希望在未来能够实现机器人让人更强壮，人让机器人更聪明，让老人能够重获青春，让士兵作战的时候战斗能力更强，让残疾人能够重新长出四肢来。”一番精彩的开场白，顿时锁定了全国观众的目光。

在攻擂时，她缓缓解释，“中国诗词讲究四素：气象、体面、血脉、韵度；气象欲其浑厚，体面欲其宏大，血脉欲其贯通，韵度欲其飘逸。”

---

1 《宿骆氏亭寄怀崔雍崔衮》【唐】李商隐

竹坞无尘水槛清，相思迢递隔重城。秋阴不散霜飞晚，留得枯荷听雨声。

尽管在争夺擂主的过程中，陈更惜败于彭超，未能成为《中国诗词大会（第一季）》首位擂主，但正如主持人董卿所说："没关系，还会有很多的机会，当你重新回到百人团之后，凭你的实力，我相信还是能够登上舞台，我们也把掌声送给陈更。"

果不其然，在第三场当中，陈更再次从百人团中胜利突围，如愿登上第四场的舞台。百人团选手中，答对题目最多的是四十一道，而陈更答对了三十九道题，用时 261 秒。虽然她的准确率不是最高的，答对题目不是最多的，却是速度最快的，每道题平均耗时仅为 6.7 秒，一如既往地神速。

在第四场中，陈更战胜其他四位选手，获得了向上场擂主李四维攻擂的机会。在第八道题中，"唐诗的影响不仅限于中国。伟大的奥地利作曲家马勒读到经过层层转译的唐诗后，以此为歌词创作了著名的《大地之歌》，请问该作品最后以哪首唐诗结尾？"

双方都没把握，僵持了好大一会儿，陈更率先按下按钮。虽然答错，可她说："我们势均力敌，把题晾在那里，两个人都不抢很不好看。输赢并不那么重要，虽然我答错了，不过我会铭记终生，这比得到擂主是更大的收获。"此前，陈更也说过："必胜非勇，能胜能不胜之谓勇，有时候胜利并不是最重要的。"

陈更将冒险精神发扬到底，错失了扳平比分乃至反超对手的机会，反而因答错送给对方 1 分，使李四维率先得到 5 分，守擂成功，但她并不后悔。胜了则已，输了也能玉成他人。"即使错了，我也没有遗憾，因为李四维真的是实至名归，希望他能留在擂台上给大家分享更多的诗词文化。"

过零丁洋[2]

【宋】文天祥

辛苦遭逢起一经，干戈寥落四周星。
山河破碎风飘絮，身世浮沉雨打萍。
惶恐滩头说惶恐，零丁洋里叹零丁。
人生自古谁无死，留取丹心照汗青。

【注释】

① 零丁洋：即"伶丁洋"，现在广东省珠江口外。1278 年底，文天祥率军在广东五坡岭与元军激战，兵败被俘，囚禁船上曾经过零丁洋。

② 遭逢：遭遇。

③ 起一经：因为精通一种经书，通过科举考试得中而被朝廷起用作官。文天祥二十岁考中状元。

④ 干戈寥落四周星：指抗元战争。寥落，荒凉冷落。四周星，四周年。文天祥从 1275 年起兵抗元，到 1278 年被俘，一共四年。

⑤ 絮：柳絮。

⑥ 萍：浮萍。

⑦ 惶恐滩：在今江西省吉安市万安县，是赣江中的险滩。1277 年，文天祥在江西被元军打败，所率军队死伤惨重，妻子儿女也被元军俘虏。他经惶恐滩撤到福建。

⑧ 零丁：孤独无靠的样子。

⑨ 丹心：红心，比喻忠诚之心。

⑩ 汗青：指史册。古代用竹简写字，先用火烤干其中的水分，干后易写而且不受虫蛀，故称汗青，也叫杀青。

【赏析】

这是一首著名的述志诗，是诗人被俘后的誓死明志之作，表达了诗人的铮铮铁骨与忠贞爱国之心，表现了诗人的英雄气概和高风亮节。在诗中，诗人回顾了自己的一生，苦读诗书，学而优则仕，进入仕途，在国难当头之际，组织义军奔赴首都拯救国家，但大厦将倾，独木难支，投降派苟且偷安，主战派寥寥无几，当时朝野上下，只有他与张世杰二人响应朝廷起兵勤王的号召，孤军奋战，寡不敌众，才屡遭失败。诗人回顾了战斗经历与被俘时的心情，抒发了个人的不幸与愁苦，饱含亡国之恨。被俘后的文天祥，敌方以高官厚禄诱惑他，甚至将宰相一职虚位以待三年之久，但诗人早已抱定了为国尽忠的坚定信念。尾联以高亢的笔调、磅礴的气势，表达了诗人舍身取义，以死明志的决心，抒发了诗人的爱国热情。“人生自古谁无死，留取丹心照汗青。”慷慨激昂、大义凛然，掷地有声，激励和感召着无数仁人志士为祖国、为民族、为正义事业而奋斗献身。

登科后[3]

【唐】孟郊

昔日龌龊不足夸，今朝放荡思无涯。
春风得意马蹄疾，一日看尽长安花。

【注释】

① 登科：唐朝实行科举考试制度，考中进士称及第，经吏部复试取中后授予官职称登科。

② 龌龊：原意是肮脏污秽，这里指不如意的生活处境与思想上的局促不安。

③ 不足夸：不值得提起。

④ 放荡：自由自在，不受约束。

⑤ 思无涯：思绪开阔无涯。

【赏析】

元代戏剧家高明在《琵琶记》中曾言：“十年窗下无人问，一举成名天下知。”古代读书人为了通过科举考试取得功名，改变人生命运，不惜发扬“头悬梁，锥刺股”的苦读精神，莘莘学子都梦寐以求有朝一日能够金榜题名，一举成名天下知，但由于竞争过于激烈，录取名额非常有限，

其实，对于奥地利作曲家马勒，陈更并不陌生，非常欣赏他，也解释了自己为何选错的原因。虽然她再次与擂主之位擦肩而过，但她深厚广博的学问功底也给观众留下了深刻的印象。

在台上，陈更自信霸气，所向披靡，无论是哪种形式的考题，都很难能难倒陈更，她不但可以从容地说出答案，还能说明出处和自身的理解。文学功底之深厚，对诗词之融会贯通，令人叹为观止。陈更还是个有冒险精神的勇敢姑娘，无论是在第一季中跟彭超、李四维等争取擂主，还是在第二季中最后跟武亦姝一决胜负，陈更抢答的速度都非常快，被点评嘉宾王立群老师冠以“快枪手”的称号。比如，在一道图片线索题中，只出现了一条石子路和半段围墙，陈更就抢答出正确答案，“墙里秋千墙外道，墙外行人，墙里佳人笑。”[1]她说：“我喜欢那种在未知中猜自己的判断是否正确的游戏。”她的果敢，连主持人董卿都不由赞叹，“我很佩服你的这种冒险精神，这让我看出了你身上有种男子气概。”这样的人很有领袖气质，在情境不明的情况下明确方向，指出前进目标，既有高瞻远瞩的视野，又有实际行动的魄力。

博学，果敢，自信，这就是她的魅力！她也坦言：“竞技就是展现实力，如果非得等到‘人生自古谁无死，留取丹心照汗青’[2]才能确定是‘文天祥’，那抢答就没有意义了。”也正是因为她的“快手”，让她一次又一次送分给对手，最终与冠军失之交臂。然而，她却有自己的缘由。“我喜欢不怕死、不计后果的那种快感。为了一个虚无缥缈、无关国家民生的‘擂主’的位置，

让我放弃那一瞬间闪烁而来的灵感和快意，不值当。”她还举例，“就好像你看到了一只眼睛，你猜她是个美人，于是想说与人知，即使最后看到她脸上缺陷良多不是美人，但也不辜负你最初那一刹那的怦然心动。”对于陈更来说，离场并不遗憾，酣畅淋漓地对答如流过，果断坚定地恣意绽放过，沉浸身心地享受过，便已足矣。

2017 年《中国诗词大会（第二季）》，陈更强势回归。“‘秋阴不散霜飞晚，留得枯荷听雨声’。一年过去了，衣服还是旧衣服，人也是旧人，我身上的细胞可能都老了一点，但是这颗爱诗词的心依然是崭新的，我想诗词和其他读物不同的一点便在于它经得起反复重温，反复推敲。幼年时读的‘夕阳无限好，只是近黄昏’，可能只是落日，成年时再读就有一点大唐的颓势味道；幼年时读的‘夜来风雨声，花落知多少’，可能只是暮春的晚上，

如愿以偿者终究是少数。当幸运来临时，他们按捺不住得意和欣喜之情，纷纷题诗抒怀，其中最有名的当属孟郊的这首《登科后》。孟郊早年生活贫困，屡试不第，直到 46 岁才考中进士。放榜之日，孟郊喜不自胜，当即写下了生平第一首快诗《登科后》。

诗的头两句，将昔日的辛酸苦难与今日的心花怒放相对比，可谓苦尽甘来，时来运转，一下子脱离了苦海，似锦的前程正在前方召唤着诗人，从而感觉以前付出的所有苦难都是值得的。三四句成为脍炙人口的名句，留下了两个成语：春风得意、走马观花，表达了诗人神采飞扬，人逢喜事精神爽的心满意足，踌躇满志。

列子

明，郭诩，上海博物馆藏

花蝶图（局部）
清，马荃，南京博物馆藏

成年后再读你会感叹韶华易逝。所以人生有多包罗万象，诗词就有多包罗万象。于是我站在这里，从去年到今年，就是为了证明诗词具有时间免疫性，我去年爱它，今年更爱它，它永不过时。同时我也是想让大家知道，前浪还没死。”

一番开场白后，陈更投入答题中，越战越勇，一举夺下了当场擂主。在《中国诗词大会（第一季）》中，陈更两次攻擂，都功败垂成，但在《中国诗词大会（第二季）》中，她却先后当了三场的擂主，当过四场擂主，同为夺冠大热门的彭敏曾戏言陈更的实力让人“魂飞魄散”。总决赛之前，央视网的调查中，陈更的夺冠支持率也是最高的，最终名列季军。

陈更自幼用功读书，曾以优异的成绩考取同济大学，主攻电子与信息工程学院自动化专业；在大学里多面发展，担任学习委员、院团学联部长等，并获得了国家教育部“国家奖学金”、“同济大学优秀毕业生”、“优秀志愿者”、“优秀学生标兵”、“团学联优秀部长”等奖项。2013年被保送北京大学直接攻博，就读于工学院“一般力学与力学基础”专业，从事康复机器人方向的研究。在北京大学，她获得了北京大学“五四奖学金”、“光华奖学金”、“忠孝振兴奖学金”、“社会工作奖”等多项荣誉。

陈更曾参加过多档诗词、国学栏目的录制，都取得了不俗战绩。如今的陈更在诗词圈已经小有名气，被誉为“从函数定理的北大理工女博士到风花雪月的‘诗词女神’”，一时间正是“春风得意马蹄疾，一日看尽长安花”[3]。

厚积薄发

不积跬步，无以至千里

劝学（节选）

【先秦】荀子

积土成山，风雨兴焉；积水成渊[①]，蛟[②]龙生焉；积善成德，而神明自得，圣心备焉[③]。故不积跬[④]步，无以[⑤]至千里；不积小流，无以成江海。骐骥[⑥]一跃，不能十步；驽马十驾[⑦]，功在不舍[⑧]。锲[⑨]而舍之，朽木不折；锲而不舍，金石可镂[⑩]。蚓无爪牙之利，筋骨之强，上食埃土，下饮黄泉，用心一也[⑪]。蟹六跪[⑫]而二螯[⑬]，非蛇鳝之穴无可寄托者，用心躁也。

【注释】

① 渊：深水，潭。

② 蛟：古代传说中一种能发洪水的龙。

③ 积善成德，而神明自得，圣心备焉：积累善行而养成品德，达到很高的境界，通明的思想也就具备了。

④ 跬：古代的半步。古代称跨出一脚为“跬”，跨两脚为“步”。

⑤ 无以：没有用来……的（办法）。

⑥ 骐骥：骏马，千里马的别称。

⑦ 驽马十驾：劣马拉车连走十天（也能走得很远）。驽马，劣马。驾，马拉车一天所走的路程叫“一驾”。

⑧ 功在不舍：成功在于不停止。舍，停止，放弃。

⑨ 锲：用刀子刻。

⑩ 金石可镂：金，金属。石，石头。镂，原指在金属上雕刻，泛指雕刻。

⑪ 用心一也：因为用心专一。

⑫ 六跪：六条腿，蟹实际上是八条腿。跪，蟹脚。海蟹后面的两条腿只能划水，不能用来走路或自卫，所以不能算在“跪”里。

⑬ 螯：螃蟹等节肢动物变形的第一对脚，形状像钳子。

【赏析】

这篇文章主要谈到了学习的方法和态度，必须重在积累，贵在坚持，必须心无旁骛，才能学有所成，而不能三天打鱼两天晒网。宋代大学者朱熹在《偶成》一诗中说：“少年易老学难成，一寸光阴不可轻。”学习是人生的一堂必修课，必须活到老学到老，终生学习。作者用一系列比喻，从正反两个方面，说明了积累的重要性以及半途而废会造成的不良后果，得出“锲而舍之，朽木不折；锲而不舍，金石可镂”的结论，论证了积累的重要性。“海不辞水，故能成其大”，积少成多，量变形成质变。学习知识也是一样，不可能一蹴而就，也只有通过一点一滴的积累，才能不断进步。纵有天赋，但也不可能一步登天，还是得脚踏实地。笨鸟只要先飞，也可以飞得很远。乌龟虽然爬得很慢，但只要不懈怠，勤奋努力，照样可以胜过爱睡懒觉的兔子。积累固然重要，坚持不懈同样重要，行百里者半九十，学习必须要有坚毅的恒心，认准了目标就要为之而努力。学习除了积累与坚持，还要专心致志，不能心浮气躁，为外界的各种诱惑所困扰。孟子曾经写过一则寓言故事，说的是弈秋教两个学生下围棋，其中一名学生“用心一也”，专心听讲，另外一名学生“用心躁也”，老是想着要拿箭去射天上飞过的大雁。二者学习态度截然不同，各自学习的效果自然也不难判定。

少小须勤学，文章可立身[1]

念奴娇·过洞庭[1]

【宋】张孝祥

洞庭青草，近中秋，更无一点风色。玉鉴琼田三万顷，著我扁舟一叶。素月分辉，明河共影，表里俱澄澈。悠然心会，妙处难与君说。

应念岭表经年，孤光自照，肝胆皆冰雪。短发萧骚襟袖冷，稳泛沧溟空阔。尽挹西江，细斟北斗，万象为宾客。扣舷独啸，不知今夕何夕！

【注释】

① 洞庭青草：指洞庭湖与青草湖。洞庭湖，在今湖南岳阳西南。青草湖，位于洞庭湖的东南部，因湖的南面有青草山而得名，与洞庭湖一脉相连。

② 琼：美玉。

③ 素月：皎洁的月亮。

④ 明河：天河，银河。

⑤ 表里：里里外外。此处指天上月亮和银河的光辉映入湖中，上下一片澄明。

⑥ 岭表：五岭的南面，指现在的广东和广西地区。

⑦ 孤光：指月光。

⑧ 萧骚：稀疏。

⑨ 沧溟：大海。

⑩ 扣：敲击。

⑪ 啸：撮口作声，打口哨。

⑫ 不知今夕何夕：赞叹夜色美好，使人沉醉，竟忘掉时间。

陈更，1992年出生，陕西咸阳人，自幼刻苦读书，高中就读于咸阳育才中学。2009年考入同济大学；2013年进入北京大学读博，主攻康复机器人制造方向。在学校，陈更一直品学兼优，获奖无数。

对于自己的学习，陈更最感激的人是父母。父母性情憨厚淳朴，一生热爱读书，言传身教，陈更从小就耳濡目染，养成了手不释卷、勤奋好学的习惯，也形成了知书达礼的性格。书能给人以知识，更能给人以做人的道理，培养良好的人格修养。

陈更的母亲梁秋霞是陕西省咸阳市沣东中学的英语老师，从小陈更便随着母亲生长在这里。受父母影响，从小学三年级起，陈更就养成了写日记的习惯并坚持到现在，但只有身边的人知道，她的努力有多么让人心疼。看到女儿在全国人民面前如此出彩，梁秋霞曾经多次回忆说："大家只看到了她在舞台上的精彩表现，却不知道多少个深夜她坚守在书桌前的那份努力。"知女莫如母，对于女儿的出彩，她一点都不感到意外。陈更告诉母亲，她参加比赛并不是为了把别人比下去，而是重在参与，让大家了解知识的重要性。对女儿的这份自信，梁秋霞感觉无比自豪。

小时候，陈更就经常被父母亲带着一同逛书店，相对于父母为她选择的《十万个为什么》《世界未解之谜》而言，她最初更喜欢的其实是《故

1《神童诗》（节选）【宋】汪洙

少小须勤学，文章可立身。满朝朱紫贵，尽是读书人。学问勤中得，萤窗万卷书。三冬今足用，谁笑腹空虚？

事会》《脑筋急转弯》。虽然这些，都与诗词歌赋并没有什么关系，但阅读的种子早已在潜移默化当中，深深扎根于她的心中，让她从此爱上了阅读，并一发而不可收。她说："看书的时候，文字好像就从纸上袅袅升起，组成一幅幅唯美的画面，让我有倾聆的自由和想象，那种自由而又神奇的大脑反应，真是'悠然心会，妙处难与君说'[1]"。

陈更的曾祖父是一个书生，做过咸阳城里几所高中的校长。陈更的爷爷喜欢收集语文课本，把几个孩子从小的课本和课外书一本不落地存放起来。两代人积攒下来，竟也堆起了一个图书角。小时候的陈更每年寒暑假回到老家，便在这些旧语文课本和《浮躁》等上世纪八十年代的小说中度过，多了不少不为同龄人所知的谈资；青春时期的陈更也像大多数少女一样，追郭敬明的《幻

【赏析】

宋孝宗乾道二年（1166年），张孝祥受到政敌的谗害而被免职。他从桂林北归，途经洞庭湖时，借洞庭夜月之美景，抒发了自己的高洁忠贞和豪迈气概。词的上阕写景，描写广阔清静、上下澄明的湖光水色，属于静态描写。在皎洁的月光照耀下，辽阔的洞庭湖风平浪静，万顷碧波，如洁白明净的玉鉴琼田，水天一色，也反映了词人光明磊落，胸无点尘的崇高人格。下阕抒情，抒发了词人豪爽坦荡的志士胸怀，表现了大无畏的英雄气概。"肝胆皆冰雪"表达了词人胸怀坦荡，忠肝义胆，如同晶莹的冰雪的品质。"尽挹西江，细斟北斗，万象为宾客。"可谓奇思妙想，气魄宏大，表达了词人酣畅淋漓的兴致和壮志凌云的气度，凸显词人襟怀坦荡、识见超迈与乐观豪爽的性格，颇有居高临下，对投降派不屑一顾的气势，达到了超越时空的精神境界。

赤壁图（局部）

金，武元直，台北故宫博物院藏

十二月令图轴之八月仲秋(局部)

清，唐岱、丁观鹏，台北故宫博物院藏

城》，看排行榜上的小说；上了大学，从深奥的哲学，到优美的散文，她尽情浏览，从中寻找文字的灵感，获得人生的感悟。她说：“我特别沉迷于语言和文字的魅力。看文字会有一种特别清明的联想，文字里的宏大气势会在你的身边荡漾。对文学的理解就是对自己世界观的理解。”从那时起，陈更的世界观和价值观便逐步丰盈、完善起来。

从小学三年级起，陈更就开始记日记，一直坚持到了现在。读万卷书，还要行万里路。为了给陈更提供更多素材和灵感，每年母亲都会带她去外地旅游、写游记。广泛的阅读再加上父母的悉心培养，陈更从小就写得一手好文章，作文经常被作为范文在班级里朗读。陈更几乎次次考试都是全年级第一，还获得过全国高中生物理竞赛二等奖，但她丝毫不骄傲。尽管老师告诉她可以自己安排自己的学习进度，高中三年，她始终是班上听讲最认真，课后向老师提问最多的学生。

上大学后，对于理工科繁重的学业，她以更为刻苦的态度应对，在很长的一段时间里，早上六点起，凌晨两点睡。2013 年，陈更被推荐保送北京大学直接攻博，就读于工学院“管理科学与工程”专业，从事康复机器人方向的研究。有着深厚人文底蕴和学术积淀的北京大学深深感染着陈更，激励着她变得更好。“从进入燕园的第一天起，我就明白了要不断成为更美好的自己，同时不失为自己。”她果真不负韶华，获得了多项奖学金和荣誉。

胸藏文墨怀若谷，腹有诗书气自华。面对“诗词女神”陈更，或许你在羡慕，羡慕她 25 岁的芳华诗意灿烂；或许你在悔恨，悔恨自己错过了太多的诗情画意。的确，陈更从小就是个读书种子，但她真正开始广泛读诗的时间只不过四年而已。

研一那年，她从一个手机软件中偶然打开了《蒋勋说唐诗》，发现原来诗词并非印象中的那般学术、晦涩，反而充满了唯美和浪漫。从此，她对诗词一往而情深。陈更说："这本书的特别之处在于，诗词不仅照进历史与美学，还照进生活，能让读者看到诗人的人格和灵魂对自己的引导。比如，那些神秘的'一春梦雨常飘瓦，尽日灵风不满旗'[2]，让人在似懂非懂之间感受到美；那些细腻的'开到荼蘼花事了，丝丝天棘出莓墙'，让你发现在季节流转中的妙趣。"

她称自己大概是《中国诗词大会》选手中最晚的诗词爱好者，21 岁后才开始博览诗词。诗词是稍微艰深一点的文字，到很晚才能明白其中的魅力。在节目中，陈更这样阐述她的这份热爱："我爱我机器人生涯，它是我理性现实的左岸；我也爱我诗情画意的诗词世界，它是我柔软感性的右岸。"

在浩如烟海的诗词当中，她穿越历史，与千百年前的智者对话，重新解读了各位名家，认识了不食人间烟火的"谪仙人"李白，率真随性的"文曲星"苏轼，表里不一的"情话高手"元稹等；更结识了目前为止唯一的偶像，有"千古暖男"之称的杜甫。杜甫是个善良的人，忧国忧民的人，尽管自己也经常食不果腹，却还操心隔壁老奶奶有没有饭吃，而且言行合一。春天时，他感怀"国破山河在，城春草木深"[3]；夏天时，他感慨"雨降不濡物，良田起黄埃"；秋天时，他感叹"鸿雁几时到，江湖秋水多"[4]；冬天了，他又感伤"朱门酒肉臭，路有冻死骨"……所以人们才说，杜

重过圣女祠[2]

【唐】李商隐

白石岩扉碧藓滋，上清沦谪得归迟。
一春梦雨常飘瓦，尽日灵风不满旗。
萼绿华来无定所，杜兰香去未移时。
玉郎会此通仙籍，忆向天阶问紫芝。

【注释】

① 圣女祠：在甘肃陇南武都秦冈山悬崖之侧，有神像，上赤下白，上郡人有病，多祭祀之，世人称其为"圣女神"。

② 白石岩扉：指圣女祠的门。岩扉，岩洞的门。

③ 碧藓滋：长满碧绿的苔藓。碧藓，青苔。

④ 上清：道教有三位至高尊神，即玉清元始天尊、上清灵宝天尊、太清道德天尊，合称"三清"。"三清"同时也指玉清、上清、太清三清胜境。

⑤ 沦谪得归迟：（神仙）被贬谪到人间，迟迟未归。

⑥ 梦雨：迷蒙细雨。

⑦ 尽日：终日，整天。

⑧ 灵风：神灵之风。

⑨ 不满旗：不能把旗子全部吹展。

⑩ 萼绿华：中国古代传说中道教女仙名，简称萼绿。原是九嶷山中得道女子罗郁。晋穆帝时，夜降羊权家，赠权诗一篇，火浣手巾一方，金玉条脱各一枚。

⑪ 杜兰香：仙女名，古诗文中常常提到。典出晋人曹毗所作《杜兰香传》。据传她是后汉时人，三岁时为渔父收养于湘江边，长至十余岁，有青童灵人自空而降，携之而去。临升天时谓其父曰："我仙女杜兰香也，有过谪人间，今去矣。"据说她后来还曾下嫁于凡人张硕。

⑫ 玉郎：道家所称天上掌管神仙名册的仙官，也是对男子的美称。

⑬ 通仙籍：取得登仙界的资格。古时称登第入仕为通籍。仙籍，仙人的名籍。

⑭ 天阶：天官的殿阶。

⑮ 紫芝：真菌的一种，似灵芝。古人将其视为瑞草，道教则认为其是仙草。

【赏析】

李商隐的诗歌喜欢用典，含蓄晦涩，往往令后人费解。这首诗历来争议很大，是李商隐诗歌中最难解的诗篇之一。本诗运用了大量与道家、仙家有关的典故，如“上清”“萼绿华”“杜兰香”“玉郎”“紫芝”等，典故本身的迷幻色彩也给诗歌带来一种迷离恍惚的感觉。李商隐写有十几首《无题》诗，多与爱情有关，其中的大部分是怀念恋人宋华阳。李商隐年轻时曾在玉阳山学道，结识了陪同公主入观修道的宫女宋华阳，彼此产生了深切的恋情。最后由于种种原因，他们的爱情夭折了。这对于李商隐来说是刻骨铭心的，他写下了大量诗歌来追忆。这首诗表面上歌咏圣女祠所供的圣女，实际上是把宋华阳比作高洁的圣女，由此寄寓爱情的感伤。

春望[3]

【唐】杜甫

国破山河在，城春草木深。
感时花溅泪，恨别鸟惊心。
烽火连三月，家书抵万金。
白头搔更短，浑欲不胜簪。

【注释】

① 国：国都，指长安，今陕西西安。
② 破：残破，破败。
③ 山河在：旧日的山河仍然存在。
④ 烽火连三月：从755年冬发生安史之乱，到757年春，诗人在动乱中已度过两个春天，也就是两个暮春三月。
⑤ 簪：用来固定发髻或绾结冠发的针形首饰。古代男子蓄长发，成年后束发于头顶，用簪子横插住，以免散开。

甫“从未年轻过”。虽然，在一生中的绝大部分时间，杜甫只是一介“草根”，但他却始终心系家国，悲天悯人，并将这种情怀反映在他的作品中，这也正是他的作品被称为“诗史”，他本人被称作“诗圣”的主要原因。

认真解读杜诗之后，陈更在文章中写道：“我们诵读着杜甫的诗篇，这些对国家的深沉的爱、忧国忧民的忧患意识、对亲人的设身处地的疼惜，也渐渐融进我们的身体。于是杜甫那仁慈的心，博大的胸襟，便能一代又一代地延续。”

在与先贤心灵对话的过程中，陈更穿越千年，回到大唐盛世，找到了心灵的知己。陈更最爱的就是唐诗：“唐朝由盛转衰，也在唐朝诗歌从‘明月出天山，苍茫云海间。长风几万里，吹度玉门关’的开阔豪迈，到‘深居俯夹城，春去夏犹清。天意怜幽草，人间重晚晴’的小温馨转变过程中，得到了体现。唐朝诗歌有着其他朝代无法企及的厚度与广度。”

作为工科博士，陈更的生活异常忙碌：每天早上7点起床、晚上12点睡觉。在偌大的校园里，她在宿舍、实验室、图书馆之间“三点一线”地穿梭着，为学业忙，为事业忙，忙惯了的她一闲下来就觉得“很空”，所以时刻都在学习中。在学校宿舍，陈更的书桌上永远有一本用透明书签压着的书，《迦陵讲演集》或《煮字为药》。一边刷牙，抹面霜，一边用目光追随着当代大家对古典诗词的解读正是她的日常。为了读诗，她每天早晨拒绝赖床，抛弃了温暖的被窝。她还加入了北京大学的耕读社，与志同道合的同学一起诵读古代经典，学习传统文化。对于诗词，“寒暑假读，吃饭读，坐地铁读，坐火车读，睡前读，清晨读”。从《唐诗三百首》到许多诗人的全集，陈更一直在诗词的世界里遨游，填补了没有从小读诗的遗憾。

对于女博士，大家第一感觉可能是很羡慕，然后就是觉得女博士应该是不食人间烟火的“神人”。陈更说，没入学之前，女博士在她心里是老学究的形象。当真的生活在博士生中间，她发现博士生其实才是永远年轻的人。只有心怀极大的热忱，才能度过日复一日的孤寂而高强度的工作。

陈更说：“博士的辛苦在于你永远没有工作告一段落的时候，你永远要向前。因为你在做的事，可能全世界有很多人都在做，你必须要赶在别人前面做出成果来，如果别人在你之前发表，可能你就功亏一篑了。要创造新的知识，要全面深入地了解所在领域的科研现状，并找到突破口，尽快做出成果来，是博士压力大的原因。”

学习诗词，陈更的记忆方法就是把诗读通了、读透了，或者联想画面，或者想成小故事。比如，李白的《侠客行》，诗气通畅如行云流水，陈更就觉得非常好背。“‘赵客缦胡缨，吴钩霜雪明。银鞍照白马，飒沓如流星。十步杀一人，千里不留行。事了拂衣去，深藏身与名。’这就是明快清晰的人物素描，其后还有窃符救赵的故事情节，背了上句，下句不由的就来了。”

《中国诗词大会》点评嘉宾蒙曼、康震等老师都对她欣赏有加，蒙曼说：“我特别相信她的比赛经验，我也挺相信她的知识储备的。”

即使在诗词上取得了骄人的成绩，陈更还是谦虚地表示，自己的专业是机器人，诗词只是外行。

【赏析】

杜甫写此诗时内心非常沮丧，“感时花溅泪，恨别鸟惊心”。安史之乱爆发后，唐玄宗逃至四川。唐肃宗在灵武登基，杜甫听后投奔肃宗，结果在路上却被安禄山的军队抓住，关押在长安。次年春天，看到曾经无比繁华的长安一派凋零落败，联想到整个江山的衰败，感慨尤其深刻。这首诗即写于被关押长安期间，当时他的妻子和孩子远在北方，大概在今陕北一带，当时称鄜州，没有音信，所以“家书抵万金”。他写这首诗的时候，看不到希望，非常痛苦。

（康震、郦波）

天末怀李白[4]

【唐】杜甫

凉风起天末，君子意如何？
鸿雁几时到？江湖秋水多。
文章憎命达，魑魅喜人过。
应共冤魂语，投诗赠汨罗。

【注释】

① 天末：天的尽头。杜甫当时客居的秦州地处边塞，如在天之尽头。
② 君子：指李白。
③ 鸿雁：喻指书信。化用了“雁足传书”这一历史典故。
④ 江湖：喻指路途充满坎坷。这是为李白的行程担忧之语。
⑤ 魑魅：鬼怪，这里指朝廷中的小人。
⑥ 冤魂：指屈原。屈原被放逐，投汨罗江而死。杜甫深知李白从永王李璘实出于爱国，却蒙冤放逐，正和屈原一样。所以说，应和屈原一起诉说冤屈。
⑦ 汨罗：汨罗江，在洞庭湖东侧，属洞庭湖水系。

【赏析】

这首诗是杜甫思念挚友李白的抒情名诗。此时的李白虽然因永王李璘案被流放夜郎，途中遇赦还至湖南，但归途遥远，风波险阻，诗人仍对李白非常牵挂、怀念和同情，并为他的悲惨遭遇愤慨不平。

诗人以凉凉的秋风引起此诗，给全诗笼罩了浓浓的悲愁。凉风乍起，天气寒凉，诗人不由得挂念起在尚在路途中奔波的好友李白，不知道他处境如何。次句以鸿雁这一物象，借物抒情，希望早日知道好友的音讯，寄托自己的相思。三四两句兼具议论和抒情，对友人深沉的怀念，进而抒发对其身世的同情。友人出众的才华和遭遇小人排挤的不幸命运，使得诗人为好友感到愤懑不平，对好友寄予同情。诗人用被谗放逐、自沉汨罗的爱国诗人屈原作比较，赞美了李白的品性，反映出对朋友的深厚情感。

山馆读书图（局部）

宋，刘松年，北京故宫博物院藏

不慕繁华

扫眉才子笔玲珑，蓑笠寻诗白雪中

柳絮泉[1]

【明】王鸿

扫眉才子[2]笔玲珑，蓑笠寻诗白雪[3]中。

絮不沾泥心已老，任他风蝶笑东风。

【注释】

① 柳絮泉：柳絮泉是李清照的故宅，也是济南七十二名泉之一，位于趵突泉公园内漱玉泉西侧，泉池四周广泛种植垂柳，到了阳春三月，清泉倒映，柳絮纷飞，流光溢彩，春光无限。加之泉水“泉沫纷繁，如柳絮飞舞”，故名为柳絮泉。

② 扫眉才子：专指文采出众的女子。扫眉，妇女画眉毛。典故出自唐代王建《寄蜀中薛涛校书》：“万里桥边女校书，枇杷花里闭门居。扫眉才子知多少，管领春风总不如。”

③ 寻诗白雪：踏雪寻诗、烹茶观雪、吟诗作乐、寒夜寻梅、赏灯猜谜、闲斤对弈等等，都属于古代有闲阶层女子的悠闲生活。

【赏析】

这首诗中的“扫眉才子”是指南宋女词人李清照。李清照号易安居士，能诗善词，形式上善用白描手法，自辟蹊径，语言清丽，是婉约派的杰出代表。扫眉才子，原本说的是薛涛，后来泛指有才能的女子。俗话说，女子无才便是德，但古代的女才子，却也不乏巾帼不让须眉者，如文采不输才子丈夫司马相如的卓文君、为哥哥班固续写《汉书》的班昭、留下过《胡笳十八拍》的蔡文姬、有咏絮才之称的谢道韫，还有并称唐代女冠三杰的薛涛、鱼玄机、李冶。稍晚于李清照之后的朱淑真，还有鉴湖女侠之称的秋瑾。不过，素有“千古第一才女”之称的李清照，显然是个中翘楚。该诗前两句甚赞其文才，以玲珑巧妙的笔法书写诗文，后两句隐括其人品，性格高洁坚韧，表达了诗人对李清照的高度赞赏。

书山有路勤为径，学海无涯苦作舟[1]

菩萨蛮·金陵赏心亭为叶丞相赋[1]

【宋】辛弃疾

青山欲共高人语，联翩万马来无数。烟雨却低回，望来终不来。

人言头上发，总向愁中白。拍手笑沙鸥，一身都是愁。

【注释】

① 叶丞相：即叶衡，字梦锡，婺州金华人。叶衡于淳熙元年（1174年）冬始入京拜相。此称丞相，应该是后来追加的。

② 高人：志趣高雅的人。

③ 联翩：鸟飞的样子，比喻连续不断。

④ 低回：徘徊流连的样子；情绪跌入谷底。

【赏析】

词的上阕写出了自己的抑郁惆怅，青山本来矗立不动，词人笔下，青山却仿佛有话要与人交谈；又将群山比作奔腾的马群，写出了山连绵的气势，也表现出词人对指挥千军万马驰骋疆场的热切希望。然后笔锋一转写朦胧的烟雨之景，表达自己无限的怅惘。下阕运用移情的手法，词人用诙谐幽默的笔法写沙鸥"一身都是愁"，实则在抒发自己的愁苦。人愁苦忧虑时会青丝变白发，而沙鸥通体皆白，是其自然特征，而非愁苦造成的。词人借沙鸥的愁作为自己愁苦的宣泄口，抒发了自己壮志难酬，报国无门的慨叹。

对于陈更而言，诗词是她执着的偏爱。很多人会感叹，热爱诗词的人，都有一种非常特别的气质。对此，陈更也畅所欲言："诗歌与其他学问比如电脑、算术、英文不同的一点是，它与技能无关，所以接近诗词，被它吸引，也往往不是因为好学、求知，就是因为被感发、被感动，让人觉得心不死。正如叶嘉莹先生讲她最初学诗时所说：'这本不是出于追求学问知识的用心，而是出于古典诗词中所蕴含的一种感发生命对我的感动和召唤。'所以，当然会改变气质。"

她喜欢诗词里的纤细入微，极敏感的感官意象，就像"池塘生春草，园柳变鸣禽"，自然而鲜活；她喜欢诗词里执着倔强的坚持，就如"烟雨却低回，望来终不来"[1]，热血而凄美……这些都是现实中甚至其他文学形式中所没有的。

酷爱诗词的陈更，早已将自己的生活过成了诗，"诗意"融入了她生活中的方方面面。无论是手机、电脑的文件夹，还是网名、群名，无一不是诗词元素。她说，她要用自己的方式表达对古诗词的挚爱和传承，同时将诗词之美不遗余力地展示给身边的每一个灵魂。她的手机备份文件夹叫做"过尽晓莺啼处"，这出自晏几道一首描写情人送别的小令《清平乐》，在她看来这句词有过往美好日子的感觉，有飞珠溅玉、晓莺啼过的回忆；存声音的文件叫"哀筝一弄湘江曲"[2]，它本就是描摹声音的；

1《古今贤文·劝学篇》（节选）【明】佚名

身怕不动，脑怕不用。手越用越巧，脑越用越灵。三天打鱼，两天晒网，三心二意，一事无成。一日练，一日功，一日不练十日空。拳不离手，曲不离口。刀不磨要生锈，人不学要落后。书山有路勤为径，学海无涯苦作舟。师傅领进门，修行在自身。熟能生巧，业精于勤。

存照片的叫“声声写尽湘波绿”，一张张照片拼出五光十色的生活——这两句都出自晏几道的另一首写弹筝的小令《菩萨蛮》。平时写的文学随笔，放在“梨花满地不开门”里，这出自唐代诗人刘方平的《春怨》，因为有如宫人的寂寞，写作也是一个孤寂的过程；她爱听的音乐，收在“如梦令”里，取了词牌名如梦的意境，因为音乐本身就如梦境。

“诗词已渗入生活中，越来越难忘。”陈更说。平时看到青山，她会想起“平林漠漠烟如织，寒山一带伤心碧”；看到落日，会想起“天意怜幽草，人间重晚晴”；给学弟学妹鼓励时，会想起“少年易老学难成，一寸光阴不可轻”；想念故人，会想起“空山松子落，幽人应未眠”……有一天，实验室来了客人，陈更以茶招待，但实验室里只有简陋的纸杯，稍显寒碜。然而，当陈更的眼角瞥见纸杯上写的几行字“绿槐夹道集昏鸦，敕使传宣坐赐茶。归到玉堂清不寐，月钩初上紫薇花”时，便再也不觉得纸杯寒酸了。这首诗名叫《入直召对选德殿，赐茶而退》，是时任南宋左丞相的周必大所写。皇帝赐坐赐茶，君恩浩荡。淡月轻云，夜静人稀。瑞脑香凝，月钩初上，紫薇花开。如此意境，自然是令人心旷神怡。

看到《念奴娇·春情》[3]下写着作者“【宋】李清照”，陈更会突然恍惚：“这首词经历了多少历史风雨，经过多少风流人物的手，千辛万苦才传到我眼前，却只为告诉我，千年前的一位女子，坐在她的南窗下，有过这样一个斜风细雨的春日午后。这是一件多么神奇而幸福的事情，我们怎么能不读诗词呢？”

从小就爱书成痴的陈更认为，书籍对人价值观的形成至关重要。一个人看过什么书，会影响他

菩萨蛮[2]

【宋】晏几道

哀筝一弄湘江曲，声声写尽湘波绿。纤指十三弦，细将幽恨传。

当筵秋水慢，玉柱斜飞雁。弹到断肠时，春山眉黛低。

【注释】

① 弄：弹奏乐曲。

② 湘江曲：曲名，即《湘江怨》。相传舜帝南巡苍梧，二妃追至南方，闻舜卒，投江而死。后人以此为题材写成乐曲。

③ 十三弦：西汉史游编撰的《急就篇》之三颜师古注，“筝，亦小瑟类也，本十二弦，今则十三。”

④ 秋水：秋天澄澈的水，多用来比作清澈明亮的眼睛。

⑤ 慢：形容眼神专注。

⑥ 玉柱斜飞雁：古筝弦柱斜列如雁行，故又称雁柱。

⑦ 春山：比喻美人秀丽的眉峰。

⑧ 眉黛：古代女子用黛画眉，故称眉为眉黛，形容女子容貌美丽。黛，青黑色的颜料。

【赏析】

这首词用细腻的笔触描写了一个弹筝女子的形象，表面上反映了她心中的幽恨，实则表达了词人内心的不满和愁绪。词人可能是写眼前之人，也可能别有寄托。首句“哀筝”就奠定了愁怨的基调，弦乐原本是靠耳朵听的，词人却从视觉角度描写，“声声写尽湘波绿”让人感受到了筝声的美妙，如湘江碧波一样荡漾开来，萦绕在人心头。第二句写出了曲调的如泣如诉，表现弹筝女子的哀怨。下阕细写弹筝女子的神态，“秋水”二字可以使人想到女乐的眼神波光流转的样子，女子将全身心融入到了乐声里，神情也随音乐产生了变化，弹到断肠时忍不住轻蹙眉头，黯然神伤。

念奴娇·春情[3]

【宋】李清照

萧条庭院，又斜风细雨，重门须闭。宠柳娇花寒食近，种种恼人天气。险韵诗成，扶头酒醒，别是闲滋味。征鸿过尽，万千心事难寄。

楼上几日春寒，帘垂四面，玉阑干慵倚。被冷香消新梦觉，不许愁人不起。清露晨流，新桐初引，多少游春意。日高烟敛，更看今日晴未。

【注释】

① 念奴娇：词牌名。又名“百字令”“酹江月”“大江东去”，双调一百字，前后阕各四仄韵。

② 重门：一层又一层的门。

③ 寒食：古代在清明节前两天的节日，禁火三天，只吃冷食，所以称寒食。

④ 险韵诗：以艰僻生涩难押之字为韵脚的诗。人觉其险峻而又能化艰僻为平妥，并无凑韵之弊。

⑤ 扶头酒：让人容易喝醉之酒。

⑥ 征鸿：征雁，即远飞的大雁。

⑦ 玉阑干：栏杆的美称。

⑧ 烟敛：烟收、烟散的意思。烟，这里指像烟一样弥漫在空中的云气。

⑨ 晴未：天气晴了没有？

【赏析】

这是女词人在寒食节将近时，思念丈夫赵明诚所作的一首词。“萧条庭院”给人以寂寥空旷之感，又加上连绵不绝的细雨，词人的思念就像细雨一般不绝如缕。词人饮酒作诗，酒醒之后，无端愁绪又袭上心头。之后化用鸿雁传书的典故，表达了对丈夫的诚挚思念。自己思念远行的丈夫，“万千心事”却无法捎寄。下阕紧承“万千心事”，词人独坐楼阁，栏杆拍遍，

的一生，因为会引导他思考，自己想成为一个什么样的人，什么才是他心中有意义的生活。而诗词既有“抒情”，也有“言志”，会有感动和召唤。陈更说，也许当一个孩子看到“苟利国家生死以，岂因祸福避趋之”[4]时，会从胸中涌出一股热流，从而决定要发奋学习，报效国家；也许当一个孩子看到“伤心桥下春波绿，曾是惊鸿照影来”时，会相信永恒的爱情，从而做一个专情的人；也许当一个孩子看到“千山万水不曾行，魂梦欲教何处觅”[5]时，会明白人的温柔敦厚，会懂得原谅，懂得要成为更好的自己……

在美妙绝伦的诗词世界里，也蕴含着丰富的人生哲理，它不仅可以提升人的修养气质，还可以使人明智。陈更认为，“如果我们在读古人的诗词时，想到他们在生命最艰难的时候从未放弃过精神的干净，在无数的困境中坚守精神，能给现代人一个反思，那该是多么幸运的一件事。”

也有人说，诗词，不是用来学道理的。爱文字的人，从来不是为了要从文字里懂得什么生存处世之道。可是，读得多了，人自然也会浸润些许智慧，心里便有了一片清平世界。正所谓“不慕繁华，依子空谷”。

张晓风曾经说过：“享受生命，使我感到自己的幸运；忍受生命，使我了解自己的韧度，两者皆令我喜悦不尽。”深读诗词让陈更的生命更宽广厚重，能更耐心、更坚忍地面对艰深曲折的科研工作。“我希望自己肚子里有墨水，能创造价值，或者别人能从与我的交流中有所获得，我希望成为做学问的人。”她热爱“机器人”事业，她希望走向自动化设计和创造的远方，带着她心爱的诗词……正因为如此，她才会在一个个周末的夜晚

拒绝北京五道口的灯红酒绿，自觉坚守在实验室。

先后参加了两季《中国诗词大会》，让陈更成为了网络红人，但在陈更看来，《中国诗词大会》本质上只是一个游戏，不是比实打实的学问，不管是攻者守者，都有很大的游戏随机性在其中，选手们只是来开心地玩。对于求知若渴的陈更来说，参加各种比赛是为了给自己更多压力去学习所爱，她从不放过任何一个学习的机会。她参加节目最美的享受就是嘉宾老师那“耳得之而为声”的讲解。她渐渐不再做过多的阐发，而是从嘉宾老师的讲评中体会柳宗元“千山鸟飞绝，万径人踪灭。孤舟蓑笠翁，独钓寒江雪”[6]的孤独与美，感知陶渊明静心栖于躬耕，甘做农夫的恬淡开阔，寻找张季鹰弃官回乡只为“鲈鱼堪脍”的潇洒奔放……无论是坐在台下，还是站在台上，她都仔细聆听，在台下的时候还经常拿纸做笔记。“《中国诗词大会》的嘉宾讲评太精彩了，节目剪掉的很多，而在现场聆听真是受益匪浅，这种课堂非常难得，我觉得能听到这样的课非常幸运。”站在《中国诗词大会》的舞台上，她不仅是选手、是学生，更注意观察主持人董卿的一言一行，因为她喜爱朗诵，中学时曾是学校播音站副站长，她希望从董卿老师身上得到有关台风、主持风格的启发。

在第二季，她一路过关斩将，成为三场比赛的擂主，但在决赛时因为把诗词中“陈圆圆”的名字误为他人抱憾而归。对此，她却很坦然，“我觉得这是我的学问不到家，我是业余爱好者，没有真正的学过，只知道很多名家名句，但这不算我真正掌握了。我是没有遗憾的，这样的成绩是必然因素。”

将寂寞无聊的心绪刻画得十分细致。“不许愁人不起”，饱含了无可奈何的情绪，词人为离别之苦折磨得痛苦不堪，辗转之间，愁怨溢于言表。全词情景交融，笔法清丽细致，感情层层递进，不愧优秀的怀人之作。

赴戍登程口占示家人二首（其二）[4]

【清】林则徐

力微任重久神疲，再竭衰庸定不支。
苟利国家生死以，岂因祸福避趋之？
谪居正是君恩厚，养拙刚于戍卒宜。
戏与山妻谈故事，试吟断送老头皮。

【注释】

① 衰庸：衰老而无能，诗人自谦的说法。
② “苟利”二句：郑国大夫子产改革军赋，受到时人诽谤，子产曰：“何害？苟利社稷，死生以之。”出自《左传·昭公四年》。
③ 谪居：被贬谪派遣到远方。
④ 养拙：才能低下而闲居度日，常用作退隐不仕的自谦之辞。
⑤ 刚：恰恰，正好。
⑥ 戍卒宜：做一名戍卒为适当。这句诗谦恭中含有愤激与不平。
⑦ 戏与山妻谈故事，试吟断送老头皮：出自《东坡志林·书杨朴事》宋真宗闻隐者杨朴能诗，召对，问：“临行有人作诗送卿否？”朴曰：“惟臣妾有一首云：‘更休落魄耽杯酒，且莫猖狂爱咏诗。今日捉将官里去，这回断送老头皮。’”上大笑，放还山。东坡赴诏狱，妻子送出门，皆哭。坡顾谓曰：“独不能如杨处士妻作诗送我乎？”妻子失笑，坡乃出。这两句诗用此典故，表达林则徐的旷达胸襟。山妻，对自己妻子的谦称。故事，旧事，典故。

【赏析】

诗人虎门销烟、抗击英国有功，却受到了投降派诬陷，被革职发配到新疆。在将远赴新疆时，诗人满怀忧愤之情写下这组诗，抒发了自己的愤慨，表现出刚正不阿的品质和高尚的爱国情怀。首联正话反说，表现出诗人的无奈。颔联是千古传诵的名句，化用典故，表明自己誓死为国的拳拳忠心，激励了无数仁人志士的爱国豪情。颈联表面上是诗人感谢皇恩，内心却无比悲痛。尾联以玩笑的语气做结，表达了诗人报国无门的惆怅。诗人在虎门销烟时写下了“海纳百川，有容乃大；壁立千仞，无欲则刚”，而这首诗则更进一层，表达了诗人的坦荡襟怀和矢志不渝的爱国担当。

木兰花[5]

【唐】韦庄

独上小楼春欲暮，愁望玉关芳草路。消息断，不逢人，却敛细眉归绣户。

坐看落花空叹息，罗袂湿斑红泪滴。千山万水不曾行，魂梦欲教何处觅？

【注释】

① 玉关：玉门关，泛指征人所在的边疆。
② 袂：衣袖，袖口。
③ 红泪：东晋王嘉所著《拾遗记》中说，魏文帝（曹丕）所爱的美人薛灵芸离别父母登车上路之时，用玉唾壶承泪，壶呈红色。及至京师，壶中泪凝如血。后世称女子的眼泪为“红泪”。

【赏析】

这首诗刻画了一个思念在边关戍守的征人的思妇形象。首句一个“独”写出

走红后的她也一再拒绝别人给自己戴上“学霸”“天才”的帽子，一再强调自己的平凡：“我觉得自己智商并不是很高，我只是个从小刻苦学习的孩子，文科理科我都很努力，在本科前，我从来没有出现过偏科。”“学霸是那种天赋特别好、一点即通的人，但我不是聪明孩子，我属于从小就特别喜欢下死功的那种，特平凡。”“北大是一个卧虎藏龙的地方，身边很多同学以前可能都是省状元、市状元，都有着非常辉煌的过去，所以我认为自己这一点‘小聪明’，并不值得一提。”

陈更自认为平凡，也甘作平凡人，并且善于从身边的点滴平实中发现伟大。在大型系列人文纪录片《与北大同行》开机仪式上，她在名为《聚焦平凡》的致辞中，与我们分享了她心中的北京大学，她眼中的北京大学之美：正是由一个个平凡的人组成的。“不积小流无以成江海。是这些小事上的认真，最终成就北大人在大事上的出众。将来，当我们走出校门，走进社会，融入人群之中，也许不会成为领导者，但一定会成为高尚的普通人，成为一个个外表朴实，而内心华丽的闪光点，成为社会的中坚力量。”“原来在北大，少说话、多干活、不遗余力、全力以赴是一种习惯。而这种努力常来自于本真的热爱，赤诚的纯粹，与功利没有关系。”

诗词赋予了陈更古典美的气质，也将会雕琢出更加谦逊感恩、才华出众的陈更。

高高亭图（局部）

元，方从义，美国纽约大都会艺术博物馆藏

了思妇孤单寂寞，形单影只的样子，“玉门”点明所念之人的地点，女子登楼远眺，却天长路远，“我有所念人，隔在远远乡”。女子没有获得只言片语的音讯，倍感惆怅落寞，只好“归绣户”。下阕写思妇“归绣户”后的情态和心情，连用“坐”“叹”“湿”“滴”四个动作，细致描绘出思妇的离愁别恨。最后两句构思巧妙，女子思念丈夫，只能寄希望于梦中相见，却因不识去路而不知怎样去寻觅。这种无奈之情令人叹惋，也将女子的思念推向了极致。

江雪[6]

【唐】柳宗元

千山鸟飞绝，万径人踪灭。
孤舟蓑笠翁，独钓寒江雪。

【注释】

① 万径：虚指，指千万条路。
② 蓑笠：身穿蓑衣，头戴斗笠。

【赏析】

此诗大约作于诗人谪居湖南永州时期，历来为人们所赞颂。第一二句，诗人选取“千山”“万径”这两个景象，运用夸张写作手法，描绘出众鸟高飞尽，行人踪迹难寻的画面，渲染出一种荒寂清冷的氛围。第三四句，勾勒出一位渔翁在白雪茫茫的寒江上独钓的情景。这个渔翁清高孤傲，甚至有点凛然不可侵犯，其实渔翁的形象正是诗人自身的写照。诗人借歌咏不带一点人间烟火气的渔翁，来寄托自己清高孤傲的情感，表达出他虽遭贬谪，但毫无畏惧、高洁傲岸的精神面貌。

却顾所来径，苍苍横翠微[1]

武夷山中[1]

【宋】谢枋得

十年无梦得还家，独立青峰野水涯。
天地寂寥山雨歇，几生修得到梅花？

【注释】

① 谢枋得：南宋著名爱国诗人，曾力抗元军，兵败后隐居福建。

② 十年：宋德祐元年（1275年），诗人抗元失败，弃家入山，至作此诗时将近十年。

【赏析】

谢枋得出身书香门第，从小就有“忠义”的观念，但为官时惨遭小人排挤，被罢免官职。之后元朝占领大片国土，宋朝覆灭。后来元朝屡召谢枋得出仕，他坚辞不应，最终绝食而死以明志。这首诗是诗人在隐居时所作，此时他隐居了已经将近十年。

这是一首托物言志诗，诗人表达了期望自己有梅花般的品格的志向，展现出诗人傲岸的风骨。首句“十年无梦得还家”表明了诗人隐居的决心，诗人并非不想回家，然而面对国破家亡，妻离子散的境遇，诗人为表明志向，抗节隐居。“独立青峰野水涯”写出了诗人远离世俗喧嚣的隐士形象。武夷山是历史文化名山，唐代有“天下三十六洞天之一”的称号，可见其风景秀丽。到了宋朝，武夷山更是让人瞩目。可是，在谢枋得看来，这秀美的山水，没有了人的观赏，根本不算什么。沉思往事，他陷入一片寂寥之中。

生活中的陈更，平凡亦不凡，平凡的是她的出身资质，不凡的是她异常专注的努力劲儿，和对诗词葆有的一颗热爱的真心。“千里之行，始于足下”，陈更以自己踏实的付出、孜孜不倦的努力、锲而不舍的追求，逐渐成就了今天美好的自己。诗词赋予了她气质如兰、虚怀若谷的风采，也给我们每个人以激励和启发。只要肯努力专注，只要能认定目标，相信自己，多晚开始都可以实现自己的梦想，创造奇迹，书写大写的自我。

《中华好诗词》的特邀嘉宾赵忠祥，对陈更有很高评价。在众人眼中，作为中国最高学府的“工科女”，又能对唐诗宋词有如此造诣，本身就很神奇。“砚滴将干难句癖，愧吾三日未临书。”陈更以此句作为微博签名，可见她在自我激励与勤勉方面的严格要求与高度自律。

热爱诗词的陈更，与大家分享了自己记忆和阅读诗词的方式。她认为，中国文化讲究含蓄，融会贯通、以小见大。因此对古诗词不能死记硬背，要注重理解和思考。“碰到喜欢的诗词，把所有能搜集来的注释、赏析统统看一遍，了解题材、历史背景、诗人心情等一切相关因素，借此开拓大脑内的记忆空间。还要多温故——看到场景就及时联想，或者平日在聊天和写作中引用，都是极有好处的。”

1《下终南山过斛斯山人宿置酒》【唐】李白

暮从碧山下，山月随人归。却顾所来径，苍苍横翠微。相携及田家，童稚开荆扉。
绿竹入幽径，青萝拂行衣。欢言得所憩，美酒聊共挥。长歌吟松风，曲尽河星稀。
我醉君复乐，陶然共忘机。

2017 年 7 月，陈更出版了个人的诗词赏析作品集《几生修得到梅花》，这也是《中国诗词大会》选手的第一本诗词赏析作品。书中既有对诗词作品的赏析，也有对诗人词人的品读。书名出自南宋著名爱国诗人谢枋得的《武夷山中》[1]“天地寂寥山雨歇，几生修得到梅花”，陈更特别欣赏有骨气的人，喜欢有格调、有意境，而非堆砌华丽辞藻的作品，“用这个书名，也是对自己文字和人生的期许。”

“我很喜欢散文这种形式，散文是情感交流的方式，很自由，心里想什么就说什么，所以我把我很喜欢的一些诗篇用散文的方式展示了出来。”陈更坦言，书中的诗词，选择的标准是读到这首诗的那一刻它有没有打动自己。“不是凑出来的，写了十个月，来自于数年的光阴。”

在繁忙的现代社会，人们已经习惯了脚步匆匆，每天拖着疲惫的身心，穿梭在百万人的孤独城市，疏离了人与人之间深入的互动，更疏离了自己的内心，而忘了那“花间一壶酒”[2]、一杯茶的悠然宁静。然而，还是有一个声音，会在某个时刻响起，告诉我们生活不止眼前的苟且，还有诗和远方的田野。是的，人生自有诗意。什么才是诗意的生活？诗词所代表的中国人的诗意生活，本来就是自古以来国人的一种存在方式和生活方式，它能够引起中国人灵魂深处的审美愉悦感，也是一种“行到水穷处，坐看云起时”般的淡然和智慧。相信那些耳熟能详的名篇，脍炙人口的名句，将重新唤起人们对于诗意生活的思考，促使人们放慢脚步，从诗海中，感受中华语言之妙趣，浸润于生活之智慧，收获心灵的自由和快乐。

后两句抒情，天地寂寥不仅仅是隐居之地的景象，更是此时的社会状态。梅花作为岁寒三友之一与四君子之一，凌风傲雪、不畏严寒，象征坚韧不拔、百折不挠、自强不息的精神品质，是中华民族最有骨气的花。诗人提到独立世外的山中梅花，想到梅花的种种品格，深致仰慕之情，流露出诗人坚持自我，不改初衷的坚定意志，也表达出对故国的思念，对人生的思考。一个人，究竟要几生几世才能修得到梅花这样的境界？最终，诗人以死明志，拒绝作贰臣，誓死不为元朝效力，真正修到了梅花的境界。

月下独酌四首（其一）[2]

【唐】李白

花间一壶酒，独酌无相亲。
举杯邀明月，对影成三人。
月既不解饮，影徒随我身。
暂伴月将影，行乐须及春。
我歌月徘徊，我舞影零乱。
醒时同交欢，醉后各分散。
永结无情游，相期邈云汉。

【注释】

① 独酌：一个人饮酒。
② 无相亲：没有亲近的人。
③ 及春：趁着春色正好之时。
④ 月徘徊：明月随我来回移动。
⑤ 影零乱：因起舞而身影纷乱。
⑥ 无情游：月、影不像动物或人一样有知觉，不懂感情，李白与之结交，故称“无情游”。
⑦ 相期邈云汉：约定在银河里相见。期，约定。邈，遥远。云汉，银河。

【赏析】

李白太爱月亮了。李白的月亮诗写得都很好。抬眼看，“举头望明月”，他忽然又“欲上青天揽明月”，还“举杯邀明月”，同月亮共饮。古代的月亮格外的明亮，又是“唯一”的光源，故而承载了古人太多的想象。特别像李白这样的浪漫诗人，月亮的诗写得又多又好。（蒙曼）

这首《月下独酌》是很好也很重要的一首诗。试想，“花间一壶酒，独酌无相亲”，这是怎样的情绪？我们会说，诗写得美，但不可掩饰的是，诗人心中苦极。有花有酒，偏没人相酌，却有怀才不遇的绝望。李白觉得“天生我材必有用”，自许甚高，但现实中撞到的墙壁又厚又硬。他心里有怨恨，但是伟大的艺术家，现实中再痛，艺术上也是美的。这是伟大诗人的纯洁之处、理想之处，也是令我们动情之处。（康震）

永远不放弃对美好诗意生活的追求，本身不就是一种诗意吗？

《大学》有云：“知止而后有定，定而后能静，静而后能安，安而后能虑，虑而后能得。”静水深流是厚积薄发的人生准备。人生的行走亦如河水的流动，要想流得远，必须要积得深。

西方哲学家叔本华曾说过：“一个精神富有的人会首先寻求没有痛苦、没有烦恼的状态，争取宁静和闲暇，亦即争取得到一种安静、简朴和尽量不受骚扰的生活。”

普通人将身心放逐在五欲声色里，而智者将身心安住在清净快乐里，以清净无染为安住，依持一颗朗朗如晴空般的心。如果人人的身心安住在自然法则里，尊重生命，顺理而行；人人的身心安住在慈悲快乐、真理满足中，才能享受祥和宁静，这才是真正的智慧人生。

人生的智慧是有桥桥渡，无桥自渡。此生，山高水长，与温暖相伴，与懂得相携，以清水涤心。如云，淡淡行走；如水，静水深流；如花，芳香怡人；把明媚装在心中，简单的快乐，稳稳的幸福。“我一直很努力，所以我感激来时的路，感激过去的自己，感谢人们给我的爱与支持，也会继续努力，让未来的路处处如翠微般蔚然。”陈更以“却顾所来径，苍苍横翠微”总结了自己一路走来的点点滴滴，立下了崭新的起点，也谨以此句送给每一个人。

第三章　刘泽宇

天行健，君子以自强不息

出身贫苦农村，高考落榜，七年建筑工地打工生涯，这些都没能阻碍刘泽宇学习诗词的决心与信心。每天清晨5点，他便开始背诵唐诗、宋词。他写诗词、出诗词集，终成诗词达人，所著的词集《蒹葭词》也受到了业界的广泛好评。无论曾经身处怎样恶劣的环境，都是诗词燃起了刘泽宇对生命的热情，他也认定诗词是他安身立命之所在。诗词最终为他打开了一扇明亮的窗户，引导着他走向不平凡的人生。

周易·象[①]传·象上（节选）

【先秦】佚名

1. 乾

天行健[②]，君子以自强不息。

潜龙勿用，阳在下也。见龙在田，德施普也。终日乾乾，反复道也。或跃在渊，进无咎也。飞龙在天，大人造也。亢龙有悔，盈不可久也。用九，天德不可为首也。

2. 坤

地势坤[③]，君子以厚德载物[④]。

履霜坚冰，阴始凝也。驯致其道，至坚冰也。六二之动，直以方也。不习无不利，地道光也。含章可贞，以时发也。或从王事，知光大也。括囊无咎，慎不害也。黄裳元吉，文在中也。龙战于野，其道穷也。用六永贞，以大终也。

【注释】

① 象：此指卦象。《周易》是一部专设卦画以示卦象之书。

② 天行健：自然的运动刚强劲健。

③ 地势坤：大地的气势宽厚和顺。

④ 厚德载物：君子的品德应如大地般厚实，可以载养万物。

【赏析】

《象传》分《大象传》《小象传》，也称《象辞》，是为《易经》所作的传，也就是讲解注解的书。通过阐释卦象、爻象所蕴涵的道理，告知人们如何正确决定自己的行动。

乾卦的卦象是天，为太阳，为龙，特性是强健，为阳，为刚。坤卦的卦象是地，为太阴，为马，特性是柔顺伸展，为阴，为柔。

乾卦告诉我们，做人要自强不息，发愤图强。在时机未成熟前，要学会为未来蓄积实力，养精蓄锐。只有具备足够的能力，才有了可以抓住机会的条件和基础。此外，遇事要冷静、客观、谦虚谨慎、善于反省，不逞强、不妄动，随机应变，这样才能应对自如，大吉大利。坤卦告诉我们，做人要正直方正，增厚自我美德，提高自己德行，不断完善自我。做事谨言慎行，即使胸有才华，也应含而不露，学会谦逊。对他人应该宽容谦和，有气量，但也应该坚持原则，坚守正道。

百折不挠

路曼曼其修远兮，吾将上下而求索

离骚（节选）

【先秦】屈原

跪敷衽以陈辞兮，耿吾既得此中正①。驷玉虬以乘鹥②兮，溘③埃风余上征。朝发轫④于苍梧⑤兮，夕余至乎县圃⑥。欲少留此灵琐⑦兮，日忽忽其将暮。吾令羲和弭节兮，望崦嵫⑧而勿迫。路曼曼⑨其修远⑩兮，吾将上下而求索。饮余马于咸池兮，总余辔乎扶桑。折若木以拂日兮，聊逍遥以相羊。前望舒使先驱兮，后飞廉使奔属。鸾皇为余先戒兮，雷师告余以未具。吾令凤鸟飞腾兮，继之以日夜⑪。飘风⑫屯其相离兮，帅⑬云霓而来御。纷总总其离合⑭兮，斑⑮陆离其上下。吾令帝阍⑯开关兮，倚阊阖⑰而望予。时暧暧⑱其将罢兮，结幽兰而延伫。世溷浊而不分兮，好蔽美而嫉妒。

【注释】

① 中正：公正、正直。
② 鹥：凤凰一类的鸟。
③ 溘：迅疾。
④ 发轫：出发。
⑤ 苍梧：山名，即九嶷山，舜所葬之地。
⑥ 县圃：同“悬圃”，神话中的神山，在昆仑山之上。
⑦ 琐：宫门上的花纹，指宫门。
⑧ 崦嵫：神话中太阳所入之山。
⑨ 曼曼：同“漫漫”，路途遥远的样子。
⑩ 修远：长远。
⑪ 日夜：指日夜兼程。
⑫ 飘风：旋风。
⑬ 帅：率领。
⑭ 离合：忽散忽聚。
⑮ 斑：色彩驳杂的；灿烂多彩的。
⑯ 阍：守门者。
⑰ 阊阖：神话传说中的天门。
⑱ 暧暧：昏暗不明的样子。

【赏析】

“离骚”，东汉王逸释为：“离，别也；骚，愁也。”《离骚》表面看是在抒发离愁别绪，实际是政治抒情诗，表达了诗人高洁的品性，真挚的爱国之情，对阿谀奉承的小人的愤恨和对正义的坚贞不屈，抒发了诗人的政治理想。“路曼曼其修远兮，吾将上下而求索”，成为千古励志名言，激励了无数人为实现理想而百折不挠，不懈奋斗。在现实中，诗人为追求富国强兵的政治理想，施展救国救民的伟大抱负，多次遭到奸佞之臣的谗言与排挤，但诗人一心为国的初心并没有丝毫改变，表现了诗人勇于追求真理与光明，坚持正义与理想的不屈不挠的斗争精神。

《离骚》是中国浪漫主义文学的源头，对后人创作具有深远影响。诗人运用大量比喻和丰富想象，以花草禽鸟的比兴抒发自己注重自我修养，不同流合污的品质，表达了诗人“美政”“举贤授能”的政治主张，其高风峻节、特立独行的超凡人格魅力以及崇高的爱国情怀也影响着每一个中国人。

宝剑锋从磨砺出，梅花香自苦寒来

回乡偶书二首（其一）[1]

【唐】贺知章

少小离家老大回，乡音无改鬓毛衰。
儿童相见不相识，笑问客从何处来。

【注释】

① 偶书：随意写的诗。偶，说明诗写作得很偶然，是随时有所见、有所感就写下来的。

② 少小离家老大回：贺知章三十七岁中进士，在此以前就已离开家乡，回乡时已年逾八十。

③ 鬓毛衰：鬓毛，额角边靠近耳朵的头发。衰，减少，疏落。

④ 儿童相见不相识：故乡的孩童见了我也都不认识我。

【赏析】

这首诗是实写，而非虚写，“回乡”即为“返回家乡”，贺知章三十七岁时考中进士，回乡时已是八十六岁高龄，七十岁已属“古稀”，他属于高寿。在写完这首诗的第二年就去世了，而且当时他在朝廷威望很高，自号“四明狂客”，性格洒脱，才华横溢，死后太子以下百官皆来送行。贺知章在外做官四十多年后回家，家乡的小孩都不认识他是自然的，这个不完全是感伤，也是一种年老的情趣。　（康震）

2017 年 1 月 29 日，大年初二，央视《中国诗词大会（第二季）》开播，来自陕西渭南高新区第二小学的语文老师刘泽宇微笑着向我们走来。外表憨厚，相貌平平，出身农村的刘泽宇诗词功底到底如何？在个人追逐赛中，最后一位出场的刘泽宇后来居上，成功答对所有九道题目，获得最高分 266 分，成为个人追逐赛冠军，并进入随后的擂主争霸赛环节。

每一道题刘泽宇都是胸有成竹，对答如流，更是用平水韵读出“少小离家老大回，乡音无改鬓毛衰”[1]。刘泽宇表示古诗的声韵是跟国学大师、陕西师范大学终身教授霍松林先生学习得来的，并大讲自己对古韵的研究和理解，展示了深厚的诗词功底。

当主持人董卿说到“毛泽东诗句‘三军过后尽开颜’，请说出上句”时，刘泽宇信心满满，即刻说出：“毛泽东是我最熟的诗人，这首诗也是最熟悉的，‘更喜岷山千里雪，三军过后尽开颜’。”刘泽宇上小学时，学生们的黄书包上就印着“红军不怕远征难”，所以印象特别深刻。当刘泽宇答完第 5 道题时，得分就已经超过其他选手，将会成为下一轮擂主争霸赛的其中一位挑战者，但刘泽宇却说：“北京是首都，陕西是唐诗之都，我从唐诗之都来到首都，要把这个诗词之路走下去，所以我选择继续答题。”此后刘泽宇信心十足，一鼓作气答对了剩下的所有题目。

擂主争霸赛的对手，是百人团中答题最多且最快的彭敏。北京大学文学院硕士、现为《诗刊》资深编辑的彭敏，曾参加过许多类似的人文益智类节目，成绩不俗，获得过好几个冠军，有“背诗机器人”“人肉背诗机”之称。刘泽宇坦言，当彭敏出场时，百人团欢呼雷动，“应该是一位大神”。当时他只好在心里默念，“敌军围困万千重，我自岿然不动。”在刘泽宇眼里，“彭敏正如其名，人很机敏，反应极快，交谈时又觉人含而不露”。最终，刘泽宇未能较量过这位大神，彭敏成为《中国诗词大会（第二季）》的首任擂主。

刘泽宇上场的时候，吟诵了屈原的“路曼曼其修远兮，吾将上下而求索”，暗示了他在诗词这条路上走得特别艰辛漫长。

刘泽宇 1971 年出生于陕西蓝田岭区，高考落榜后就去建筑工地当了一名抹灰工，在建筑工地一待就是七年。在如此艰苦的环境下，刘泽宇不仅饱读诗书，而且还成为了小有名气的诗人，让人敬佩。他忍受着生活条件的恶劣和周围人的冷言冷语，坚持读诗、创作，如今已有不少作品发表于国内外诗词杂志，曾入选《二十世纪诗词文献汇编》等书，他所著的词集《蒹葭词》也受到了业界广泛好评。来参加《中国诗词大会（第二季）》节目，刘泽宇就是想把自己热爱诗词的精神和大家一起分享，传递给大家。

仿北宋赵令穰江乡清夏图（局部）
明，王时敏，美国纽约大都会艺术博物馆藏

苦其心志，劳其筋骨

孟子·告子下（节选）[1]

【先秦】孟子

舜发于畎亩之中，傅说举于版筑之间，胶鬲举于鱼盐之中，管夷吾举于士，孙叔敖举于海，百里奚举于市。故天将降大任于是人也，必先苦其心志，劳其筋骨，饿其体肤，空乏其身，行拂乱其所为，所以动心忍性，曾益其所不能。

人恒过然后能改，困于心衡于虑而后作，征于色发于声而后喻。入则无法家拂士，出则无敌国外患者，国恒亡，然后知生于忧患而死于安乐也。

【注释】

① 告子：姓告，孟子的学生，兼治儒墨之学。

② 舜发于畎亩之中：舜是从田野间被任用的。舜原来在历山耕田，三十岁时，被尧起用，后来继承尧的君主之位。发，起，指被任用。畎，田间水沟，田中的垄沟。亩，田地。“畎亩”，泛指田野，田地、田间。

③ 傅说举于版筑之间：傅说从筑墙的泥水匠中被殷王武丁任用为相。傅说，原在傅岩地方作泥水匠，为人筑墙，殷王武丁访寻他，用他为相。举，被举用，被选拔。版，打土墙用的夹板。筑，捣土用的杵。版筑，筑墙时在两块夹板中间放土，用杵捣土，使它坚实。

④ 胶鬲举于鱼盐之中：胶鬲是从卖鱼盐的商贩中被任用，辅佐周武王。胶鬲，起初贩卖鱼和盐，周文王把他举荐给纣。后来他又辅佐周武王。

⑤ 管夷吾举于士：管夷吾从狱官手里释放出来并被录用。管仲，名夷吾，字仲，

刘泽宇，字子冀，号沙鸥庐词客。陕西蓝田人，当代知名青年诗词家，著有《蒹葭词》。现居陕西渭南，从事教育工作。他之所以能有今天，也付出了一番常人难以想象的努力。

在蓝田大金山的山坡上，站立着一名牧羊少年，只见他手捧一本《毛主席诗词》，口中念念有词地在朗读着什么，几只牛羊围绕在他身旁，安静地吃着嫩绿的小草。脚边一朵蒲公英吸引了少年的视线，他轻轻摘下蒲公英，放嘴边一吹，白色的蒲公英随风飞舞，渐渐地飞向远方。少年不禁思考，长大成人后的自己又会飞翔到何处呢？

坐落于陕西渭南麻李滩的一座平房小院，围墙将小院与外界隔开，阻隔了城市的浮躁和喧嚣，留下的是宁静和幽雅。在小院的北边有一间小屋，小屋不大却摆置了几个书橱。其中书籍多是唐诗、宋词等古典文学作品，还有一些文史资料。这间小屋，正是刘泽宇的书房，刘泽宇就是在这里潜心研究诗词的。在诗情画意的墨色中，让我们一起走进刘泽宇的诗词人生。

在陕西省西安市蓝田县洩湖镇的农村，刘泽宇度过了他无忧无虑的童年。因为家境贫困，小时候的刘泽宇是没有儿童读物供他阅读的。有一天，他不经意间发现了一本《毛主席诗词》，里面优美的句子瞬间就吸引了他，激发了他强烈的求知欲。之后刘泽宇常常手不离书，放羊时朗读，写完作业后阅读，睡前也要默读一阵子，可见这本书对他来说，有多么的珍贵。

小学三年级时，毛主席的诗词就被他引用到了作文中，反而引起了老师质疑，认为是抄袭，竟然还扇了他一耳光，然后重新出题命他再作一文。小泽宇熟记《毛主席诗词》，依旧引用了其中的句子，老师这才相信了他。

如果用一段话来形容刘泽宇的人生，那一定是“故天将降大任于是人也，必先苦其心志，劳其筋骨，饿其体肤，空乏其身，行拂乱其所为，所以动心忍性，曾益其所不能”[1]。1991年高考落榜后，因为家庭贫困，他不得不早早踏入社会。1993年进入陕西省第三建筑工程公司，做了一名抹灰工。每天起早贪黑，与又脏又沉的水泥、砖瓦打交道，搅拌、运送泥灰，再小心翼翼地把它们平整地抹到墙面上……他的技术和熟练程度与工友们相比，始终都不算太好，或许这里注定不是他的归属，而他也注定要在别的领域大展宏图。在刘泽宇的内心深处，一直都珍藏着对诗词的热爱。脏活累活、粗茶淡饭、集体宿舍，这些都没有使他消沉，而他也决定克服一切困难，重拾书本，继续研究他钟爱的诗词。

生活上，刘泽宇对自己非常严苛，不舍得花钱买蔬菜和肉类，单吃白米饭，偶尔会拌着白糖吃，省下来的钱被他用来大量购买书籍。鲁迅曾说过：“时间就像海绵里的水，只要你愿意挤，总还是有的。”刘泽宇就是这样，尽可能地利用一切时间来读书。“名不显时心不朽，再挑灯火看文章”[2]。每天清晨5点钟，天刚蒙蒙亮，仿佛有使命召唤，刘泽宇就已经睁开了眼睛。身边同事还在酣睡，他必须万事小心，每个动作都要轻轻的。穿好衣服，拿起书本，蹑手蹑脚走出宿舍，就着建筑工地上微弱的灯光读起书来。寒来暑往，始终如一，这个

原为齐国公子纠的臣，公子小白（齐桓公）和公子纠争夺君位，公子纠失败了，管仲作为罪人被押解回国，齐桓公知道他有才能，即用他为相。士，狱官。

⑥ 孙叔敖举于海：孙叔敖是从隐居的海边被举用进了朝廷的。孙叔敖，春秋时期楚国人，隐居海滨，楚庄王知道他有才能，用他为令尹。

⑦ 百里奚举于市：百里奚从市井里被举用为大夫。百里奚，春秋时期虞国大夫，虞王被俘后，他由晋入秦，又逃到楚，后来秦穆公用五羖（黑色公羊）羊皮把他赎出来，用为大夫。市，集市，做买卖的地方。

⑧ 降大任：下达重大责任或治理国家的责任。降，下达。任，责任，使命。

⑨ 于是人也：（把重大责任）赋予这样的人。

⑩ 必先苦其心志：一定要先使他的内心痛苦。苦，形容词使动用法，使……痛苦。

⑪ 劳其筋骨：使他的身体劳累。劳，使……劳累。

⑫ 饿其体肤：使他经受饥饿，以致肌肤消瘦。饿，使动用法，使……经受饥饿。

⑬ 空乏其身：使他受到贫困之苦。空，使……缺少。乏，绝。此指让一个人受贫困之苦。

⑭ 行拂乱其所为：使他做事不顺。拂，违背。乱，扰乱，使……错乱。所为，所行。

⑮ 所以：用来（通过这样的途径来……）。

⑯ 动心忍性：使他的心惊动，使他的性格坚强起来。动，使……惊动。忍，使……坚强。

⑰ 曾益其所不能：增加他所不能做的，使他增长才干。曾，通“增”，增加。不能，没有的才能。

⑱ 恒：常常，往往。

⑲ 过：过失，此处指犯错误。

⑳ 然后能改：这样以后才能改过。

㉑ 困于心：内心困扰。困，忧困，困扰。

㉒ 衡于虑：思虑堵塞。衡，通“横”，梗塞，指不顺。

㉓ 而后作：然后才能有所作为。作，奋起，指有所作为。

㉔ 征于色：表现于脸色。意思是憔悴枯槁，表现在颜色上。征，征验，此处有表现的意思。

㉕ 发于声：意思是吟咏叹息之气发于声音。

㉖ 而后喻：（看到他的脸色，听到他的声音）然后人们才了解他。喻，明白，通晓。

㉗ 入则无法家拂士：在国内，如果没有坚持法度的世臣和辅佐君主的贤士。入，在里面，指国内。则，如果。法家，能坚持法度的大臣。拂士，足以辅佐君主的贤士。拂，同"弼"，辅佐。

㉘出则无敌国外患者：在国外没有与之敌对的国家或突发事件。出，指国外。敌国，势力、地位相等的国家。

㉙ 国恒亡：国家常常要灭亡。恒，常常。

㉚ 然后知生于忧患：这样以后，才明白因忧患而得以生存发展。然后，这样以后。生，使……生存。于，介词，由于，表原因。

㉛ 死于安乐：贪图安逸享乐会使人萎靡衰亡。死，使……死亡。

【赏析】

这篇文章是《孟子》最为著名的篇章之一，其中的名句，"天将降大任于是人也，必先苦其心志，劳其筋骨，饿其体肤，空乏其身，行拂乱其所为，所以动心忍性，曾益其所不能。"后人常常引作自己的座右铭，激励无数志士仁人在逆境和磨难中奋发崛起，正如经典老歌《真心英雄》中的歌词"不经历风雨，怎么见彩虹，没有人能随随便便成功"。

文章一开始，就列举六个历经磨难和挫折，最终成就一番功名与事业的名人，证明了忧患可以激励人奋发图强，磨难可以使人茁壮成长的道理。紧接着，文章从个人发展与国家兴亡两个不同层面与角度，进一步论证忧患则生、安乐则亡的道理，最后得出

晨读的习惯至今还保持着。寒风刺骨的北国之冬，暖被窝的诱惑力实在让人难以抗拒，为了能够早起，他竟自己扇自己耳光，毫不犹豫地掀开被子，等到热量一点点消散，将自己冻清醒后再开始穿衣服，拿起书准备出门。因为宿舍是大通铺，很容易惊动别人，后来刘泽宇干脆光着脚丫，提上鞋子，才小心翼翼地摸出门外。但是时间长了，即使光着脚丫也会惊动同事，大家对他非常不满，经常讽刺他说："你就是一个建筑工，还想干什么？"有一次，刘泽宇用架子车拉水搅拌水泥，架子车因装满水而翘起，当时体弱的刘泽宇无论如何用力，都不能将车头压下来，反倒溅了一身水。他尴尬又滑稽的样子引起工人们阵阵嘲笑，脚手架上的工人指责他拖慢了整个工作进度，竟将碎砖块砸向刘泽宇。一名老工人怀有恻隐之心，帮刘泽宇一起把车头压下去。经历此番事情，刘泽宇读书改变命运的决心更加坚定了。

当时在工地上，也有一些像刘泽宇一样的人，他们刚刚从学校毕业，还有读书的心志。有一个老师傅却对刘泽宇说："你这种人我见得多了，你等着吧，过两天就消停了。你把眼镜一摘和我们是一样的。"他们认为生活早晚会把刘泽宇的志气消磨殆尽，他戴着眼镜看起来是一个文质彬彬的人，但是把眼镜摘了也就是一个粗俗的人。刘泽宇并没有受影响，他相信自己的内心一直是高雅的。直到这个老师傅临退休，刘泽宇还在坚持读书，老师傅终于说："我算是服了你了。"

就是在这样冷眼冷语的环境里，刘泽宇依然保持了对诗词的那份初心。后来为了更方便读书，刘泽宇就在单位附近租了一间民房，继续用心读书。

建筑工人们聊天时，总会有一些低级趣味的话题，但刘泽宇没有愤世嫉俗，离群索居，而是细心观察。他发现了话题中蕴藏的故事性，于是刘泽宇找准切入点，开始和他们聊历史故事，很快吸引了工人。渐渐地又和他们聊诗词和中国文学史，从而影响到更多的工人，有人笑言刘泽宇在这片文化沙漠中办起了“农民运动讲习所”。

刘泽宇的事迹渐渐引起了工地领导的注意，领导调他做了一名文书。文书的伏案工作，留给他更充分的阅读时间。有一次他被临时调到渭南工地施工，他充分利用时间，将一些诗词卡片放在安全帽中，一有时间就拿出来背诵。建筑工作给了刘泽宇丰富的经历，后来刘泽宇写了许多描写工地生活，反映中国社会变化的诗词，并在杂志上发表。

机遇终究会青睐有准备的人。厚积薄发的刘泽宇有一天突然收到一封特别来信，信中说：“市委一位领导看到你写的诗词，非常喜欢，希望你能来谈谈诗词。”他用文言文给领导回了信，展示出深厚的文学功底。市领导要给他提供新工作，刚开始要给他安排一个秘书之类的职位，但刘泽宇说，他想到图书馆工作，或到学校当一名老师，哪怕去学校看大门，只要能读书就好。最终，他于 2000 年走进学校，做了一名小学教师，带着孩子们读诗，把对文学的热爱传播给下一代。在困境中，他不曾忘记自己的精神追求，还努力点燃别人的精神追求，这就是一种诗意人生。建筑工程队生活七年的孕育，最终迸发出诗意的绿叶。

“生于忧患而死于安乐”的结论。西方哲学家尼采在回答是什么造成英雄的伟大时曾言：“去同时面对人类最大的痛苦和最高的希望。”因为只有面对最大的痛苦才能最为勇敢和坚定，而面对人类最高的希望才能承担人类最为崇高的使命。

尼采的名言与孟子的这篇文章，道理可谓异曲而同工。“生于忧患，死于安乐”，对于个人而言，只有不断经历磨难与挫折，才能磨砺性情，增长经验，增加他之前所不具备的各种才能，强者自强，最终成就一番事业。许多成功人士，无不是经历了重重的失败打击，最终才熬出头，守得云开见月明，才获得成功。失败并不可怕，俗话说，失败是成功之母，但前提是你得从失败中汲取经验教训，获得成长。否则，除了不断打击你的自信心与勇气而外，失败便没有任何意义。对于国家来说，多难兴邦，国家如果没有内忧外患将导致灭亡。中华民族之所以能够绵延如此长久，成为四大文明古国之中唯一没有中断过文明的国家，也正是在不断挑战各种磨难与挫折中成长起来的。无论个人还是国家，牢记“生于忧患，死于安乐”的教训，就会时刻保持忧患意识，远离舒适安逸，不得过且过，不断成长进步，才能永远立于不败之地。

夜读[2]

【明】唐寅

夜来欹枕细思量，独卧残灯漏夜长。
深虑鬓毛随世白，不知腰带几时黄。
人言死后还三跳，我要生前做一场。
名不显时心不朽，再挑灯火看文章。

【注释】

① 欹枕：斜倚枕头。欹，通“倚”，歪斜，倾斜。

② 漏夜：深夜，连夜。

③ 做一场：干出一番事业。

④ 腰带几时黄：不知什么时候才能围上镶金戴玉的腰带，比喻飞黄腾达。

【赏析】

这首诗是唐寅晚年所作，反映了他对功名仕途的执着，成就一番轰轰烈烈的事业的豪情壮志。“朝为田舍郎，暮登天子堂”“春风得意马蹄疾，一日看尽长安花”，是每一个读书人都为之孜孜以求，不惜终生为之奋斗的，唐寅自然也不例外。可惜，唐寅虽然才高八斗，但由于造化弄人，命运多舛，一生并不如意。

唐寅出身商人之家，社会地位低下，父母希望他科举入仕，光宗耀祖。唐寅自小天资聪颖，学习也异常刻苦，乡试考中第一名“解元”。眼看功名富贵指日可待，他却不幸因科场舞弊案入狱，被除掉士籍，剥夺其终生参加科举的资格。

后来，唐伯虎遇见沈九娘，两人一起安居桃花庵，潜心作画，相敬如宾，过着世外桃源般的生活。不过，在内心深处，唐寅依旧不忘功名富贵，并加入宁王朱宸濠的幕府。宁王图谋造反，唐寅不久就发现了他的阴谋，整天醉酒装疯，甚至脱衣裸奔，宁王才放他出去，唐寅由此躲过一劫。

“人言死后还三跳，我要生前做一场。名不显时心不朽，再挑灯火看文章。”面对命运的重重打击，唐寅并没有向命运屈服，而是勇敢抗争，力争做出一番事业，而他也最终在艺术上成就了自己的不朽声名。

哀莫大于心死，但对于唐寅来说，却是哀莫大于心不死。他晚年在另一首诗《漫兴之三》中写道：“平康驴背驮残醉，谷雨花坛费朗吟。老向酒杯棋局畔，此生甘分不甘心。”对于自己的多舛命运，唐寅虽然最终认命了，却还是心有不甘。正是这种不甘心，才会促使他在终生无缘科举功名之后，漫游祖国大好河川，潜心于诗画艺术，最终青史留名，以诗、画、书法而闻名于世，为后人所津津乐道。

老子骑牛（局部）
明，张路，台北故宫博物院藏

春风化雨

春雨断桥人不度，小舟撑出柳阴来

春游湖[①]

【宋】徐俯

双飞燕子几时回？夹岸[②]桃花蘸水[③]开。

春雨断桥[④]人不度[⑤]，小舟撑[⑥]出柳阴来。

【注释】

① 湖：指杭州西湖。

② 夹岸：水流的两岸；堤岸的两边。

③ 蘸水：沾着水面开放。湖中水位上涨，岸边桃树枝条弯下来垂到水面，桃花好像是蘸着水开放。

④ 断桥：指湖水漫过桥面。

⑤ 度：走过。

⑥ 撑：用篙使船前进。

【赏析】

这首诗描绘了桃红柳绿，春意盎然的明媚景象，以清新的笔触勾勒出江南所特有的风光，富有一定的理趣。

首句写双飞的燕子，采用问句的形式，刻画出了春天给人带来的惊喜。次句“蘸”字生动形象地写出了桃花成簇开放，沉甸甸的花枝贴近水面的景象。从细节之处着笔，构思巧妙。三四两句给人豁然开朗的感觉，春雨淹没了桥面，不能通行，此时，柳荫处悠悠撑出一只小船来，游兴正浓的诗人，正好可以租了船之后，继续欣赏湖光山水，颇有一种“山穷水路疑无路，柳暗花明又一村”的感觉，暗含困境之中也藏有希望的哲理。

春蚕到死丝方尽，蜡炬成灰泪始干[1]

问刘十九[1]

【唐】白居易

绿蚁新醅酒，红泥小火炉。
晚来天欲雪，能饮一杯无？

【注释】

① 刘十九：白居易留下的诗作中，仅有两首提到刘十九。但提到刘二十八、二十八使君的，就很多了。刘二十八就是刘禹锡。刘十九乃其堂兄刘禹铜，是洛阳富商，与白居易来往比较密切。

② 绿蚁：新酿的酒未滤清时，酒面浮起酒渣泡沫，色微绿，细如蚁，称为“绿蚁”。

③ 醅酒：没滤过的酒。

【赏析】

刘十九是白居易的知己好友刘禹锡的堂兄，是洛阳的富商，与白居易也常有应酬。这首小诗描写的场景，是诗人在一个大雪纷飞的夜晚，邀请好友刘十九前来畅饮，共叙衷肠。全诗语言明白如话，但情感却很真挚。自家新酿的好酒，在一个大雪天，特意温好了，架好了火炉，就等着好友过来一起围炉尝美酒，把酒话桑麻，画面非常温馨。“能饮一杯无？”诗到这里戛然而止，并没有描写刘十九接到诗人邀请后作何反应。或许，刘十九也正苦于在大雪天，天寒地冻，没有什么娱乐消遣，正在百无聊赖之际，恰巧下人来通报，送来了白居易邀请他去喝酒的诗，不免喜出望外，立刻动身，命驾前往。两位好友围着火炉，畅饮美酒，海阔天空，无话不谈。

刚到学校，有人质疑刘泽宇非科班出身，恐怕不能胜任教学工作。刘泽宇第一次站上教书育人的讲台，他没有教案的束缚，灵活不刻板，将学生们感兴趣的地理和历史知识穿插到讲课中，深受学生喜爱。后来他去庙底小学做了一名小学教师，担任从三年级开始的跟班语文教师兼班主任。

身为一名小学教师虽然平凡，但小学的教学工作却非常重要，更能从根本上激发孩子们对中国传统文化的热爱。刘泽宇与师生们话诗词，共学习，也颇为惬意。传统文化教育要从娃娃抓起，刘泽宇非常注重对孩子们进行古典诗词兴趣的培养，课堂上玩飞花令、诗词接龙，古诗词历史、故事串讲，都是刘老师课堂的特色内容。孩子们很喜欢刘老师的课，因为他幽默风趣，把每节枯燥的语文课变得快乐，还会普及课本上没有的知识。一些原本调皮的学生，自从上了刘老师的课，学习兴趣开始变得浓厚起来，对古诗词也越来越有好奇心。在多年的教学实践中，刘老师还摸索出了一套小学阶段传统诗词的教育模式。首先采用初读感知，达到熟读熟诵的目的。其次采用指导朗诵，讲述背景故事，融入情景的方式，激发学生的想象力。最后采用让学生自主研究，多样吟诵的方式，让学生充分品味诗词意境，拓展延伸知识面。

后来庙底小学改成了高新区第二小学，从2009年开始，高新区第二小学积极开辟教学、育

1《无题》【唐】李商隐
相见时难别亦难，东风无力百花残。春蚕到死丝方尽，蜡炬成灰泪始干。
晓镜但愁云鬓改，夜吟应觉月光寒。蓬山此去无多路，青鸟殷勤为探看。

人的新思路，带领学生开展经典诵读等创新性活动，着力打造经典飘香的校园学习氛围，期望更多的学生能喜爱唐诗宋词，喜爱中国传统文化。刘泽宇作为学校里研究诗词的专家学者，凭借出色的教学能力和个人魅力被任命为“经典诵读大讲堂”的指导教师，每周二在操场上给全校近四百名学生上课，这是真正属于他们自己的诗词大会。从 2009 年至今，刘泽宇已经坚持了近九年。在课上，刘泽宇会先讲解诗句的意思，包括诗词中所含的历史背景、知识典故，再带着大家朗诵。他既会教学生课本上的诗词，也会扩展延伸，讲解书本外的一些内容。刘泽宇致力于用有趣的故事吸引学生，让他们觉得诗词真的很美。比如在参加《中国诗词大会（第二季）》之前的那个星期二早上，刘泽宇讲的是白居易写雪的诗《问刘十九》[1]，因为那天陕西刚好大雪纷纷。

除了教学工作，刘泽宇课外还组织本校老师进行古诗词的探讨研究，让许多老师受益匪浅，老师们对古诗词更加熟悉，上课更轻松了，诗词也是信手拈来，他们还学会了创作诗词。不仅本校的老师，就连其他学校的老师也慕名找刘泽宇讨教。

刘泽宇曾为陕西省诗词学会理事。多年来，刘泽宇潜心研究古诗词，参加过很多诗词活动、学术研讨会，这极大地开阔了他的眼界，使他的诗词创作之路走得更远、更顺。他创作出了大量作品，先后在国内、日本等地诗词刊物上发表作品千余首，曾入选《二十世纪诗词文献汇编》等书。他于 2010 年出版了一本小集子《蒹葭词》，里面收集了他从少年时期到青年时期的大量作品。集子

外面的雪越下越大，但室内却是明亮、温暖，仿佛春天一般。当然，若诗如此写，意境就差了许多，也限制了读者的想象力。写文章，最好的收束就是言已尽而意未尽，即意犹未尽，给读者留下丰富的想象空间，让读者回味无穷。

朋友来了有好酒，“酒逢知己千杯少”。生活在寒冷地区的人，酒量一般都比较好。雪天酷寒，绝不可少的是酒。雪与酒，在冬天似乎是一对孪生兄弟，密不可分。在古人的诗词里，有不少关于雪与酒的名句，比如“雪意已坚狂问酒”“雪中酒戒最难持”“拥炉看雪酒催人”“惟有酒能欺雪意，增豪气，直教耳热笙歌沸。”

我有好酒，你有故事吗？在天气寒冷、人也慵懒的大雪天，温上一壶好酒，弄上一桌好菜，邀三两知己好友到家小酌，边吃边喝边聊，畅饮叙旧，分享各自的赏心乐事，自然也是人生的一大享受。“冬夜饮酒，转复寒甚，推窗试看，雪大如手，已积三四寸矣。不亦快哉！”冬夜饮酒，被金圣叹列为人生三十三乐的第十六乐，但金大才子在这段话中并没有明确说明冬夜饮酒是独自一个人饮酒，还是与好友一起饮酒，想必他会更倾向于与知己好友一起饮酒吧，毕竟独乐乐不如众乐乐，快乐也是需要分享的。

其实，在冬天饮酒，除了共叙友情而外，也有助于养生。俗语道：“饮酒御寒，越喝越暖”，佳酒佳肴佳雪景，好友好酒好时光。冬天喝温酒能迅速让全身变暖，还能提升酒的口感、让酒液更好入口，且能让酒劲更快散去，若再加上与好友相聚，可谓暖胃又暖心，非常有助于身心健康。“晚来天欲雪，能饮一杯无？”寒冬腊月，大雪纷飞，正是向朋友约酒的好时机！

高冈茅屋图
明，龚贤，天津博物馆藏

词集虽小，但记录了他由少年成长为青年的心路历程，更是他诗词人生追求的一部自传，受到了业界广泛好评。陕西诗词界青年精英还就刘泽宇的诗词开展研讨会。西安交通大学外国语学院金中教授说，刘泽宇诗词“灵活地运用现代要素，生动传神”，留给他无比深刻的印象。

在《中国诗词大会（第二季）》舞台上，刘泽宇不凡的表现和励志的奋斗故事，让观众一下子就记住了这位诗词底蕴深厚的小学教师。各大媒体都争相采访他，想要探究诗词给予他的力量。面对媒体朋友，刘泽宇说：“其实我并不想被关注，我只是做了自己喜欢的事。我希望通过我的努力，让更多人学习诗词，了解诗词，从而感受到诗词之美，中国传统文化之美。”

对于刘泽宇的故事，中央民族大学副教授蒙曼感慨道：“这样的故事真的是一首青春之歌。您是春风化雨，滋润了渭南很多学子。”复旦大学历史系教授钱文忠评价他说：“小学老师是最吃重的，因为这是学生学习习惯养成阶段，所以您是我非常尊敬的一位老师，同时也是我非常尊敬的一位词人。”有“诗词男神”之称的点评嘉宾郦波老师称赞像刘泽宇这样的选手为“当代新青年”，“他们对知识的触类旁通、知行合一，对传统文化做到了传承与担当。”

附：刘泽宇诗词八首

别慈溪

【当代】刘泽宇

峙山回首别思长，秋雨窗边望渺茫。
昨夜风情时咀嚼，轻车摇梦过钱塘。

扩白居易《问刘十九》

【当代】刘泽宇

贫无绿蚁新醅酒，幸有红泥小火炉。
好是夜来天又雪，有人伴我读书无？

京师早起晨读罢，转念与百人团诸君分手在即，慨然作长歌自解

【当代】刘泽宇

早起清寒脆，犹见月轮高。楼宇参差矗，守望对残宵。
甬径灯焰暖，捧书诵声豪。所伴唯孤影，共我恣游遨。
暂来京城里，心清无纤毫。依旧守淡泊，足以避喧嚣。
比来复慷慨，多与奇士交。琴心剑胆在，诗词润吾曹。
片场同答题，胜负视鸿毛。折戟九宫格，懊恼互解嘲。
乐在餐桌上，谈笑未成饕。试玩飞花令，连珠诗滔滔。
分手当此即，江湖涉风涛。京华十五日，别离奏笙箫。
或见或不见，岁月自迢迢。异时一回首，心旌但摇摇。

山花子·痴念

【当代】刘泽宇

月子正弯弯，恰若眉山。回眸人在水云间。
梦里清吟诗句瘦，打马回还。
转过旧溪湾，天淡云闲。寄身尘世许多年。
此际欲归山水窟，只伴婵娟。

天仙子·步张子野韵以和半通斋主

【当代】刘泽宇

燕语莺啼堪待听，柔柳牵风花欲醒。春魂如水拍天回，轻拭镜，温旧景，往日华年能记省？

此际闲庭都入暝，灯底填词空伴影。流光纸上照心痕，神莫定，宵已静，唤梦来寻芳草径。

卜算子

【当代】刘泽宇

终日杜门不出，入夜空腹小酌。

终日坐闲庭，心似禅僧静。入夜吹些浅浅凉，人影和灯影。

书卷且相抛，黄酒添佳兴。欲向花间醉且眠，一任红尘冷。

临江仙

【当代】刘泽宇

丁酉端阳偶到西安，访二十一岁生日城头放歌处。

旧地今朝重到，人间恰值端阳。香囊角黍袅余芳。榴花红影颤，街角绿阴长。

记得风尘初涉，英华不管清霜。登临高咏碧天长。廿年流水梦，一段老城墙。

鹧鸪天

【当代】刘泽宇

读十六少兄鹧鸪迭韵，怅然有感，写此柬之。

槛外吹箫谁与听？烟花易冷复成冰。风撕巷口孤飞絮，泪湿天边双子星。

魂略瘦，梦丰盈，几回错认怨多情。掌心细看双红豆，依旧痴魔不愿醒。

行到水穷处，坐看云起时

终南别业

【唐】王维

中岁①颇好道②，晚家③南山④陲⑤。
兴来每独往，胜事⑥空自知。
行到水穷处，坐看云起时。
偶然值⑦林叟，谈笑无还期。

【注释】

① 中岁：中年。
② 道：这里指佛教。
③ 家：安居，安家。
④ 南山：即终南山。
⑤ 陲：边缘，旁边。
⑥ 胜事：美好的事情。
⑦ 值：遇到，逢着。

【赏析】

“行到水穷处，坐看云起时”，写出了王维晚年的生活态度。王维早年很积极，希望能做出一番大事业。但是他经过安史之乱的挫折以后，晚年的心态发生了很大的变化。这两句诗最好的地方在于，从诗表面来说，“行”，一定要行到水的尽头；“坐”，要坐到看见云升起来，都是随性而行，他对待生活已经形成了“亦官亦隐”的处世姿态，完全处在一种随性而行的生活状态之下。人生最重要的是态度，就是人们用什么态度来看待生活。在顺境中或是逆境中，人们怎么样看待生活，让自己活得更快乐，这是非常重要的。（王立群）

中国人最诗意的生活状态，我最先想到的就是“行到水穷处，坐看云起时”。人生就是在路上，要有行有停。中国人，所谓中庸哲学也能体现于此，边走边停，走走停停，人与自然完美地融为一体，诗意地栖居。（郦波）

眼前直下三千字，胸次全无一点尘[1]

长相思三首[1]

【唐】李白

其一

长相思，在长安。
络纬秋啼金井阑，微霜凄凄簟色寒。
孤灯不明思欲绝，卷帷望月空长叹。
美人如花隔云端。
上有青冥之高天，下有渌水之波澜。
天长路远魂飞苦，梦魂不到关山难。
长相思，摧心肝。

其二

日色欲尽花含烟，月明如素愁不眠。
赵瑟初停凤凰柱，蜀琴欲奏鸳鸯弦。
此曲有意无人传，愿随春风寄燕然，
忆君迢迢隔青天。
昔日横波目，今作流泪泉。
不信妾断肠，归来看取明镜前。

其三

美人在时花满堂，美人去后空馀床。
床中绣被卷不寝，至今三载闻馀香。
香亦竟不灭，人亦竟不来。
相思黄叶落，白露湿青苔。

【注释】

① 长相思：属乐府《杂曲歌辞》，常以“长相思”三字开头和结尾。

学习诗词的意义何在？这是不少人心中的疑惑。

刘泽宇认为，诗词能净化心灵，给予人力量。他每天早晨起床后，要读够十五遍古诗文，才骑着自行车去上班。与诗词为伴的生活，让他感到无比充实。不如意事常八九，可与语人无二三。每逢工作和生活让他感觉苦闷压抑时，他都要和李白、杜甫等诗人进行心灵的对话，之后就坦然而无忧。刘泽宇说：“明代诗人于谦曾说，‘书卷多情似故人，晨昏忧乐每相亲。眼前直下三千字，胸次全无一点尘。’诗词读多了之后，内心便无一点灰尘，给予人洗涤灵魂的力量。”

刘泽宇说：“诗词中所表达的情感，如爱国之情、思乡之情、离别之情，以及对河山的赞美、对英雄人物的歌颂、对历史岁月的追思等等，这些情感也是当代人共同的情感，每个人都会在古典诗词中找到精神的契合点。因此可以说，诗词是我们每一个中国人文化的故乡。经常受到古典诗词浸淫的人，其精神层面也是丰富的，它可以是自己的一份寄托，可以让浮躁的心灵得到安宁，可以提高个人的修养。就我个人来说，诗词，是我安身立命的所在。”读诗不仅可以影响个人言行举止、文化修养、内在气质，而且还能涵养民族气质，孕育民族品格，培育民族精神，展现民族风貌。正如习近平总书记所倡导的那样，“应该把这些经典嵌在学生脑子里，成为中华民族文

1 《观书》【明】于谦
书卷多情似故人，晨昏忧乐每相亲。眼前直下三千字，胸次全无一点尘。
活水源流随处满，东风花柳逐时新。金鞍玉勒寻芳客，未信我庐别有春。

化的基因。”一部吟唱古典诗词的历史，也是一部书写中国文化的历史，读中国古典诗词，不仅能读出诗词中蕴含的情感，更能读出中国人的文化底蕴、自信与豁达、价值与智慧。因此，诗词是古典的，更是当代的。

以诗会友对刘泽宇而言也是极大的乐趣。刘泽宇在研究诗词的道路上，结交了许多爱好诗词的朋友和前辈，他们因诗词文化而建立了深厚的友谊。刘泽宇二十多岁时，在一次展览中，看到福州当代著名诗人、书法家赵玉林先生写给夫人的一本诗集，读后流下了感动的眼泪，刘泽宇毫不犹豫写信给赵玉林先生，并与他保持了多年的联系。在网络尚不发达的年代，等待一封书信的到来总是漫长的，刘泽宇为此饱受煎熬。每一次收到等待许久的信件，刘泽宇都是迫不及待地撕开信封，细细拜读。在学习上刘泽宇受到先生的指导，在生活上也备受先生的关怀。赵玉林讲：“朋友之间有通财之义，不要耿介。”诗人之间惺惺相惜之情，正是“通财之义”的伟大诠释。刘泽宇认为写诗爱诗的人很善良，没有隔阂，容易成为朋友。在赵老先生的百岁大寿之际，刘泽宇曾不远千里亲自去拜访他。老先生长歌一曲李白的《长相思》[1]，久久回响在刘泽宇的心间。

其实，关于学诗意义之所在，两千五百多年前孔子已经给了我们很好的回答：“子曰：‘小子，何莫学夫《诗》？《诗》可以兴，可以观，可以群，可以怨。迩之事父，远之事君，多识于鸟兽草木之名。’”这段话是说学习《诗经》可以抒发自己的志向，可以观察社会，可以结交好友，可以讽刺不公的事情。近可以孝顺父母，远可以辅佐君王，

② 络纬秋啼金井阑：络纬，昆虫名，即蝈蝈，俗称纺织娘。金井阑，精美的井栏。
③ 簟：竹席；竹名。
④ 渌：清澈。
⑤ 关山难：关山难渡。
⑥ 素：白色，洁白的绢。
⑦ 赵瑟：指瑟，一种弦乐器，相传古代赵国人善奏瑟。
⑧ 蜀琴：西汉时蜀郡司马相如所用的琴。相传司马相如工琴，故名。亦泛指蜀中所制的琴。
⑨ 燕然：山名，即杭爱山，在今蒙古人民共和国境内。此处泛指塞北。
⑩ 横波：指眼波顾盼生辉的样子。

【赏析】

这三首诗的创作时间，一般认为是李白在长安被唐玄宗“赐金还山”，离开长安之后，于沉思中回忆过往情绪之作。三首诗的内容、形式与意境尽管各有不同，第一首是描写男主人公对美人的殷切思念，第二首是描写思妇心理的，第三首是写男主人公对往日那段相爱相守的美好生活的眷恋与不舍，但都深刻地描绘出了离人的相思之情与相思之苦，可谓情真意切，缠绵悱恻。

诗中描写的美人，可能是某个具体的女子，也可能是指唐玄宗，而“长安”这个特定的地点，作为唐朝的政治中心所在地，也有非常强的政治寓意，即借爱情而表达思君之意，寄托了他对理想的追求以及理想无法实现的痛苦与忧伤。正如明朝文学家李攀龙、袁宏道在《唐诗训解》中评论李白的《长相思》：“千里不忘君，可为孤臣泣血。此太白被放之后，心不忘君而作。不敢明指天子，故以京都言之。”

李白是继屈原之后的又一位伟大的浪漫主义诗人，同样也继承了屈原的“香草美人”传统。屈原创立了“楚辞”，也开创了“香草美人”的传统。美人，在屈原作品中，或用比喻指楚君，或用比喻指德

才美好之人，或用以自比。香草，一方面为独立人格的象征物；另一方面和恶草相对，象征着政治斗争的双方。

在《古风》第四十九首中，“美人出南国，灼灼芙蓉姿。皓齿终不发，芳心空自持。由来紫宫女，共妒青蛾眉。归去潇湘沚，沉吟何足悲。”李白用南国美人遭人嫉妒排挤来比喻自己有志难伸。显然，这种楚辞之中独有的“香草美人”式的比兴象征手法，在李白这里得到了很好地继承。

在屈原那个年代，美政思想只有靠君臣遇合、知人善任才能实现。“香草美人”传统的本质就是以男女比喻君臣，以婚约比喻君臣遇合，这是作为一种政治关系的借喻，也与广大怀才不遇的失意文人的情怀相切合。其实，“学成文武艺，货与帝王家”，也是封建时代知识分子最理想的归宿。纵然你学富五车，才高八斗，也要有施展才能的平台。学而优则仕，在封建时代，皇帝是最高的统治者，他也是终极雇主，仕途上的贡献最终还是得服务于这个皇权体系。

那时的读书人，一般都将做学问看成是雕虫小技，而非安身立命的终生事业，他们无不以安国定邦、治国平天下为己任。李白如此，杜甫如此，白居易也如此，古往今来无数读书人莫不如此。在年轻时，李白曾给乐于提携年轻人的官员韩朝宗写信，即《与韩荆州书》，希望他能为自己推荐介绍工作，在信的末尾，李白写道：“至于制作，积成卷轴，则欲尘秽视听。恐雕虫小技，不合大人。”正如《隋书·李德林传》有云：“经国大体，是贾生、晁初之俦；雕虫小技，殆相如、子云之辈。”曹丕在《典论·论文》中尝言：“盖文章，经国之大业，不朽之盛事”，把文章撰写抬高到了极致，但后世的许多读书人显然并不买这个皇帝的账，并不以此为然。经国之大业，自然是治国安邦等国计民生的大事业，并非只是写文章耍弄雕虫小技。

《离骚》中有三次求女而不得的悲剧，这正暗合了才情甚高的屈原不被君主赏识还可以了解到鸟兽草木的名字。这是诗歌对社会的作用最高的赞颂，这一赞颂当然也适用于所有诗词。《毛诗序》同样对诗歌之于社会功用作了概括，“故正得失，动天地，感鬼神，莫近于诗。先王以是经夫妇，成孝敬，厚人伦，美教化，移风俗。”意即端正得失的关系，感动天地间的鬼神，诗歌是最合适的。先王用诗来调节夫妻关系，使人们孝敬父母，使人际关系醇厚，教化民众使他们有美德，移风易俗，表明诗词在提高人们的道德素质、文化水平等方面拥有无可比拟的积极作用。

在中华民族上下五千年的灿烂文化中，诗词是当之无愧的文化宝藏，值得我们后世去深挖其中的奥妙。自古以来，中国古典诗词就以它无与伦比的美好，吸引着一代又一代的中华儿女，他们久久地沉浸在诗词的海洋中不能自已。他们风度翩翩，他们气度非凡，无论经过多少岁月的洗礼，仍有仙风傲骨存留在他们的气质之中。刘泽宇正是这壮大队伍中的一员。三十年前的他，还是一个站立在山坡上的放羊娃娃，看着散落远方的白色蒲公英而茫然。三十年之后，经历了建筑工地的抹灰工生涯，到成为一名光荣的人民教师，最终站在央视华丽的舞台上展示自我，绽放自己的光彩，受到万众瞩目。这一路上，看似他受到了很多贵人的帮助，但其实他真正的“贵人”正是他热爱的诗词，是诗词给予他力量，改变了他的人生。他如一粒深埋泥土的沉寂的种子，忍耐了漫长的黑暗和严寒的考验，终于生根发芽，开出花朵。

诗词赋予了刘泽宇尽管身处逆境却仍然诗意的生活，也改变了他的生活轨迹，使他能自由地去做他热爱的事。在逆境中，不论自己身处的位置离自己的梦想看似有多么遥远，刘泽宇没有找任何借口，而是踏踏实实，锲而不舍地努力，所迸发出的激情，让人敬佩。努力，是为了不辜负自己。天道酬勤，上天从来不会辜负一个努力的人。我们是否还有未完成的梦想？是否抱怨环境而要放弃？别人都在努力，比你更加强大的人也在努力，你还有什么理由停下奔跑的脚步。刘泽宇的故事激励着人们，你是谁不取决于你所处的环境，也不取决于别人对你的看法，只要定睛于心中的目标，专心地往前走。

我们的先人留下了浩如烟海的诗词典籍，虽历经几千年的历史演变，依然流芳百世、熠熠生辉。从报名参加《中国诗词大会》的选手来看，他们答题的水平之高，他们热爱诗词文化的心之真切，无不表明我国民间诗词爱好者之众多。然而，在经济飞速发展的社会浪潮中，越来越多的外来文化围绕在我们身边，纷繁复杂，令人目不暇接，而我们更应该学习的诗词文化却已经渐行渐远，所以我们要将诗词作为文化教育的重点来倡导和大力推广。诗词文化的倡导需要一个良好的社会氛围，要将学习诗词、创作诗词作为社会推崇的一个重点。诗词文化的倡导和推行，不能曲高和寡，要将诗词生活化。诗词来源于生活，与生活息息相关，学习诗词要将诗词融入日常生活之中，让普通民众在生活中发现诗词的美好。用我们祖先流传下来的优秀传统文化提升人文素养和道德素质，净化我们的心灵，铸就中华民族之魂。

刘泽宇的故事，可以用他自己创作的一句诗来总结："从来词客多情种，一段风流隐小词。"他让古典诗词再次走进了人们的视线，去倾听诗

重用的现实。《长相思》中的悲剧，何尝不也是如此？李白在应召赴长安之前，因为天纵其才，诗文俱佳，文武双全，豪迈奔放，声名远扬。李白本有志济天下苍生，登上相位，实现"寰区大定，海县清一"的理想，成就一番不朽事业，青史留名，但唐玄宗只是看重李白的文学才华，希望李白能用他的生花妙笔粉饰太平，并没有打算委以重任。有人说李白嗜酒放荡，不懂政治潜规则，并不是一个胸怀韬略能经济匡时的政治家，这种说法或许也有一定的道理。李白晚年时，曾应邀加入永王李璘的幕府，惹祸上身，卷入皇权争斗的是非，遭遇流放夜郎国的厄运，若不是遇到大赦，恐怕就会在夜郎这个偏僻之地度过余生了。虽说李白受到牵连，后来证明是冤案，也给予了平反，但君子不立于危檐之下，危邦不入，乱邦不居，作为一个热心从政者，还是应该具备相当的政治敏感性与明辨是非的能力。

此时的李唐朝廷，由于此前奸相李林甫的嫉贤妒能、压制人才，再加上天宝年间的唐玄宗也失去了开元年间的那股锐气与斗志，变得沉湎享乐，不思进取，暮气沉沉，导致朝廷几乎没有可用的人才。在这种情况之下，李白纵使有治国安邦、辅佐君王的王佐之才，恐怕也是英雄无用武之地。

在安史之乱前夕，李白曾经游历过范阳，即安禄山的大本营，亲眼目睹了安禄山的嚣张气焰，预见了安禄山的谋反。在《幽州胡马客歌》中，"幽州胡马客，绿眼虎皮冠。笑拂两只箭，万人不可干"写出了安禄山的飞扬跋扈，"名将古谁是，疲兵良可叹。何时天狼灭？父子得闲安"道出了自己的忧国之思，但疏不间亲，人微言轻，当时安禄山是唐玄宗与杨贵妃的宠儿，李白也只能在诗中发发牢骚，不可能去揭露告发安禄山的狼子野心，告发后还很有可能遭遇安禄山的打击报复，甚至是杀人灭口。这是李白的个人悲剧，也是唐朝的国家悲剧。

紫芝山房图轴（局部）
元，倪瓒，台北故宫博物院藏

词之美。他有着喜爱诗词的赤诚之心，他读过的上千首诗词深深地印刻在自己的生命当中，引领着他在平凡的人生道路中，成就了一段不平凡的风流人生。他在恶劣的环境中仍然毫不退缩、坚持不懈地刻苦研究诗词，更是给予走在自己人生道路上的我们无限的勇气与力量。

第四章　曹中希

但得众生皆得饱，不辞羸病卧残阳

从小热爱古诗词的圆通速递北京师范大学分公司收派员曹中希，以其独有的“老曹体”快递通知短信成为快递界的一股“清流”。在繁忙清苦的快递生涯中，他始终保持心底对于诗词的那份赤忱与热爱。诗词于他而言，是繁重体力劳动后的短暂休憩，也是单调重复生活中的情感寄托，更是“身处陋室，心忧众生”公益情怀的缘起。在平凡的岗位中，曹中希正书写着不平凡的诗意情怀。

病牛

【宋】李纲

耕犁千亩实千箱[1]，力尽筋疲谁复伤[2]？
但得[3]众生[4]皆得饱，不辞[5]羸病[6]卧残阳[7]。

【注释】

① 实千箱：形容生产的粮食多。实，充实，满。箱，装粮的容器。

② 谁复伤：又有谁会同情它呢？复，又，再。伤，哀怜，同情。

③ 但得：只要能让。

④ 众生：一切有生命的，泛指人和动物。

⑤ 不辞：乐意去干，不推辞，不辞让。

⑥ 羸病：瘦弱有病。

⑦ 残阳：夕阳，此处既烘托凄凉气氛，又喻指作者晚年。

【赏析】

这是一首托物言志诗，诗人以牛自喻，表达了自己甘于为百姓奉献的精神。前两句写耕牛辛勤劳作，卖力耕地，然后发出疑问，就算耕牛累到筋疲力竭，可是有谁会怜惜呢？这句话含有谴责的语气，表现出作者的愤愤不平。后两句抒发志向，就算没有人怜惜劳苦功高的病牛，只要能为人做出贡献，也就死而无憾了，写出了病牛任劳任怨、别无他求的性格特点，这也是作者自身经历与人格的写照。抗金名臣李纲在北宋末年坚决抗击金军，一度击退围城的金兵，取得开封保卫战的胜利。可惜，他后来为投降派所诬陷与排斥，被贬到外地，最后只能眼睁睁地看着北宋灭亡。南宋建立后，李纲继续主张坚决抗金，收复失地，仍然遭到打击与排斥，最后抑郁而终。

初登赛场

回看天际下中流，岩上无心云相逐

渔翁

【唐】柳宗元

渔翁夜傍西岩宿[①]，晓汲清湘燃楚竹[②]。
烟销[③]日出不见人，欸乃[④]一声山水绿。
回看天际下中流[⑤]，岩上无心[⑥]云相逐。

【注释】

① 渔翁夜傍西岩宿：渔翁晚上依靠西山而眠。西岩，当指永州境内的西山。

② 晓汲清湘燃楚竹：早晨取湘江水烧竹子。汲，取水。湘，湘江之水。楚，西山古属楚地。

③ 销：消散，消除。

④ 欸乃：象声词，形容摇橹的声音。

⑤ 下中流：由中流而下。

⑥ 无心：出自陶渊明《归去来兮辞》："云无心以出岫。"一般是表示庄子所说的那种物我两忘的心灵境界。

【赏析】

这首诗是柳宗元被贬永州后所作，借对渔翁的描写，透露出作者寄情山水的思想和政治上失意的忧愤之情。诗并不纯粹写渔翁的形象，主要是写景来衬托。他寄宿山岩，砍竹生火，饮湘江清水，使人不由想起屈原笔下的"制芰荷以为衣兮，集芙蓉以为裳"，以美丽的服饰来象征个人美好的品格，一个超凡出尘的渔翁形象便跃然纸上。之后画面由夜景转入破晓时分，晨雾散去，青山绿水展现在读者面前，画面豁然开朗，此时的渔翁已在碧波中驾舟远行，一派飘逸超然，最后将视线转入岩顶追逐的白云，引人无限遐想。

柳宗元笔下的渔翁不同于《江雪》中孤傲的渔翁形象，也不同于《渔家》中那样为生计奔波的渔翁形象，反倒更像一个生活富有诗意的隐士高人，这正是柳宗元志趣的体现。诗人借笔下渔翁的生活形象，表现出被贬后对恬淡安适生活和自由人生的向往之情。

乘兴而行，兴尽而返[1]

青玉案・元夕[1]

【宋】辛弃疾

东风夜放花千树，更吹落，星如雨。宝马雕车香满路。凤箫声动，玉壶光转，一夜鱼龙舞。

蛾儿雪柳黄金缕，笑语盈盈暗香去。众里寻他千百度，蓦然回首，那人却在，灯火阑珊处。

【注释】

① 青玉案：词牌名。
② 元夕：农历正月十五日为上元节，又称元宵节，此夜称元夕或元夜。
③ 花千树：花灯之多如千树开花。
④ 星如雨：指焰火的火星好像纷纷的雨。星，指焰火，形容满天的烟花。
⑤ 凤箫：即排箫，比竹为之，参差如凤翼，故名。
⑥ 玉壶：比喻明月。
⑦ 鱼龙舞：指舞动鱼形、龙形的彩灯，如鱼龙闹海一样。
⑧ 蛾儿雪柳黄金缕：蛾儿、雪柳、黄金缕，皆古代妇女元宵节时头上佩戴的装饰品。这里指盛装打扮的妇女。
⑨ 盈盈：声音轻盈悦耳，亦指仪态娇美的样子。
⑩ 暗香：本指花香，此指女性们身上散发出来的香气。

2017年初，中央电视台演播厅内，百余名来自全国各地的中国古典诗词爱好者济济一堂。他们或是名校学生，或是乡村医生，或是支教教师，或是患病农妇，而此刻却拥有同一个身份——《中国诗词大会（第二季）》参赛选手。

在百人团席位最后一排距离舞台中央最远的“灯火阑珊处”[1]，端坐着一位五十出头的中年男子，身穿一件黑色外套，发际线稍微后移，饱经沧桑的脸上，神情略显局促，爬满双手的老茧甚至透露出他与这个阳春白雪的诗词世界颇为不搭的信息。镁光灯聚焦的舞台中央，主持人、特约嘉宾、挑战选手吟风颂雅，各展风采。

当这种强烈的反差呈现在观众面前时，也向所有观众抛出这样一个尖锐的问题——古诗词到底是只属于文人雅士的闲情逸致，还是属于雅俗共赏，为全体中国人所共有的精神归宿？

“我叫曹中希，我是一名快递员，我负责北京师范大学的快递收发。”这是他在《中国诗词大会（第二季）》第八场中的自我介绍词，简短而精炼。平时他更喜欢别人叫他“老曹”，这也是他的名片上显示的唯一称呼，名片的下方印着一长串的头衔与荣誉 ——“圆通全国劳模”“2012全国五一劳

1《世说新语・任诞》（节选）【南朝宋】刘义庆

王子猷居山阴，夜大雪，眠觉，开室，命酌酒，四望皎然。因起彷徨，咏左思《招隐诗》，忽忆戴安道。时戴在剡，即便夜乘小舟就之。经宿方至，造门不前而返。人问其故，王曰：“吾本乘兴而行，兴尽而返，何必见戴？”

动奖章获得者”“2013感动社区十大人物入围奖”“2014北京榜样提名奖”“2016北京快递工会联合会委员”等等。

在《中国诗词大会（第二季）》第八场的节目中，曹中希大方地分享了自己写的两首“打油诗”。一首是2016年“双十一”活动期间写下，贴在工作室门口的诗，“光棍一年只一回，热爱生活就得美，只要不浪费”；另一首是结束一天疲惫的快递工作后，夜晚独酌时兴之所至写的，“苦酒辣鸭肠，双脚热水烫。松竹梅三首，喝着奶茶香。快递虽辛苦，那又怎么样？”现场的观众听后，无不鼓掌喝彩，主持人董卿也说，“你写的的确不是诗，你写的是一份情怀”。

曹中希的这份“情怀”被他融入了他写的“生活感悟”中，当然老曹并不很认同自己被标签为“快递诗人”，他认为自己写的还远没达到诗的标准。他曾写过这样一小段：“我家罗堂边，聚叟房下檐。日日数晨夕，相谈甚是欢。谈及国际事，平淡又坦然。说起小康景，起鼓隆咚锵。党的政策好，旧貌换新颜。”很显然，这段“小诗”受到了辛弃疾《清平乐·村居》[2]的影响，同时又融入了老曹对生活的新感悟。

【赏析】

这首词很大的特点在于，是用反衬的方法来写的。因为上一部分，主要是写热闹，下一部分却写周围的环境。词人用热闹反衬寂寞，用华贵反衬淡泊，用盛妆反衬素颜，通过这三种反衬，最后写了繁华夺目中自甘寂寞的一个人。作者写得很巧妙，这个所谓的女子，实际上是作者心中所理想的境界，这是《青玉案》常被人们称道之处。所以，“众里寻他千百度，蓦然回首，那人却在，灯火阑珊处”，后来被王国维称为做学问的三重境界中最高一重境界。

（王立群）

清平乐 · 村居[2]

【宋】辛弃疾

茅檐低小，溪上青青草。醉里吴音相媚好，白发谁家翁媪？

大儿锄豆溪东，中儿正织鸡笼。最喜小儿亡赖，溪头卧剥莲蓬。

【注释】

① 吴音：吴地的方言，讲话轻清柔美。
② 翁媪：老翁、老妇。
③ 锄豆：锄掉豆田里的草。
④ 亡赖：顽皮淘气。亡，同“无”。

【赏析】

这首词描绘了清丽宁静、和平安乐的田园风光。先写景，“茅檐”“溪”“青草”等物象交织成了清新的农村小景，富有江南气息。继而写人，通过对一户人家的活动描写，展现了亲密、温馨、恬静、活泼的农村生活氛围，作者对农村宁静生活的喜爱、向往、羡慕之情跃然纸上。

白发渔樵江渚上，惯看秋月春风 1

岳阳楼记（节选）[1]

【宋】范仲淹

嗟夫！予尝求古仁人之心，或异二者之为，何哉？不以物喜，不以己悲；居庙堂之高则忧其民，处江湖之远则忧其君。是进亦忧，退亦忧。然则何时而乐耶？其必曰“先天下之忧而忧，后天下之乐而乐”乎？噫！微斯人，吾谁与归？

【注释】

① 嗟夫：唉。语气词，表示感叹。

② 古仁人：古时品德高尚的人。

③ 或异二者之为：或许不同于（以上）两种心情。或，近于“或许”“也许”的意思，表委婉语气。二者，这里指前两段的“悲”与“喜”。为，这里指两种心情。

④ 不以物喜，不以己悲：不因为外物（的好坏）和自己（的得失）而或喜或悲（此句为互文）。

⑤ 居庙堂之高则忧其民：在朝中做官担忧百姓。居庙堂之高，意为在朝中做官。庙，宗庙。堂，殿堂。庙堂，指朝廷。下文的“进”，对应“居庙堂之高”。进，在朝廷做官。

⑥ 处江湖之远则忧其君：处在僻远的地方则为君主担忧。处江湖之远，处在偏远的江湖间，意思是不在朝廷做官。下文的“退”，对应“处江湖之远”。退，不在朝廷做官。

2010年，曹中希刚来到北京师范大学从事快递工作不久，就以其特有的“老曹体”快递领取通知短信，引起了媒体的注意。曹中希面对这突如其来的关注度，却始终表现出一种“不以物喜，不以己悲”[1]的淡然心态。在他看来，收发快递才是本职工作，其他的事情只是平淡生活中的点缀。这些都应该建立在做好本职工作的基础上，才不会本末倒置。

据曹中希透露，在《中国诗词大会（第一季）》录制前，他就曾收到过节目组的邀请函，但由于当时正赶上公司年会庆典，再三权衡之后，曹中希还是放弃了节目录制机会。这一次《中国诗词大会（第二季）》的录制，老曹也是提前向公司请假，在获得公司允许并安排好快递工作之后，才放心参加的。

《中国诗词大会（第二季）》节目播出后，收视率一直领跑排行榜，一时间参赛选手获得了前所未有的关注度，老曹也不例外。接二连三的媒体采访，成了春节后老曹需要经常面对的事情，《北京晨报》《北京晚报》《法制晚报》相继对他进行了深入的采访报道，他还被《法制晚报》请去做直播，和网友聊录制节目时的幕后故事。

“我们学校其实快递点有好几个，但是曹叔叔的‘老曹工作室’让我印象最深刻，因为一走到‘老曹工作室’，门上面就贴着一首他自己写的诗。

---

1 《临江仙》【明】杨慎

滚滚长江东逝水，浪花淘尽英雄。是非成败转头空。青山依旧在，几度夕阳红。
白发渔樵江渚上，惯看秋月春风。一壶浊酒喜相逢。古今多少事，都付笑谈中。

当时我一看到，我就知道，这个曹叔叔肯定是一个心中特别有诗意的人。”与曹中希在《中国诗词大会（第二季）》同台的北京师范大学学生张淼淼在节目中这样说道。

在北京师范大学学五食堂东南角，有一栋白色的二层小楼，沿着楼梯走上去左拐，就是“圆通快递曹中希工作室”。工作室的门口贴着一幅毛笔字，遒劲有力，上书：“天猫抱得美人归，快递忙得不知北。一年光棍只一回，买得好坏甭后悔。热爱生活就得美，年轻不跟潮谁随？建议明年双十一，购物尽孝当为最！”

曹中希工作室不大，不到二十平方米的小屋里，人来人往，寄件、取件井然有序。工作室的空间几乎全被货架占满，上面分门别类摆满了快件。在靠窗的柜子上层，有几摞书籍码得整整齐齐，其中不少都是诗词书。

“这几本是一位大学老师送的，他在《中国诗词大会（第二季）》节目中看到了我，就来找我，说买书的时候多买了几本，非要送给我。”老曹对这些书的来历如数家珍。

媒体的关注让曹中希俨然成为了一个“草根新闻人物”，国内其他电视节目也向他伸出了橄榄枝。与稳步扩散的知名度形成鲜明对比的，是老曹淡然自若的应对心态，以及对于自身定位和能力的清醒认识。

自 2015 年开始，贵州电视台《最爱是中华》节目组每年都会邀请曹中希参加节目录制。老曹并未轻率答应，回家看过《最爱是中华》的一期节目后，他就认识到自己的传统文化知识储备量与节目中海归博士之类的选手相比，实在难以望

⑦ 微斯人，吾谁与归：（如果）没有这样的人，那我同谁一道呢？微，没有。斯人，这样的人。谁与归，就是“与谁归”。归，归依。

【赏析】

作者描述了岳阳楼胜景，并阐述了两种不同的览物之情：览物而悲者、览物而喜者，并以“不以物喜，不以己悲”的阔大胸襟对此加以一概否定，表达了作者“先天下之忧而忧，后天下之乐而乐”的崇高思想境界。孟子曾经说过：“穷则独善其身，达则兼善天下。”这段话也是中国文化精髓“儒道互补”的体现。作者写这篇文章的时候，正因改革失败而被贬官在外，远离政治中心，并非“居庙堂之高”，而是“处江湖之远”，但他并没有由此独善其身，落得个清闲自在，而是将个人的升迁荣辱置之度外，仍满怀忧国忧民的爱国报国之心，并以此勉励自己和朋友，实在是难能可贵。

陋室铭[2]

【唐】刘禹锡

山不在高，有仙则名。水不在深，有龙则灵。斯是陋室，惟吾德馨。苔痕上阶绿，草色入帘青。谈笑有鸿儒，往来无白丁。可以调素琴，阅金经。无丝竹之乱耳，无案牍之劳形。南阳诸葛庐，西蜀子云亭。孔子云：何陋之有？

【注释】

① 陋室铭：陋室，简陋的屋子。铭，古代刻在器物上用来警戒自己或称述功德的文字，后来就成为一种文体。这种文体一般都是用骈句，句式整齐，朗朗上口。

② 苔痕上阶绿，草色入帘青：苔痕碧绿，

长到阶上；草色青葱，映入帘里。上，长到。入，映入。

③ 鸿儒：大儒，这里指博学的人。鸿，同“洪”，大。儒，泛指学者、读书人。

④ 白丁：平民。这里指没有什么学问的人。

⑤ 调素琴：弹奏不加装饰的琴。调，调弄，这里指弹（琴）。素琴，不加装饰的琴。

⑥ 丝竹：琴瑟、箫管等乐器的总称，“丝”指弦乐器，“竹”指管乐器。这里指奏乐的声音。

⑦ 案牍：（官府的）公事文书。

⑧ 劳形：使身体劳累。形，形体、身体。

⑨ 南阳诸葛庐，西蜀子云亭：南阳有诸葛亮的草庐，西蜀有扬子云的亭子。诸葛庐和子云亭都很简陋，因为居住的人很有名，所以受到人们的景仰。诸葛，即诸葛亮，字孔明，三国时蜀汉丞相，著名的政治家和军事家，出仕前曾隐居南阳卧龙岗中。子云，指扬雄，字子云，西汉时文学家，蜀郡成都人。

【赏析】

本文开篇即运用比兴手法，以山水起兴，通过“山不在高，有仙则名。水不在深，有龙则灵”的类比，引出文章中心“斯是陋室，唯吾德馨”。然而，陋室看似简陋不堪，与作者交往的人都是高雅饱学之士，又不用遭受世俗靡靡之音与官场事务劳累。之后作者借古代贤人诸葛亮的草庐、西蜀扬雄的子云亭，希望自己也能同他们一样拥有高尚的德操，并暗示了陋室不陋。文章用“孔子云：何陋之有？”收束全篇，暗含有“君子居之”之意。

品读此铭，丝毫不觉得此室之陋，可谓身卑位轻居陋室，大雅之堂无虚席，表现了作者安贫乐道、不慕名利，不与世俗同流合污、洁身自好的高雅志趣和不与世事沉浮的君子人格。

其项背，因而婉言谢绝。江苏卫视《一站到底》节目组也曾两次力邀曹中希参加节目录制，考虑到会影响本职工作，加上自觉不是很适合节目要求，也放弃参加。现在曹中希只考虑参加北京地区电视台节目的录制邀请，因为这样才能把对工作的影响降到最低，他对“出名”并没多少欲望，只想踏实地把快递工作做好。

除此之外，曹中希还因参加《中国诗词大会（第二季）》节目而与一些陌生的诗词爱好者结缘。北京市朝阳区一位年逾七十的老人，曾辗转联系到他，跟他要《中国诗词大会（第二季）》的整套题目，他利用空闲时间复印了一份给他寄了过去；北京师范大学文学院的一位退休老教授，来过他的工作室，因他不在而留下了长篇留言；一位大学老师来拜访过他，和他探讨古诗词，并给他送了几本古诗词方面的书籍……一时间，“老曹工作室”俨然“谈笑有鸿儒，往来无白丁”[2]。

衔觞赋诗，以乐其志

五柳先生传

【晋】陶渊明

先生不知何许[①]人也，亦不详其姓字。宅边有五柳树，因以为号焉。闲静少言，不慕荣利。好读书，不求甚解[②]，每有会意，便欣然忘食。性嗜酒，家贫不能常得，亲旧知其如此，或置酒而招之。造[③]饮辄尽，期在必醉；既醉而退，曾不吝情去留[④]。环堵萧然[⑤]，不蔽风日。短褐穿结，箪瓢屡空[⑥]，晏如[⑦]也。常著文章以自娱，颇示己志。忘怀得失，以此自终。

赞曰：黔娄之妻有言："不戚戚于贫贱，不汲汲于富贵。"味其言，兹若人之俦乎？衔觞赋诗[⑧]，以乐其志。无怀氏[⑨]之民欤？葛天氏之民欤？

【注释】

① 何许：何处，哪里。许，处所。

② 不求甚解：指读书只求领会要旨，不在一字一句的解释上过分深究。

③ 造：往，到。

④ 曾不吝情去留：五柳先生态度率真，来了就喝酒，喝完了就走。曾不，竟不。曾，用在"不"前，加强否定语气。吝情，舍不得。去留，偏义副词，意思是去，离开。

⑤ 环堵萧然：简陋的居室里空空荡荡。环堵，周围都是土墙，形容居室简陋。萧然，空寂的样子。

⑥ 箪瓢屡空：箪和瓢时常是空的，形容贫困，难以吃饱。箪，盛饭的容器，多用竹制成。瓢，饮水用具。屡空，经常是空的。

⑦ 晏如：安然平和的样子。晏，平静，安逸。

⑧ 衔觞赋诗：一边喝酒一边作诗。觞，酒杯。

⑨ 无怀氏：跟下文的"葛天氏"都是传说中的上古帝王。据说在那个时代，人民生活安乐，恬淡自足，社会风气淳厚朴实。

【赏析】

这是一篇自传性质的散文，作者通过对五柳先生这一假想人物的描述用以自况，描绘了一个淡泊名利、悠闲自得、率真自然的高尚隐者形象。这位五柳先生既不知其名，也不知其来历，而是以居所旁有五株柳树而自号，与当时社会上重视出身门第，夸耀祖宗荣光的风气截然不同，从中可看出五柳先生的淡泊名利。其次，这位五柳先生有着高雅的志趣，不去结交各种权贵，"好读书，不求甚解，每有会意，便欣然忘食"，追求精神境界上的满足。五柳先生嗜酒的爱好是出于天性，而非放荡纵酒，自我麻醉，但因不能摆脱贫困，便"不能常得"，不因嗜酒而失节。至于亲友请他吃酒，他却毫无拘束，又反映了他的坦率与认真。最后，虽然他居住的简陋不堪，却能保持安贫乐道的心性，实在难能可贵。

"不戚戚于贫贱，不汲汲于富贵"，可谓对五柳先生形象的高度概括。人生不为名利、钱财左右，才能无拘无束，逍遥自在，过自己真正想要的生活。

七年相伴琢诗言[1]

咏柳[1]

【唐】贺知章

碧玉妆成一树高，万条垂柳下丝绦。
不知细叶谁裁出，二月春风似剪刀。

【注释】

① 碧玉：碧绿色的玉。这里用以比喻春天嫩绿的柳叶。

② 妆：装饰，打扮。

③ 一树：满树。一，满，全。在中国古典诗词和文章中，数量词在使用中并不一定表示确切的数量。下一句的“万”，就是表示很多的意思。

④ 绦：用丝编成的带子或绳子。这里指像丝带一样的柳条。

⑤ 裁：裁剪。

【赏析】

由于新柳早春吐芽，因而古人将其视为春天的象征。诗人将新柳描摹成一位美人，如小家碧玉般清纯。中国古代文学作品中，“碧玉”是妙龄少女的代名词，“碧玉妆成一树高”，人们脑中就自然呈现出风姿绰约、顾盼生辉的少女形象，少女与初春的联想，清新、鲜活而又恰到好处。诗人展现出自己的奇思妙想，比喻一片片精巧的柳叶是用二月的春风裁剪出来的，使读者只凭想象就能感受到初春的气息。

曹中希与古典诗词的结缘，可以追溯到他读小学的时候。

如今四十多年过去了，他依然清楚地记得小学语文老师手抄的诗词小册子，那是引发他诗词兴趣的启蒙读物。纸张粗糙的旧笔记本上，是老师娟秀漂亮的钢笔字，记录的都是最经典、最脍炙人口的古诗词，其中不少都出现在小学或者中学的语文课本上。

那时候，他是班里借阅老师的手抄诗词小册子最积极的那个，借来后时常翻阅，温故知新。老师觉得难得见到对诗词如此热爱的学生，便将其中一本赠予他。曹中希如获至宝，总是将它随身携带，甚至走出校门，参加工作后也不离不弃。令他深感遗憾的是，2010年的一场大火，将它烧毁了。

每当寒去春来，见到杨柳依依的景象时，他总是情不自禁地想起在那本小册子中，读过无数次的贺知章的诗——《咏柳》[1]。他有时甚至会站在后海边，倚着大理石的栏杆，面对岸边随风飘舞的柳枝，不顾周围行人怪异的目光，轻声将这首诗吟诵起来。

古诗词几乎占据了曹中希所有的空闲时间。曹中希数十年的人生际遇可谓是一路沉浮坎坷。他离过婚，做过多种苦力工作，但这些都不足以撼动

1 《送休师归长沙宁觐》【唐】齐己

高堂亲老本师存，多难长悬两处魂。已说战尘消汉口，便随征棹别荆门。
晴吟野阔无耕地，晚宿湾深有钓村。他日更思衰老否，七年相伴琢诗言。

他沉醉于古诗词世界的那份执着。他坚信“长风破浪会有时，直挂云帆济沧海”。经历过艰难困苦，风霜雨雪，如今的他依然在心底保留着一份纯真的诗意，从中觅得前行的力量，也从中找到不一样的生活情趣。

出生在山东省临沂市费县一个小山村的曹中希，由于高考失利，考虑到家庭经济条件的窘迫，便放弃了复读机会，选择了进入社会工作。之后他在粮食加工厂当过小工，在村里当过村官，还在老家开过一家名为“沂蒙书画社”的书店。

2000 年，36 岁的曹中希第一次来到了北京。在此之前，他经历了失败的婚姻，家底掏光，积蓄清零，一切都得重新开始。他最初做的是建筑工地上的砌墙工人，连续几个月的工资拖欠让他下定决心不干了。随后，他又做起了建材生意，但又因缺乏生意头脑经营惨淡。这之后，他又做了六年的送水工。

2009 年，年逾不惑的老曹决定换一份快递工作，然而快递公司喜欢招身强力壮的年轻人，几次碰壁之后，所幸得到贵人介绍，才勉强进入圆通速递公司，勤恳工作至今。

高中毕业后三十多年的漫长工作生涯中，曹中希读书和看报的习惯从未变过。他还记得曾经在一本文学刊物后面的附录上看到了曹操《观沧海》[2]的书法，他便小心翼翼地用剪刀剪下来，粘贴保存到自己的笔记本中；看报纸的时候，也能读到自己喜欢的古诗词。他喜欢剪辑毛泽东的诗词，尤其喜欢那首《沁园春·雪》[3]。

曹中希读诗，不喜欢死记硬背，他总是反复熟读，用心体会其中的意境。在老曹看来，反复

观沧海[2]

【汉】曹操

东临碣石，以观沧海。
水何澹澹，山岛竦峙。
树木丛生，百草丰茂。
秋风萧瑟，洪波涌起。
日月之行，若出其中；
星汉灿烂，若出其里。
幸甚至哉，歌以咏志。

【注释】

① 临：登上，有游览的意思。
② 碣石：山名。碣石山，在今河北省昌黎县。207 年秋天，曹操征乌桓得胜回师时经过此地。
③ 沧海：渤海。
④ 澹澹：水波动荡。
⑤ 竦峙：耸立，屹立。竦，高起，高耸。
⑥ 萧瑟：象声词，指秋风声。
⑦ 洪波：汹涌澎湃的波浪。
⑧ 星汉：银河，天河。
⑨ 幸甚至哉，歌以咏志：太值得庆幸了！就用诗歌来表达心志吧。

【赏析】

这首诗写于曹操北征乌桓凯旋而归的途中，这次胜利巩固了曹操的后方，并基本统一了北方。当他登上当年秦始皇、汉武帝也曾登过的碣石山，又正当秋风萧瑟、洪波涌起之时，心情像大海一样难以平静，踌躇满志，激起了诗人要扫灭群雄，一统中国的强烈愿望。诗人通过描写自己登上碣石山远眺所见的波澜壮阔的海景，将眼前的壮观景色和个人的雄心壮志融合在一起，托物咏志，表达了自己的高远志向。全诗基调雄浑苍劲，意境开阔，字里行间洋溢着饱满的激情。写景虚实结合，实景给人身临其境之感，虚景以其新奇激发读者的想象。

沁园春·雪[3]

【现代】毛泽东

北国风光，千里冰封，万里雪飘。望长城内外，惟馀莽莽；大河上下，顿失滔滔。山舞银蛇，原驰蜡象，欲与天公试比高。须晴日，看红装素裹，分外妖娆。

江山如此多娇，引无数英雄竞折腰。惜秦皇汉武，略输文采；唐宗宋祖，稍逊风骚。一代天骄，成吉思汗，只识弯弓射大雕。俱往矣，数风流人物，还看今朝。

【注释】

① 莽莽：无边无际。

② 大河上下：大河，指黄河。大河上下，即指整条黄河。

③ 顿失滔滔：（黄河）立刻失去了波涛滚滚的气势。描写黄河水结冰的景象。

④ 山舞银蛇，原驰蜡象：群山好像（一条条）银蛇在舞动。高原（上的丘陵）好像（许多）白象在奔跑。“原”指高原，即秦晋高原。蜡象，白色的象。

⑤ 天公：指天，即命运。

⑥ 红装素裹：形容雪后天晴，阳光和白雪交相辉映的壮丽景色。红装，原指妇女的艳装，这里指红日为大地披上了红装。素裹，原指妇女的淡雅装束，这里指皑皑白雪覆盖着大地。

⑦ 略输文采：文采本指辞藻、才华。“略输文采”，是说秦皇汉武，长于武功而短于文治，未免缺少文采。

⑧ 风骚：本指《诗经》里的《国风》和《楚辞》里的《离骚》，后来泛指文章辞藻。

⑨ 一代天骄：指可以称雄一世的英雄人物，泛指卓尔不群的人物。天骄，“天之骄子”的省略语。意思是上天所骄纵宠爱的人，成吉思汗即是。

诵读古诗词的时候，尽管当时还不一定能背诵出来，但是如果用心体会的话，生活中看到类似场景，就能自然而然地联想起来，甚至情不自禁地脱口而出，这样的经历老曹经常会遇到。

每到晚春时节，北京城刮起北风，驮着快件经过西土城的老曹，看到漫天飞舞的杏花，便会想起王安石的那首《北陂杏花》[4]里的诗句，“纵被春风吹作雪，绝胜南陌碾成尘。”

有一次给后海附近的客户送水时，走进古朴的四合院，看到满地的小草带着春天来临的讯息，从土里刚刚冒出嫩绿的时候，老曹想到的则是白居易的《钱塘湖春行》中的两句诗，“乱花渐欲迷人眼，浅草才能没马蹄。”

秋天的傍晚，漫步在北海公园，看到有人泛舟湖上的情景时，老曹想吟诵的则是李清照的《武陵春·春晚》——“风住尘香花已尽，日晚倦梳头。物是人非事事休，欲语泪先流。闻说双溪春尚好，也拟泛轻舟。只恐双溪舴艋舟，载不动、许多愁。”

去花店买花，看到盛开的兰花时，想起的是杨万里的《兰花五言》——“护雨重重膜，凌霜早早春。三菲碧弹指，一笑紫翻唇。野竹元同操，官梅晚卜邻。花中不儿女，格外更幽芬。”

每当夜深人静，结束一天的疲惫时，老曹喜欢泡上一杯茶，摊开一张旧报纸，随心所欲地用毛笔抄写几首诗词。笔走龙蛇，一挥而就之后，吹干墨迹，直起腰，双手将报纸在眼前摊开，轻声诵读一遍。

诗词已经完全融入到了曹中希的日常生活之中，成为不可或缺的养分和一种惬意的享受，这大概就是一种诗意的生活方式吧。

枫溪垂钓图（局部）
明，仇英，湖南省博物馆藏

【赏析】

这首词是毛泽东1936年2月创作的，当时毛泽东率中国人民红军抗日先锋军渡过黄河，准备转往绥远对日作战。词风雄健、大气，不仅写出雪景后江山的壮丽，还充分展示了毛泽东的壮志雄心。

上阕起笔便不凡，营造了开阔广博的意象，并运用绮丽的比喻，赋予群山和黄河以动感。下阕议论抒情，面对如此多娇的江山，引发感叹。对秦皇汉武等历史人物一一进行评说，以一个“惜”字引起，尽管他们创下过丰功伟绩，但“俱往矣”，最终道出“数风流人物，还看今朝”的主题，豪情万丈，傲视古今。

北陂杏花[4]

【宋】王安石

一陂春水绕花身，花影妖娆各占春。
纵被春风吹作雪，绝胜南陌碾成尘。

【注释】

① 陂：池塘；水边，水岸。
② 绝胜：远远胜过。
③ 南陌：南面的道路。

【赏析】

这首诗是王安石贬居江宁后所作，是他晚年心境的写照。前两句描写北陂杏花的美艳动人，杏花傍水而生，花朵摇曳生姿，花朵与倒影相互映衬，占尽了春光。后两句赞美北陂杏花的品格，实际是作者自比，就算在风中零落，吹落水中，也不愿凋落地面，任人践踏、满身污秽，而是要保持高洁的品性，鲜明地表达了个人政治立场和人格操守。

采得百花成蜜后，为谁辛苦为谁甜[1]

骑驴归思图（局部）

明，唐寅，上海博物馆藏

2014年11月7日，日历上显示着“立冬”，在雾霾笼罩下的北京城，天空更显阴郁。上午10点钟，老曹像往常一样写了一条短信：“立冬雾霾锁京城，劲风过后无影踪。香山枫叶落几许，菊花淡雅正开盛。快到双十一疯购，老师眼下可有空？”然后他逐一输入全部收件人的手机号码，发送了出去，整个过程不足5分钟。当老师们看到这条极富新意的“取件通知”时，虽在雾霾中，但心情想必是晴朗的。

老曹刚到圆通速递公司工作时，负责的片区是北京邮电大学，2010年初调到北京师范大学负责学校的快递分派工作。学校师生的作息时间相对于社区居民来说，比较固定。为了防止因打电话通知取件而影响到师生正常的上课，老曹每天上午会群发“取件通知”的短信，中午直接把当天需派送的全部物品带到体育馆门口，等待师生过来取件。

一般的取件短信都是简单明了的，例如“某时某地速来取件”，但老曹认为这样的短信太过公式化，显得机械僵硬，甚至有点冷漠，他希望能用一种更温暖更有人情味的方式来和师生们沟通，编写一些打油诗短信不失为一个好办法，也更加契合校园的气质。于是每天上午9点半，老曹将物品从公司带回学校后，就开始分类摆放快件，编写打油诗，发送“取件通知”，整个过程需要在一小时之内完成。

1 《蜂》【唐】罗隐

不论平地与山尖，无限风光尽被占。采得百花成蜜后，为谁辛苦为谁甜。

北京师范大学的师生看到这样一条别致的快件通知短信时，也会被编写者的用心和情怀所深深打动，这不仅仅来源于打油诗的文采，更源自其中自然流露的生活情趣。2011 年的春天，那时他做快递员还不到一年。突然有一天，他在报纸上看到了自己的故事。原来是学生把他的短信发表在北京师范大学的论坛上，引来媒体的报道。

老曹开着他的电动三轮车取件送件的途中，所看之处，所听之处，可谓处处皆风景，或是沉醉于无限美好的风光，或是思索生活中的琐碎难事，身边一切好与坏都由他亲自感悟，包括一些稍纵即逝的小确幸和小确丧，都能够成为他创作的素材。唐代诗人王维的诗作《相思》[1]中有一句“愿君多采撷，此物最相思”，如果将这句诗化用在此时的老曹身上，那便是“愿君多采撷，处处皆诗意”。老曹像一个大隐于市的天真诗者，采撷着平凡生活中的点点诗意。

老曹独创的“取件通知”，对于老曹而言，是平凡而又忙碌生活中的一种调剂；对于北京师范大学的师生而言，却是一份温暖的寄送和诗意的传达。

相思[1]

【唐】王维

红豆生南国，春来发几枝。
愿君多采撷，此物最相思。

【注释】

① 红豆：又名相思子，生在江南地区，结出的籽像豌豆而稍扁，上部三分之二为红色，下部三分之一为黑色。

② 采撷：采摘。撷，摘下，取下。

【赏析】

古时候，有位男子离开家乡奔赴战场，迟迟未归。他的妻子十分思念他，流下的眼泪就变成了红豆。妻子死后变成了一棵树，树也结出红豆，所以红豆又叫“相思子”。王维的“红豆生南国”即借用此典故，类似的，《红楼梦》中也有“滴不尽相思血泪抛红豆”。

（蒙曼）

衔泥点污琴书内[1]

锦瑟[1]

【唐】李商隐

锦瑟无端五十弦，一弦一柱思华年。
庄生晓梦迷蝴蝶，望帝春心托杜鹃。
沧海月明珠有泪，蓝田日暖玉生烟。
此情可待成追忆，只是当时已惘然。

【注释】

① 五十弦：《史记》中记载，“太帝使素女鼓五十弦瑟，悲，帝禁不止，故破其瑟为二十五弦。”后常用以称瑟。亦指悲哀的乐曲，或美称音乐。

② 庄生晓梦迷蝴蝶：《庄子·齐物论》中记载，“昔者庄周梦为胡蝶，栩栩然胡蝶也。自喻适志与！不知周也。俄然觉，则蘧蘧然周也。不知周之梦为胡蝶与？胡蝶之梦为周与？周与胡蝶则必有分矣。此之谓物化。”李商隐此处引庄周梦蝶故事，以言人生如梦，往事如烟之意。

③ 望帝春心托杜鹃：东晋常璩《华阳国志·蜀志》中记载，“杜宇称帝，号曰望帝……其相开明，决玉垒山以除水害，帝遂委以政事，法尧舜禅授之义，遂禅位于开明。帝升西山隐焉。时适二月，子鹃鸟鸣，故蜀人悲子鹃鸟鸣也。”子鹃即杜鹃，又名子规。

④ 沧海月明珠有泪：典故出自东晋干宝所撰《搜神记》，“南海之外，有鲛人，水居如鱼，不废织绩，其眼泣，则能出珠。”

⑤ 蓝田日暖玉生烟：典故出自唐朝李吉甫所撰《元和郡县图志》，“关内道京兆府蓝田县：蓝田山，一名玉山，在县东二十八里。”

2012年，曹中希获得全国五一劳动奖章，成为民营快递企业中获此殊荣的第一人。获奖那天，他觉得很有诗意，也很惊喜，但他更多地认为，自己只是认真负责地做好了本职工作而已。此时，为了能更好地服务学校的师生，老曹提出了一个建立“快递工作室”的想法，有了固定的收发地点，师生收寄快递会更加方便。当年9月，在快递公司和北京师范大学的共同支持下，“圆通快递曹中希工作室”挂牌成立。如今，固定的工作地点，也大大减少了老曹在外奔波的时间。

回首往事的时候，曹中希会伸出双手，向人展示曾被冻伤留下的痕迹，那是粗糙的老茧隐藏不住的裂缝。在“老曹工作室”成立之前，曹中希需要每天“摆摊”派送快件，北京师范大学体育馆东北角的一块空地就是他每天坚守的地方。

老曹经常冒着大雨在校园奔波，伫立在寒风中等待取件人。有时候风太大，能把摆好的快件刮跑，又得重新摆放；秋天突然下雨的时候，老曹就得匆匆收拾东西，以最快的速度躲进体育馆的楼道里，在夹着雨丝的寒风中瑟瑟发抖的老曹，只能靠不停地跺脚来取暖。个中滋味，若非亲身经历，是很难真切感受的。

类似这样的快递员日常的繁忙，每日重复，久而久之，枯燥单调之感便会不期而至。这也不难理解，每天行走在同一条路线，做差不多的事情，

1《绝句漫兴九首（其三）》【唐】杜甫
熟知茅斋绝低小，江上燕子故来频。衔泥点污琴书内，更接飞虫打著人。

工作时间长达13个小时以上，更无节假日可言，任何一个感知正常的人，都会体味到这种一成不变的乏味。

所幸的是，老曹有自己解闷的途径——用古体诗抒发生活感悟，借用古人的表达形式，记录当下的感受，这是他获得短暂休憩和放松的方式，也让他如死水般平静的生活泛起了层层涟漪。

“现在回想起来，与现在的生活相比，那时候过得确实很艰苦，都不知道是怎样就一路走过来了。但是当时并不觉得苦，就像李商隐那句诗说的，‘只是当时已惘然’[1]。每天忙完，回到住处，泡个脚，读读诗，练练字，然后大睡一觉，其实过得还算有滋有味。”这是多年以后，老曹回首往事时，所有五味杂陈的感受经过发酵之后的浓缩。

长期的古诗词熏陶，让老曹闲谈话语中也自然地夹杂一些经典诗句。谈起过去坎坷的生活时，显然少了几分本应有的苦难倾吐，却多了几分淡然与豁达，这恐怕与老曹平时喜欢读苏轼的诗词不无关系，他最喜欢苏轼的豪放风格诗词。“竹杖芒鞋轻胜马，谁怕？一蓑烟雨任平生。”这首苏轼的《定风波》，老曹可以随时脱口而出。

在曹中希的名片背后，印着这样一句话，“生活的态度决定幸福的程度”。这是他对幸福的理解，是他从忙碌庸常的生活中，提炼出来的朴素信条，也是他从古诗词中汲取的前行力量。

灵感来的时候，或者心情好的时候，曹中希喜欢随手写几句“小诗”。他的诗并没有严格遵循古诗词的韵律、对仗等格式要求，更没有多么深奥的用典和炼字，这种诗通常被归类为打油诗——

【赏析】

这首诗是李商隐的代表作之一，对它的解读也众说纷纭，莫衷一是。有人说是写给令狐楚家一个叫“锦瑟”的侍女的爱情诗，有人说是追忆亡故妻子的悼亡诗，也有人说是慨叹物是人非，对过往的美好时光的追忆，也有人说是将感情糅合到锦瑟里的咏物诗。此外还有影射政治、自叙诗歌创作等许多种说法。李商隐的诗大都朦胧隐晦，往复低徊，感人至深。

我认为这首诗中最重要的是“庄生晓梦迷蝴蝶，望帝春心托杜鹃。沧海明月珠有泪，蓝田日暖玉生烟”。非常有趣，大家都知道“庄生梦蝶”的故事，庄子梦到自己变成一只蝴蝶，醒来以后不知道是自己变成蝴蝶了，还是蝴蝶变成了他自己，这是一个变化的故事；“望帝春心”也是一样，古蜀国的皇帝受冤屈去世，化作一只杜鹃啼叫，这也是一个变化的故事。“沧海月明珠有泪”，月明之夜，一位神女掉下眼泪，又说蓝田的山上生出玉烟。典故颇多，其实讲了人生的变化和人生的迷离。“此情可待成追忆，只是当时已惘然”，等自己要想想当初是怎么回事的时候，发现这一辈子满是变化和迷离。的确如此，李商隐的一生是很悲剧的，两头受气，他是“牛党”的门生，最后做了“李党”的女婿，两边都不被看好。情感上很丰富，政治上却很失败。（康震）

桃花书屋（局部）
明，沈周，北京故宫博物院藏

一种富于趣味的俚俗诗体。在其浓郁的生活气息和通俗的遣词造句背后，隐藏的则是曹中希积极的生活态度和他对古诗词一往情深的坚守。

如下摘取的两首诗，就是曹中希闲暇时写的：

曹中希诗词二首

【当代】曹中希

其一

今日不是雾霾天，
阳光时隐又时现。
天气该暖不应寒；
实是无常多变换，
得，不谈天气只管取件。
勿忘方安。

其二

叶落而知天下秋，中秋赏月正时候；
悠闲赏曲听至够，怎奈一日隔之秋；
孝心难送心内纠，若无此想在心头；
是否月圆好时候？取件取件完事休！
快乐度中秋！老曹与您把月候！

后来逐渐小有名气的曹中希，经常被媒体贴上“快递诗人”的标签，身边的人也开始这样称呼他。这时候他总是连忙羞涩地摆摆手，回应道：“我只是抒发了一些自己当时的真实感受，记录一下生活，完全算不上诗，距离诗的要求和境界还差得远呢。”

公益事业

安得广厦千万间，大庇天下寒士俱欢颜

茅屋为秋风所破歌

【唐】杜甫

八月秋高风怒号，卷我屋上三重茅。茅飞渡江洒江郊，高者挂罥长林梢，下者飘转沉塘坳[①]。南村群童欺我老无力，忍能对面为盗贼。公然抱茅入竹去，唇焦口燥呼不得。归来倚杖自叹息。俄顷风定云墨色，秋天漠漠向昏黑。布衾多年冷似铁，娇儿恶卧踏里裂[②]。床头屋漏无干处，雨脚如麻[③]未断绝。自经丧乱[④]少睡眠，长夜沾湿[⑤]何由彻[⑥]！安得[⑦]广厦[⑧]千万间，大庇天下寒士俱欢颜，风雨不动安如山？呜呼！何时眼前突兀见此屋，吾庐独破受冻死亦足。

【注释】

① 沉塘坳：沉到池塘水中。坳，水边低地。

② 娇儿恶卧踏里裂：孩子睡相不好，把被里都蹬坏了。恶卧，睡相不好。裂，使动用法，使……裂。

③ 雨脚如麻：形容雨点不间断，像下垂的麻线一样密集。雨脚，雨点。

④ 丧乱：死亡祸乱，多用于形容时势或政局动乱。这里指安史之乱。

⑤ 沾湿：潮湿不干。

⑥ 何由彻：如何才能捱到天亮。彻，彻晓，天明。

⑦ 安得：如何能得到。

⑧ 广厦：宽敞高大的房子。

【赏析】

这首诗写于杜甫定居成都草堂后的第二年，此时的诗人生活贫困，好不容易在溪边盖起了一座茅屋，却在秋风秋雨中几乎被摧毁。诗人彻夜难眠，不由感慨万千。

“安得广厦千万间，大庇天下寒士俱欢颜，风雨不动安如山”，表达了诗人美好的愿望。诗人在困苦境遇中，推己及人，忧思天下百姓，体现了普济天下穷人而宁愿牺牲自己的高尚品质。

这首诗重点在表现安史之乱爆发以后，老百姓的生活非常困苦。杜甫还能得到别人的帮助，比他更苦的百姓则太多了。虽然自家都在受冻，但他仍然希望能够有很多房子让穷人住上。这就体现了杜甫悲天悯人的情怀，总是考虑别人，替别人着想。这也就是他被称为“诗圣”的原因。（康震）

先天下之忧而忧，后天下之乐而乐

病起书怀二首（其一）[1]

【宋】陆游

病骨支离纱帽宽，孤臣万里客江干。
位卑未敢忘忧国，事定犹须待阖棺。
天地神灵扶庙社，京华父老望和銮。
出师一表通今古，夜半挑灯更细看。

【注释】

① 病起：病愈。
② 孤臣：孤立无助或不受重用的远臣。
③ 江干：江边，江畔，江岸。
④ 阖棺：盖棺，指死亡，比喻彻底下了结论。
⑤ 庙社：宗庙和社稷，比喻国家。
⑥ 京华：首都，京城之美称。因京城是文物、人才汇集之地，故称。
⑦ 和銮：同“和鸾”。古代车上的铃铛。挂在车前横木上称“和”，挂在轭首或车架上称“銮”。诗中代指“君主御驾亲征，收复祖国河山”的美好景象。
⑧ 出师一表：指三国时期诸葛亮所作的《出师表》。
⑨ 挑灯：拨动灯火，点灯，亦指在灯下工作。

【赏析】

这首诗是诗人在被免官之后的病后之作，尽管诗人年老体衰，仍心系国家，渴望为国尽忠。

首联交代了自己状况，“纱帽宽”写出了自己病后迅速消瘦的情况，诗人被免官之后，空有一腔报国热情却不能施展抱负，内心充满忧虑和感伤。颔联“位卑未敢忘忧国，事定犹须待阖棺”，是这首诗中最出名的句子，也是历代仁人志士爱国之心的真实写照。诗人直抒胸臆，自己虽然身份卑微，但从没忘记忧国忧民的责任，世人对自己的评价，要自己死后才能盖棺

曹中希工作室是免费寄药的，在工作室墙上有一个醒目的告知牌，“但愿天下皆无病，寄药不收一分钱”。这句话的灵感显然来自于诗人杜甫《茅屋为秋风所破歌》中的那句名句——“安得广厦千万间，大庇天下寒士俱欢颜。”古诗词中抒发的这种“位卑未敢忘忧国”[1]的传统士大夫式家国情怀，在曹中希身上的影响不是一时的触动和共鸣，而是深入观念之后，落实到现实生活中的具体行动。

曹中希非常喜欢范仲淹《岳阳楼记》中的那句话，“先天下之忧而忧，后天下之乐而乐”。每次读，他都能被这种无私和大爱所深深触动。曹中希之前经历过两次失败的婚姻，膝下并无儿女。这些年热心的朋友和北京师范大学的师生也经常帮他张罗对象，但往往都有缘无分。曹中希对这事反倒比他们显得更为淡定，也许是因为经历太复杂了，也许是因为他已不满足于个人和家庭的小爱，在对身边或者远方有需要的陌生人的大爱中，他找到了更大的满足和快乐。

“圆通快递曹中希工作室”的免费寄药是从2016年开始的，“一个刚上大学的甘肃小姑娘，说她妈妈生她时候落下了病，刚到北京她就买了药，希望她妈妈能好。我一听挺感动，难得孩子有这份孝心，而且肯定是家人治病急需，不然谁会快递药，我干脆就免费了。”

后来，有一个安徽女孩来工作室邮寄书画用品，老曹跟她多聊了几句，原来是女孩年过八旬的太姥姥喜爱书画，现在还常常提笔习画，老曹

敬佩老人的毅力，更赞赏女孩的孝心。他当时就表示以后给太姥姥邮寄东西都免费。

“孩子们懂事儿，这是我对他们的鼓励”，曹中希坦言。此后，不论是往家里给太姥姥邮寄书画用品的，还是给爸妈结婚纪念日送礼物的，只要是孝顺孩子，曹中希为了鼓励他们的一片孝心，一概不收费用。

“几年前有个学生来我这里寄快件，每次都是一大包中药。后来我和他交谈，才了解到他爸得了癌症，是晚期。当时医生已经觉得没多大希望了，但这个学生还是每周坚持来寄中药。我觉得这个孩子这份孝心很令人感动，就给他减免了快递费。后来他爸奇迹般的好了，这孩子每次见到我都要拉着我说好多话。他的名字我已经不记得了，但是如果仔细翻翻这些快递单，还是能查到的。”老曹对这个学生印象深刻，每次被他拉着说话时，也倍感幸福。

曹中希对于国学和中国传统文化的热爱，使他对古人的“孝道”有着深刻的理解和认识，也对当下社会中“孝道”的缺失、“空巢老人”的普遍现象深感不安。因此，曹中希想通过自己的能力和实际行动，鼓励和支持那些如今更显难得的尽孝行为。

在老曹平时闲来练写毛笔字的旧报纸中，经常能找到他抄写的孟郊的《游子吟》。“北漂”多年，老曹的字迹中隐藏的情思尽在其中，那种无言的情怀终于化作老曹的实际行动。

定论，表达了“鞠躬尽瘁，死而后已”的忠贞之志，这是对自己的勉励，激励了无数后人，也体现了后世学者顾炎武所倡导的“天下兴亡，匹夫有责”的爱国赤子情怀。颈联“天地神灵扶庙社，京华父老望和銮”，表达了自己的愿望。朝廷腐败，苟且偷安，宋王朝岌岌可危，与诗人的心志形成了鲜明对比，使得诗人收复中原，统一中国的志向显得更加坚定。这不仅是诗人自身的企盼，也是生活在水深火热的北方沦陷区百姓的夙愿。诗人渴望朝廷早日出兵，然而只是惘然。诗人自幼即喜读兵书，练武习剑，有匡济天下、恢复失地之愿，可惜壮志难酬，也曾叹息过：“一卷兵书，叹息无人付。早信此生终不遇，当年悔草长杨赋。”不过，牢骚归牢骚，诗人内心始终充满着忧国忧民的爱国情怀。诸葛亮是作者崇拜的人物，尽管被免官职，诗人内心仍以天下苍生为己任。

斯是陋室，惟吾德馨

道德经·第六十四章[1]

【先秦】老子

其安易持，其未兆易谋；其脆易泮，其微易散。为之于未有，治之于未乱。合抱之木，生于毫末；九层之台，起于累土；千里之行，始于足下。民之从事，常于几成而败之。慎终如始，则无败事。是以圣人欲不欲，不贵难得之货；学不学，复众人之所过。以辅万物之自然，而不敢为。

【注释】

① 其脆易泮：事物脆弱就容易消解。泮，散，解。

② 毫末：毫毛的末端，比喻极其细微。

③ 累土：堆土。

【赏析】

“合抱之木，生于毫末；九层之台，起于累土；千里之行，始于足下。”这说明任何强大的事物都是从微小的东西发展起来的，都有一个过程，告诫人们不要好高骛远，必须脚踏实地。人人都梦想成功，但志大才疏往往是阻碍人们成功的最大障碍。成功不可能一蹴而就，而要从小事做起，一步一步地积累，不断努力，才能凝聚起改变自身命运的爆发力。“无为”和“无执”是讲人们应该顺应自然，按照自然的规律做事。“慎终如始，则无败事”，说明做任何事情都应该慎之又慎，不忘初心，持之以恒，才能避免出现失败。

曹中希常对朋友或者前来采访的媒体记者说起一个憧憬已久的想法，这时候他总是眼放光亮，略显兴奋：“我一直希望能去贵州支教，就算不能登台讲课，只要能帮着孩子们做些力所能及的事，我就高兴。”

千里之行，始于足下[1]。曹中希工作室在平稳有序地运行四年多以后，他开始思考，如何能使自己有限的生命发出更多的光和热，做点更有意义的事情。于是老曹和北京师范大学的师生一起投身公益，参与了北京师范大学中国公益研究院、中华爱心联盟等公益项目。老曹只是希望尽其绵薄之力，给全国贫困地区的中小学生带去一些温暖和希望，支持他们每个人去实现属于自己的人生梦想。

在曹中希工作室走廊的玻璃墙上，贴着大幅的字牌，标题是“送人玫瑰，手留余香；筑梦济学，温暖四方”，底下是详细的公益性质快件减免方案。这个不到二十平方米的曹中希工作室中，每年光免费寄送的公益快件运费就达七八万之多，而老曹自己依然过着最简朴的生活。老曹不仅关爱学校的学生们，他还牵挂着远方需要帮助的贫困孩子。他说：“因为与很多师生熟识，我就请他们帮忙多加宣传，鼓励大家把平时不用的书籍捐出来，然后我自费打包寄到贫困山区。”

自 2011 年以来，老曹还和北京师范大学白鸽青年志愿者协会、爱婴协会一起，多次为边远贫困地区的中小学募捐书籍衣物、学习用品和玩具等。截至目前，老曹已经与贵州遵义和毕节、四川凉山州盐源、甘肃白银、西藏昌都等地的小学建立联系，定期捐助书籍和物资。

现在，已有越来越多的人了解到老曹的光荣事迹，老曹的名气越来越大，但是他并没有利用自己的名声，去投机取巧，追名逐利。他对待工作仍然兢兢业业，一丝不苟，他的生活过得依旧清苦。他依然拿着每月几千块的收入，做着自己的快递工作，为公益事业贡献自己的力量。

“人的精力有限，还是遵从内心的选择吧。如果专注于赚钱，我可能就很难有更多精力投入公益了。”曹中希说，“前不久别人推荐我看电视剧《琅琊榜》，特别有感触。太子和誉王不顾民众疾苦，他们争权夺利，怎么都不满足，最终两败俱伤。所以人啊，什么时候都要心正，脚踏实地，光明磊落。”朴素真实的话语彰显了他品格的高尚，他以身作则的思想更是为走在漫漫人生路上的我们指明了方向。

自从2009年进入快递这一行业开始，老曹勤勤恳恳，不辞辛劳，早把快递当成了自己终身为之努力和奋斗的事业，期望更好地服务学校的师生。“快递员不是单纯地送快件，也要传递温情。很多外地学子在北京不容易，和他们打交道要用心去服务，要把事情做得更细致、更深入一些，做到尽善尽美，让学生满意。”老曹如是说。

古语有云：“爱人者，人恒爱之；敬人者，人恒敬之。”[2]老曹用心传递给学子们满满的温情，而他也收到了满满的感恩回馈。“我现在已经很少出去送快递了。可有时候静下心想想，那两年才是我最幸福的时光啊！”老曹有些感慨，慢慢地回忆起善良的学生们，“我认识的很多学生，他们去台湾、去海外做交换生，回来时总会给我带礼物，比如台

孟子·离娄下（节选）[2]

【先秦】孟子

孟子曰：“君子所以异于人者，以其存心也。君子以仁存心，以礼存心。仁者爱人，有礼者敬人。爱人者，人恒爱之；敬人者，人恒敬之。有人于此，其待我以横逆，则君子必自反也：我必不仁也，必无礼也，此物奚宜至哉？其自反而仁矣，自反而有礼矣，其横逆由是也，君子必自反也：我必不忠。自反而忠矣，其横逆由是也，君子曰：‘此亦妄人也已矣。如此，则与禽兽奚择哉？于禽兽又何难焉？’是故君子有终身之忧，无一朝之患也。”

【注释】

① 横逆：蛮横，不讲理。
② 自反：反躬自问；自己反省。
③ 奚宜：怎么应当。
④ 妄人：狂妄自大、无知妄为的人。

【赏析】

这段文字主要是劝人互爱互敬，还强调了个人修养要重视自我反省。仁爱其实就是：要想自己立得住，同时也要使别人立得住；自己要行得通，同时也要使别人行得通。凡事都能推己及人，就是实行仁爱的方法。学会尊重别人，是一个人最基本的修养。做人需要将心比心，想要得到什么，自己首先要付出，而不能只一味地索取。只要得到了别人认可，自然也就会换来别人尊重。君子如果遇到蛮横不讲理的人，就会反躬自问，是不是自己不仁、不礼、不忠，做得不够好。反省之后，觉得自己并没有任何过失，问心无愧，而对方依然蛮不讲理，那只是个缺乏教化的妄人，无需和他计较。

湾的点心和巧克力。有些孩子毕业后再回来，也会给我带家乡特产：新疆的葡萄干、西藏的冻粽子、四川的腊肉，好多好多。天冷了，他们给我送手套；天热了，他们就跑去给我买水……”

老曹立足本职工作，以他的奇思妙想，用生活化和诗意化的文字和学校师生沟通，把本来枯燥无味的工作做得新鲜有趣。在快递这一行业，他乐观积极，风趣幽默，更给人以春天般的温暖和诗意的人文关怀，被同学们亲切地称为“快递大叔”。最让学子们钦佩的是，他在平凡的岗位上传播着满满的正能量，为山区学生免费送书、给留守儿童寄送冬衣等，这些公益活动俨然已经成为他的“日常工作”。

在繁忙的工作中，老曹从来没有忘记自己是一名快递员。他自认有责任有义务为快递行业、为社会做更多的事情，不单单是在工作室多收一个快件，多发一个快件。他希望通过自己的努力，为贫困和残障儿童不仅仅带去生活上的满足，更重要的是带去快乐和梦想。

曹中希曾即兴为公益事业做过一首诗：公益之路漫长，彰显圆通之美。奉献爱心之意，方能得到支持。

在《朝阳榜样——2014 年度榜样人物访谈》中，曹中希向主持人展示了 2012 年写的一首题为“筑梦济学”的诗，“襟怀敞开对苍穹，祖国山河装心中。回乡儿忆早不在，空有土屋坐村东。若问余生有何愿，只为贫困小学生，终老余生念不更。”平淡朴实的语言背后，涌现的是老曹对贫困学生深厚的关怀之情，展现的是老曹“身居陋室，心忧天下”的博大胸怀。

云山楼阁图（局部）

明，佚名，私人收藏

第五章　白茹云

千磨万击还坚劲，任尔东西南北风

来自河北邢台的农村妇女白茹云，是一个爱诗之人。从小便有着诗词情怀的她，在牧羊、务农之余，总是手捧诗书念念有词。对于白茹云来说，诗词不仅是她的爱好，也给了她支撑自己战胜癌症，笑对生活的力量。平和的心态让白茹云淡定面对病痛和生活中的艰辛，诗词的陪伴让她的精神更加强大。

竹石[1]

【清】郑燮

咬定[2]青山不放松，立根[3]原[4]在破岩[5]中。

千磨[6]万击还坚劲[7]，任尔东西南北风。

【注释】

① 竹石：扎根在石缝中的竹子。这是诗人题写在竹石画上的一首诗。

② 咬定：根扎得结实，像咬着青山不松口一样。

③ 立根：扎根，生根。

④ 原：原本，原来。

⑤ 破岩：裂开的山岩，即岩石的缝隙。

⑥ 磨：折磨，磨炼。

⑦ 坚劲：坚强有力。

【赏析】

郑板桥是清代文人画的代表。郑板桥很不一样，他一辈子主要画三样东西。第一是兰，四季不谢。第二是竹，百节常青。第三是石，万古不败。最后，他是一个千秋不变之人。这样千秋不变之人，喜欢这样的兰，这样的竹，这样的石，他的诗本身就讲这种精神。（蒙曼）

古典诗的特点是，一方面很抒情，另一方面又表达志向，表达理想。（康震）

淡定自若

不要人夸好颜色，只留清气满乾坤

墨梅[①]

【元】王冕

吾家洗砚池[②]头树，个个花开淡墨[③]痕。

不要人夸好颜色，只留清气[④]满乾坤[⑤]。

【注释】

① 墨梅：用墨笔勾勒出来的梅花。

② 洗砚池：写字和画画后洗笔洗砚的池子。传说王羲之“临池学书，池水尽黑”。这里化用这个典故。

③ 淡墨：水墨画中将墨色分为五种，清墨、淡墨、重墨、浓墨、焦墨。此处指那朵朵盛开的梅花，是用淡淡的墨迹点化成的。

④ 清气：梅花的清香之气。

⑤ 满乾坤：弥漫在天地间。乾坤，指代天地。

【赏析】

元朝大画家王冕，平生喜爱梅花之高洁，一生痴迷诗画，尤其擅长梅花图的创作，被誉为“画梅圣手”。这是一首王冕题咏自己所画梅花的诗作。墨梅，就是水墨画的梅花。诗人通过赞美墨梅，托物言志，表达了对梅树的欣赏以及贞洁自守、鄙视流俗的高尚情操。

前两句写实，直接描写墨梅的形态。诗句中叠用的“个个”，强调了每一朵梅花都颜色淡雅，同时又暗示梅花各自绽放，将墨梅的外形特征和梅的精神特质融合在一起，表现出高洁淡雅的气质。后两句抒情，诗人表面上是在称赞梅花，实际上是以梅花自喻，不要人夸，写出梅花的不慕名利，“满”字暗示出墨梅高洁的品性与充沛的精神。

雄关漫道真如铁，而今迈步从头越

忆秦娥·娄山关[1]

【现代】毛泽东

西风烈，长空雁叫霜晨月。霜晨月，马蹄声碎，喇叭声咽。

雄关漫道真如铁，而今迈步从头越。从头越，苍山如海，残阳如血。

【注释】

① 忆秦娥：词牌名，来源于李白的词句“秦娥梦断秦楼月”。别名甚多，有《秦楼月》《碧云深》《双荷叶》等，而《秦楼月》则与《忆秦娥》同取词中首句为之名。

② 西风烈：西风凛冽。

③ 长空雁叫霜晨月：在霜晨残月映照下，在烟雾缭绕的长空中，飞雁在鸣叫。

④ 碎：碎杂，碎乱。

⑤ 喇叭声咽：喇叭，一种管乐器，此处指军号。咽，呜咽、幽咽，声音因阻塞而低沉。

⑥ 雄关漫道真如铁：据传说娄山关坚硬如铁。雄关，雄壮的关隘，即指娄山关。漫道，莫说，不要讲。

⑦ 而今迈步从头越：从头大踏步越过雄关，暗指当时战略任务受挫，要对长征计划从头再作部署，且有取得胜利的坚定不移的信心。

⑧ 苍山如海：青山绵延不断，像海的波涛。

⑨ 残阳如血：夕阳的颜色像血一样鲜红。

【赏析】

这首词有写实，“苍山如海，残阳如血”，这是作者在长期的战斗生活当中看到过无数次的景象，在头脑里盘桓许久积累起来的对生活的写真。这首词运用了象征的手法，“苍山如海”象征着革命的征途，“残阳如血”象征着征途当中的艰难，

2017 年 2 月，《中国诗词大会（第二季）》第九场的舞台上来了一位农民，名叫白茹云。对很多人来说，这也许是最不可能与古典诗词产生什么关联的身份，然而白茹云却淡定沉稳。在答题中，白茹云轻松答出毛泽东《忆秦娥·娄山关》[1]中的两句词：“雄关漫道真如铁，而今迈步从头越。”嘉宾郦波老师评价白茹云“正如毛泽东写这首词时的豪迈和淡定”。她连闯九关，答对了全部题目，获得 285 分的高分，最终仅比另一名选手少 8 分而未能晋级。白茹云没有不甘和遗憾，有的只是轻松和释然。她觉得已经很完美、很满足了。这次来参加比赛的都是全国各地的诗词高手，其中不乏高学历的选手，而白茹云虽然只是普通的农民，却能与他们平分秋色，已经展现出了自己非凡的风采。而在她沙哑的声调和朴素的穿着背后，又有着什么鲜为人知的故事呢？

原来，她当代课老师时把嗓子喊坏了，六年前又在鼻子里查出了淋巴癌，化疗以后，现在耳朵也听不太清，眼睛总是流泪，声带发音也不好。为此，她还请大家多担待。白茹云谈起自己的病情、家庭的经济负担、就医交通情况，一直都面带微笑，她还说自己是幸运的。只有当提到她患脑瘤的弟弟时，才潸然泪下。她的经历引得现场许多人热泪盈眶。白茹云，这位农村妇女，感动了成千上万的中国人！

录制现场并不怎么冷，但白茹云还是穿着厚厚的棉服。她说：“这是为了保险一点，现在咱们还是保重自己的身体重要，我已经不在乎美

丑了。”主持人董卿动容地说：“挺美的，真的。能看到的美永远都是暂时的，或者是表面的，而通过这番交谈，我们看到了之前不知道的美，那是一种特别珍贵的美。所以就像您说的，表面上的那些，对您来说根本无所谓。重要的是您能在这里笑着说起这些事，还能够来到这里和年轻人一起挑战自己，展现自己对诗词的热爱，这是大美。”

经历这般坎坷，白茹云却还是非常乐观从容。她说：“现在我感觉已经没事了，人都要经历一些波折的，这都不算什么。”她还处处替别人着想，提醒百人团在接下来的答题中不要受她影响。有一道诗句识别题，百人团很多人答错了，她还帮大家说话：“咱们百人团其实藏龙卧虎，但就是因为他们懂得太多，他们看到这句诗就容易想到另一句诗。大家加油，不要犯这个错误了。”

临下场前主持人董卿关切地问起她现在的病情，白茹云说自己还是带瘤生存的状况，但觉得很幸运。距离她患淋巴癌已经过去六年了，她的身体状况相对比较稳定了，每年都会去复查。

白茹云还借着这个机会，向她生病以来帮助、关心和祝福她的所有人表达感激，“我对他们无以回报，只能在这说一声：谢谢你们了。也希望所有生病的病友们，不要太灰心，我们只要活着就好，活一天就要高兴一天，努力面对现实。”

《中国诗词大会（第二季）》上短短的二十几分钟，白茹云却让观众久久难忘。

《中国诗词大会》栏目的总导演颜芳说，她很乐观，在舞台下都是和大家一起说笑。“因为她很真实，所以特别能触动人。”

但又是很浪漫的。娄山关一战，对红军非常重要，拿下娄山关就跳出了重围。诗中写“长空雁叫霜晨月”，军队晚上出发，到了天亮的时候战斗已经结束，所以毛泽东这首词写的是整场战斗的全过程。但是你能听到枪炮声吗？你能听到战场上的厮杀声吗？作者以高度概括的浪漫笔触，只用了“马蹄声碎”和“喇叭声咽”，就把一场战争全部写完。毛泽东的诗词概括性非常强，既有高度的艺术概括性，又显示出极其浪漫的情怀，非常了不起。

毛泽东的诗词，往往是革命愈在艰难的时候愈显示出奇光异彩。比如在井冈山的时候，在长征的时候，在抗战最艰难的时候，他的诗词更加具有斗志，更加具有风采，更加具有浪漫气息。所以我们有时说“国家不幸诗家幸”，中国出现一个毛泽东，不仅在革命战斗中取得了功绩，也在诗坛上用他浪漫的风采记录了时代的艰难历程，这的确是两件相得益彰的事情。

（康震）

毛泽东这首《忆秦娥·娄山关》，有其创作的历史背景。1935年1月9日红军攻下娄山关，然后2月25日又重新攻打。这其实是在遵义会议之后，毛泽东重获指挥军事权所夺取的第一个重大胜利，直接关系到红军的生死存亡。所以，毛泽东写这首《忆秦娥·娄山关》，虽然很多年后才发表，但他回忆当时情景，跨过所有困难障碍后，才迎来如今眼前一片崭新天地，产生了词中那种豪迈气魄和旷达襟怀。

（郦波）

水墨山水

清，龚贤，旅顺博物馆藏

郦波老师说："我特别感动，其实我们的人生都会碰到这样那样的病痛，但是白茹云的生活状态那么艰难，她还笑对这一切，我想，董卿说的大美是什么？是一种生命本身的坚韧之美，就像我们民族近百年来也是层层磨难，但我们还是在磨难中一步一步走到了今天，笑对一切。我觉得她说得很质朴。我其实不想说大道理，我想说的是我生命中遇到的一些人、事，就跟白大姐的经历很相似，但是白大姐面对这样的境遇，却非常从容淡定地走到今天，真的值得我们向她学习。"

或许，在常人眼里，《中国诗词大会》的舞台是属于文人雅士的。白茹云，更应该属于灶台、田垄和病床。而她用诗词给自己苦难的人生点上一盏烛火，在病痛和贫困的折磨中，寻得了生命的希望和生活的诗意。

豁达乐观

竹杖芒鞋轻胜马，谁怕？一蓑烟雨任平生

定风波

【宋】苏轼

三月七日，沙湖①道中遇雨，雨具先去，同行皆狼狈②，余独不觉。已而③遂晴，故作此词。

莫听穿林打叶声④，何妨吟啸⑤且徐行。竹杖芒鞋⑥轻胜马，谁怕？一蓑烟雨任平生⑦。

料峭⑧春风吹酒醒，微冷，山头斜照⑨却相迎。回首向来萧瑟处，归去，也无风雨也无晴⑩。

【注释】

① 沙湖：在今湖北黄冈东南三十里，又名螺师店。
② 狼狈：困顿窘迫。
③ 已而：刚刚过去了一会儿。
④ 穿林打叶声：雨点透过树林打在树叶上的声音。
⑤ 吟啸：放声吟咏。
⑥ 芒鞋：用植物的叶或杆编织的草鞋。
⑦ 一蓑烟雨任平生：披着蓑衣任凭风吹雨打，过一辈子也淡然处之。蓑，蓑衣，用蓑草制成的雨披。
⑧ 料峭：微寒的样子。
⑨ 斜照：偏西的阳光。
⑩ 也无风雨也无晴：意即无所谓雨，也无所谓晴。

【赏析】

这是苏轼在黄州时的作品。苏轼一生多次被贬，第一次是四十多岁被流放到黄州，第二次是五十多岁被流放到广东惠州，第三次是六十多岁被流放到海南岛。他在《自题金山画像》中说：“心似已灰之木，身如不系之舟。问汝平生功业，黄州惠州儋州。”他到黄州之后，整个人生境界发生了重要转变。

苏轼真是说不清、道不尽的洒脱，尤其是他在黄州的时候，创作了大量脍炙人口的诗篇。多次遭贬，每一次贬谪经历，不仅没有让他消沉，反而给中国文化史奉献了最辉煌的篇章。像《定风波》，前面这篇小序写得尤为好：“三月七日，沙湖道中遇雨，雨具先去，同行皆狼狈，余独不觉。已而遂晴，故作此词。”他认为人生在世无非两种天气：晴天和雨天。晴天里我们欢乐，雨天里我们淡定，只有这样的人生才能过得平和顺遂，才能过得有意义。

（康震）

自古逢秋悲寂寥，我言秋日胜春朝 1

归园田居（其一）[1]

【晋】陶渊明

少无适俗韵，性本爱丘山。
误落尘网中，一去三十年。
羁鸟恋旧林，池鱼思故渊。
开荒南野际，守拙归园田。
方宅十馀亩，草屋八九间。
榆柳荫后檐，桃李罗堂前。
暧暧远人村，依依墟里烟。
狗吠深巷中，鸡鸣桑树颠。
户庭无尘杂，虚室有馀闲。
久在樊笼里，复得返自然。

【注释】

① 韵：本性、气质。
② 尘网：旧称人在世间受到种种束缚，如鱼在网，故称尘网，这里指官场仕途。
③ 三十年：有人认为是“十三年”之误（陶渊明做官十三年）。
④ 守拙：封建士大夫自诩清高，不做官，清贫自守。
⑤ 暧暧：昏昧不明貌；迷蒙隐约貌。
⑥ 依依：轻柔而缓慢的飘升。
⑦ 墟里：村落。
⑧ 颠：通“巅”，树梢。
⑨ 虚室：空荡的房间。
⑩ 樊笼：鸟兽的笼子，这里比喻官场生活。樊，藩篱，栅栏。

白茹云的家在河北省邢台市南和县郝桥镇侯西村，那里狗吠和鸡鸣相争，农舍和麦田相映，俨然一副陶渊明《归园田居（其一）》[1]中“狗吠深巷中，鸡鸣桑树颠”般与世隔绝的样子。坐北朝南的正房，有三间，地基有一米来高。这栋砖房是结婚时公婆帮忙盖的。从这里出发，至今，白茹云最远只到过北京。屋内沙发边茶几上那本破旧的《诗词名句鉴赏辞典》格外显眼——翻得多了，已经卷边破损。

白茹云出生于 1977 年，是侯西村一名普通的农民。她是家中长女，下面还有三个弟弟，一个妹妹，她早早就担负起家中的担子。小时候父母下地干活，白茹云放学后和假期的任务就是照看弟弟妹妹。

说起白茹云与诗词的结缘，其中的经历并不那么“美好”。她十五六岁的时候，8 岁的二弟得了脑瘤，但是当时医疗条件差，检查不出病因。每次病情发作，都感到头疼欲裂，弟弟就不管不顾地捶打自己的头，希望能减轻痛苦，白茹云看着又着急又心疼。她就拽住弟弟的双手，不让他打，但是没法缓解他的疼痛。白茹云想办法安慰他，就给他唱一些常听的儿歌；没什么可唱的了，她绞尽脑汁地想， 就想到了诗歌。因为诗歌读起来太快，唱着会慢一些， 白茹云就唱。给弟弟唱的第一首诗歌是《咏鹅》[2]，声音沉稳却又温和，

1《秋词二首（其一）》【唐】刘禹锡
自古逢秋悲寂寥，我言秋日胜春朝。晴空一鹤排云上，便引诗情到碧霄。

白茹云紧紧地抱着弟弟，耐心地吻着、哄着，唱一遍，又唱一遍。弟弟就慢慢地静下来，仰着脸，呆呆地盯着姐姐。诗歌或儿歌帮助弟弟稍微转移了注意力，就下意识地不去打头了。弟弟再哭再打头，她就再念诗，所以那时候白茹云就积累了一些诗词。后来弟弟的疼痛不再那么频繁发作，但已经痴呆，生活不能自理。每当说起这段往事，白茹云都哽咽不止。那时候除了课本，白茹云也没有其他途径积累诗词。到邻居家玩，就看读高中的哥哥姐姐的书，偶尔记上几句，像“大江东去，浪淘尽”[3]之类的。

白茹云在读书时期很用功，成绩也名列前茅。初中毕业那年，她以优异成绩获得了预选考中专师范的资格，但由于中招考试发挥失常，白茹云不幸落榜了。后来，恰逢村里小学缺老师，白茹云便被学校请去代课。白茹云回忆，她很喜欢在学校教书的那段日子，虽然每个月只有55元收入，好在还能照顾家人，代课那两年是她最幸福的时光。当时孩子很多，她又年轻，不知道保护嗓子，为了确保教室里的孩子都能清楚地听到她讲课的内容，上课就用力说话，后来嗓子声带都喊破了，做了一个手术才慢慢恢复。然而好景不长，不到两年，村小学大规模招收师范生，没有文凭的白茹云只得下岗了。

二十岁出头的年轻人，没有工作，赋闲在家的日子很艰难，何况白茹云家里人多，还有弟妹需要照顾。1998年，她投奔外出打工的大弟弟，去了北京。她依稀记得，蜷缩在钢丝床上的某个晚上，自己写过一首现代诗：天空上一片云，飘来飘去……她觉得那就是形容她的。初到北京，借住在弟弟那里，白天去劳务中介挂号登记，交几

【赏析】

这首诗描写了朴素自然的村居风光和诗人辞官归隐后如释重负的愉悦心情，表达了他对官场生活的厌恶和对田园生活的喜爱。这首诗给人的突出印象就是平淡自然。平淡的田园风光，农村的日常生活，以及处于这种生活中的恬静心境。诗人为我们描绘出一幅自然古朴、极富生活气息的田园村居图。诗末尾的“返自然”三字揭示了诗的主题，那就是回归田园生活，重新回到大自然之中。“自然”既指身体处于自然之中，也指心灵上的无拘无束和自由自在。

咏鹅[2]

【唐】骆宾王

鹅，鹅，鹅，曲项向天歌。
白毛浮绿水，红掌拨清波。

【注释】

① 曲项：弯着脖子。项，脖子。
② 歌：鸣叫好像唱歌。

【赏析】

这是一首流传千古的诗歌，是骆宾王七岁时所作的一首咏物诗。诗人笔触清新自然，运用孩子的独特视角为我们描绘了一幅“白鹅清波图”。

作品中前两句充满童真，纯乎天籁，将童趣表现得淋漓尽致。“鹅，鹅，鹅”的连续反复，描摹出白鹅“曲项向天歌”的叫声，刻画出大白鹅长长的弯曲的脖子的同时，将听觉也赋予其中，浑然天成。后两句对仗工整，“白毛”对“红掌”，“绿水”对“清波”，色彩明丽，动态逼真，寥寥数笔就将画面勾勒出来。动词“浮”对“拨”又将画面逐步扩大，仿佛眼前就能看见湖面上白鹅红红的鹅蹼，悠悠地拨

动绿水，荡起一圈圈清澈的涟漪，将鹅的形象描绘得活灵活现。

念奴娇·赤壁怀古[3]

【宋】苏轼

大江东去，浪淘尽，千古风流人物。故垒西边，人道是，三国周郎赤壁。乱石穿空，惊涛拍岸，卷起千堆雪。江山如画，一时多少豪杰。

遥想公瑾当年，小乔初嫁了，雄姿英发。羽扇纶巾，谈笑间，樯橹灰飞烟灭。故国神游，多情应笑我，早生华发。人生如梦，一尊还酹江月。

【注释】

① 念奴娇：词牌名。又名《百字令》《酹江月》等。

② 故垒：历史战争中遗留下来的营垒。

③ 周郎：指三国时吴国名将周瑜，字公瑾，少年得志，二十四岁为中郎将，掌管东吴重兵，吴中皆呼为“周郎”。下文中的“公瑾”，即指周瑜。

④ 小乔初嫁了：《三国志·吴书九·周瑜传》载，周瑜从孙策攻皖，“时得桥公两女，皆国色也。策自纳大桥，瑜纳小桥。”乔，本作“桥”。其时距赤壁之战已经十年，“初嫁”形容其少年得志，倜傥风流。

⑤ 羽扇纶巾：古代儒士的装扮。羽扇，羽毛制成的扇子。纶巾，青丝制成的头巾。

⑥ 樯橹：这里代指曹操的水军战船。樯，挂帆的桅杆。橹，一种摇船的桨。

【赏析】

这首词中的赤壁，位于古城黄州的西北边，因为有岩石突出像城壁一般，颜色呈赭红色，所以称之为赤壁。因苏轼的《念奴娇·赤壁怀古》《前赤壁赋》《后赤壁赋》

十元中介费，等弟弟把呼机里收到的中介留言转告她，她再去面试。面试的机会不多，都是一些小吃店、面馆。“那种漂泊感，没有方向，很迷茫。”后来白茹云找到了一份保姆的工作，每月300元，她不仅可以补贴家用，还能积攒一部分。当保姆期间，白茹云接触到当时的流行歌曲，她最喜欢的是邓丽君的一首《小城故事》，“看似一幅画，听像一首歌，人生境界真善美这里已包括……”如歌如画的生活是白茹云对人生的全部向往，可她的日子却始终充满了艰辛。靠着每个月这300元的收入，白茹云在北京坚持了一年。之后，村里和她同龄的姑娘都纷纷成了家。1999年，白茹云回老家和邻村的小伙潘信革结了婚，小两口当时日子很清贫，新房是公公婆婆帮忙盖的，屋里的新家具也是公公婆婆出钱置办的，而结婚时那件一百多元钱的外套，是她至今穿过的最贵的衣服。结婚后小两口也很勤劳，在他们县有加工木条的副业，他们买来了一台电锯，利用当地的便利做起了木材的二次加工，他们将收来的废旧桌椅板凳，拆去钉子做成其他产品，一个月可以有一千元左右的收入。除此之外，两个人还精心拾掇着他们的三亩地，日子还算宽裕，即便2007年生了二胎，家里多了一个女儿后，日子也还能过得去。

竹苞松茂图（局部）
清，袁江，北京故宫博物院藏

而闻名，又名黄州赤壁、东坡赤壁、文赤壁。三国赤壁之战的真正发生地，位于蒲圻县（现更名为赤壁市）境内，也称周郎赤壁、武赤壁。

苏轼是个豁达乐观的人，政治上虽然失意，但是对于生活他从未丧失过信心。这首词就是这样一首书写失意，格调却豪壮的作品。

词的上阕重点写景，咏叹赤壁，以波澜壮阔的长江为背景，点出赤壁战场之所在。一个"乱"字写出了岩石的多而怪，一个"惊"字写出了江水的波涛汹涌，一个"卷"字说明了江水力量之大，突出了赤壁的险要地势，描绘了一幅雄奇壮丽、意境旷远的古赤壁图。从时间和空间上为我们营造了一个苍凉深邃的历史气氛，为下阕所感怀的赤壁大战中的英雄人物起了烘托作用。

词的下阕重点写人，感怀周瑜，由"遥想公瑾当年"引出了后面作者对周瑜的一系列描写。"小乔初嫁了，雄姿英发"，写他少年英俊，春风得意。"羽扇纶巾"，写他着装儒雅，风度翩翩，"谈笑间"，写他临危不惧，从容不迫，尽显大将风度。"樯橹灰飞烟灭"，写他大获全胜，战功卓越。通过这一系列的描写，表明了作者对英雄周瑜的无限仰慕，引发了作者自己事业无成、壮志难酬的苦闷，未能为国家建功立业的感伤。作者由怀古到感伤，由感伤到释怀，"人生如梦，一尊还酹江月"。人生如梦，何必执着往事，不如洒一杯酒祭奠江上的明月吧。一位超脱旷达、豪放自如的词人形象跃然纸上。

全词借古抒怀，雄浑苍凉，气势磅礴，境界开阔，将写景、咏史、抒情融为一体，拥有极高的艺术价值，不愧为千古绝唱。

松树千年终是朽，槿花一日自为荣[1]

乞食[1]

【晋】陶渊明

饥来驱我去，不知竟何之。
行行至斯里，叩门拙言辞。
主人解余意，遗赠岂虚来。
谈谐终日夕，觞至辄倾杯。
情欣新知欢，言咏遂赋诗。
感子漂母惠，愧我非韩才。
衔戢知何谢，冥报以相贻。

【注释】

① 驱我去：驱赶我走出家门。
② 何之：去往哪里。
③ 里：村民居住的地方，指村里。
④ 拙言辞：言辞笨拙，不知该怎么说才好。这里表现一种羞于启齿、欲言又止的复杂心理活动。
⑤ 解余意：理解我的来意。
⑥ 岂虚来：怎么可以让诗人白跑一趟。
⑦ 谈谐：谈话投机、和谐。
⑧ 觞至辄倾杯：敬酒总是一饮而尽。
⑨ 漂母惠：像漂母那样的恩惠。漂母，在水边洗衣服的妇女。《史记·淮阴侯列传》记载，当年韩信在城下钓鱼，有位漂母怜他饥饿，给他饭吃，韩信发誓日后报答此恩。后来韩信帮助刘邦灭了项羽，被封为楚王，果然派人找到那位漂母，赠以千金。
⑩ 非韩才：没有韩信那样卓越的才能。
⑪ 衔戢：谓敛藏于心，表示衷心感激。

天有不测风云。2010 年的一天，白茹云突然感觉鼻子不舒服，乏力、头晕。之后的一段时间，天天如此。起初她没在意，照常干活。到 2011 年 3 月，这些症状越来越严重，白茹云才去了县医院检查身体，检查结果是疑似淋巴瘤。县医院建议她去市医院做个更好的检查进一步确诊。结果市医院也说疑似淋巴瘤，并不确定。无奈，她又到石家庄某省级医院进行检查，这家医院将她的结果寄到北京一家医院，最终在北京确诊为弥漫性大 B 细胞淋巴瘤。由于淋巴系统在人体各个部分都有分布的特点，使得淋巴瘤属于全身性疾病，几乎可以侵犯到全身任何组织和器官。取结果的时候，她问医生："这个淋巴瘤是恶性瘤还是良性的呢，怎么这么难检查？"医生以为白茹云不是患者本人，就直接告诉她，淋巴瘤哪分什么恶性良性，它就是癌症。

从检查到确诊，中间白茹云奔波了四个月，"检查了一年多，心里也有点准备。得病了就治病，谁还不得病。"白茹云确诊这年才 36 岁，确诊后一直积极地治疗，她想着她不能被病情打倒，在她的身上还有责任，她还有父母需要照顾，还有女儿需要抚养，绝不能就这么轻易地被击垮。

一般人听到患癌的消息肯定特别崩溃，然而白茹云很乐观，那时她想：我肯定不会马上死的。

1《放言五首（其五）》【唐】白居易

泰山不要欺毫末，颜子无心羡老彭。松树千年终是朽，槿花一日自为荣。
何须恋世常忧死，亦莫嫌身漫厌生。生去死来都是幻，幻人哀乐系何情。

等忙完麦收，播下玉米种子为下一季收成布置停当之后，她才去医院进行治疗。

从 2011 年 8 月底起，白茹云开始在省医院化疗，依然是一个人面对疾病。从确诊到后期治疗，她都是一个人应付。生活的艰难，使她变得格外坚强。

治病非常消耗钱财，像他们家当时积蓄两三万在农村就已不算少了，但化疗一期下来便宜的也得两万左右，第一期就耗尽了他们的家底，夫妻俩的收入根本不能支撑医疗费用。白茹云的爱人必须在家干活挣钱，她则一个人带着钱到医院治病，治完一个月后，正好医药报销出来了，可以报销 30%。假如一万报三千，他在家再挣三千，他们再借三千，这一万又够了；然后白茹云再去住院，住院的时候再报三千，再挣三千，借三千。借钱的时候也是非常窘迫、困难的。陶渊明的《乞食》[1]中写道："饥来驱我去，不知竟何之。行行至斯里，叩门拙言辞。主人解余意，遗赠岂虚来。"白茹云不免心有戚戚焉，觉得写的正是他们到处借钱的遭遇，"走到人家门前，不知道该怎么敲门，敲开了门又不知道怎么张口……"一路走来，这样的遭遇，她曾用"人穷志短"来形容，好在他们最终坚强地支撑了下来。

生病之前，白茹云生活并不那么拮据，"特别想买的衣服，贵十块钱也会买的，反正还能挣嘛。"但是生病后，每次到石家庄看病，她一分钱掰成两半花，想尽办法减少开支，精打细算。明明村里有花 50 元就能直达省城石家庄的大巴专线，她却仍要早晨 5 点起床，步行到乡里坐头班公交到县城，再一路倒车由邢台汽车站、火车站到石家

⑫ 冥报：谓死后在幽冥中报答，这是古人表示日后重报的说法。冥，幽暗，死者神魂所居。

【赏析】

陶渊明归园田居之后，晚年生活贫困，这首诗记叙了诗人因饥饿外出寻找粮食的事情，反映出诗人质朴率真的个性。诗人走了很久终于看到一户人家，敲门之后面露难色，不知怎么开口。恰逢主人善解人意，拿出粮食相赠，并挽留诗人坐下。两人相谈甚欢，一直聊到黄昏，主人备好酒菜，诗人开怀畅饮，赋诗相赠，表达了对主人深切的感激，也表现了诗人复杂的心境。全诗语言平淡无华，但读起来真切感人，主人急人之困，诗人感恩图报，这两种高尚的品格给予我们启迪：施恩不图报，但饮水思源，受恩必报，要有一颗感恩的心。

临江仙·送钱穆父[2]

【宋】苏轼

一别都门三改火，天涯踏尽红尘。依然一笑作春温。无波真古井，有节是秋筠。

惆怅孤帆连夜发，送行淡月微云。尊前不用翠眉颦。人生如逆旅，我亦是行人。

【注释】

① 临江仙：唐教坊曲名，最初是咏水仙的，以后作一般词牌用。又名《谢新恩》《雁后归》《画屏春》《庭院深深》《采莲回》《想娉婷》《瑞鹤仙令》《鸳鸯梦》《玉连环》。

② 钱穆父：名勰，字穆父，又称钱四，为苏轼好友。元祐三年，因坐奏开封府狱空不实，出知越州（今浙江绍兴）。元祐五年，又徙知瀛州（今河北河间）。元祐六年春，钱穆父赴任途中经过杭州，苏轼写下这首词来送别他。

③ 改火：古代钻木取火，四季选用不同木材，称为“改火”，又称“改木”，也用来比喻时节改易，这里指年度的更替。
④ 春温：春天般的温暖。
⑤ 古井：枯井。比喻内心恬静，意志不为外界事物所动。
⑥ 筠：竹子。
⑦ 翠眉：即画绿眉，古代妇女的一种眉饰，也专指女子的眉毛。
⑧ 逆旅：旅店。

【赏析】

宋哲宗元祐六年（1091 年）的春天，当时苏轼在杭州任职，他的老友钱穆父从越州北徙途经杭州，于是两人在杭州重聚，钱穆父要离开时，苏轼写下了这首《临江仙·送钱穆父》。这首词没有一般送别诗词的那种哀怨凄苦，愁绪满怀，而是在表达对老友依依惜别之情的同时，也充分表现了苏轼旷达超脱的性格特征。

词的上阕写词人和老友钱穆父久别重逢。“一别都门三改火，天涯踏尽红尘”，“都门”是指都城的城门。“三改火”是指分别已经三年。“红尘”是指人世间，也指为官的道路。这两句的意思是时光如流水，自从上次分别已然三年，老友钱穆父远涉天涯，奔走辗转于仕途。虽三年未见，但“依然一笑作春温”，说明两人友谊的深厚和真切，也暗含了友人虽仕途不顺利，遭遇打击但仍保持初心。由此引出下句“无波真古井，有节是秋筠”，友人的心如古井水不起波澜，高风亮节像秋天有节气的竹竿。词人赞扬了友人乐观豁达、坚持操守的高风亮节，也让我们感受到词人的自勉自励，和友人的肝胆相照。

词的下阕写词人月夜送友人。“惆怅孤帆连夜发，送行淡月微云”，“孤帆”是指友人将远行的船，这两句的意思是友人将坐船连夜出发，词人送行的时候，只看见天上云色微茫月儿淡淡，营造了一种孤寂幽冷的氛围，表现了与友人分别时的

庄、再到省医院——这样，来回奔波，辗转五次，历经五个多小时，一趟可以省下 24.5 元。

化疗，是一场漫长而痛苦的过程。白茹云每次化疗后，都会有副作用，反应达到顶峰时，恶心和呕吐一波波来袭，胸口就像被巨石压住，堵得喘不上气， 眼球胀得几乎凸出眼眶……长达四个月，共 8 次的放化疗过程，每一个周期都是那么漫长而痛苦。

为了省钱和减少家庭负担，治疗期间好多事情都是白茹云一人完成的。自己一个人挂号，一个人打饭，一个人拿药，一个人化疗。每次化疗，白茹云都会有呕吐、头晕等症状。这样痛苦的化疗过程中，白茹云身边甚至连一个陪床的家属都没有，她不是不羡慕邻床病友的亲朋围绕，可是“多一个人还多打一份饭，花不起”。为了治下去，不得不让丈夫去挣钱。“我丈夫在家负责挣钱、借钱，我负责在外面花钱看病。”治病期间本应该注重饮食，可为了省钱，白茹云的饭菜一直都很简单。她从家里背来了一书包挂面，每天中午就是鸡蛋加挂面，再滴上几滴香油，午饭就解决了。偶尔她也会加餐，比如在面里放些木耳，或者加些粉丝，这样就算改善伙食了。

感觉稍好一点的时候，她偶尔会走出医院到外面走走，通常白茹云会步行到距离医院并不算远的石家庄学院食堂买饭吃。因为学校食堂饭菜比外面便宜，而且她更喜欢那里熙熙攘攘的学生，有朝气，有生机，迸发着希望，看着这些有活力的学生，白茹云心情会放松许多。

清苦的生活，病痛的折磨，犹如漫天的霜雪，生活中的不如意无时无处不在，但白茹云的内心

世界依然强大。一字一句的诗词就如同寒冬腊月里的炭火，给她点燃了生命的火光，在苦难之中带来了温暖与慰藉。

白茹云那本翻过无数次的《诗词名句鉴赏辞典》，一直陪伴着白茹云度过化疗时期那段艰难、痛苦而又孤独的日子。最初这本书是想着买给升入中学的女儿的，化疗期间，偶然间翻开了这本书，不自觉就被诗词吸引，津津有味地读了起来，从此就爱不释手了。在一年多的住院时间里，只要一有空闲，白茹云总要翻开来看看，就这样不知不觉地看完了这本书。

白茹云治病所在的医院是一家肿瘤医院，医院住院部楼下有个小花园，环境比较安静，白茹云每天输完液拔掉针头后，就在那里读诗。花园里还有其他在这里休息的病人和家属，很多人都愁容满面，只有白茹云穿着病号服怡然地坐在那里读诗，成为一道别样的风景。她喜欢读诗，而那些词都是唱会的，虽说不成调，但还是会唱。她说："虽然生活很清苦，但我可以在诗词里面品尝到喜怒哀乐。"

看到苏轼写的诗，比如"无波真古井，有节是秋筠"[2]，初始读来并不知其意，之后看了书中的注释，才知道苏轼这样乐观旷达之人竟多次被贬，历经坎坷。白茹云就安慰自己："人家能行，我也行。"

借着诗词给予的鼓励，白茹云的思维、眼光开阔了很多，就这样一个人住院化疗、放疗，自始至终没有哭过。头发掉光了，她也没有戴过假发，每次都顶着光头去乘车住院，也不像别的病人那样难过。

忧郁和感伤。接着词人用一句"尊前不用翠眉颦"将整首词的基调转为旷达，劝慰送别宴上的歌妓不要太感伤了，不用为了离别而哀愁。"人生如逆旅，我亦是行人"，这两句源于李白的《春夜宴诸从弟桃花园序》。李白说："夫天地者，万物之逆旅；光阴者，百代之过客。"在词人看来，人生就是一趟艰难的旅程，生命短暂，时光易逝。人生如寄，任何人都是天地间匆匆的过客，在不同的客栈停了又走，走了又停，又何必计较得失？何必为了眼前的聚散而伤心呢？旨在为友人提供一种精神力量，表现了词人超然物外、恬淡自安的洒脱情怀。在这些旷达之语的背后，也反映出词人对仕宦浮沉的淡淡惆怅，以及对身世飘零的深沉慨叹。

苏轼一生积极入世，每当仕途不畅，官场失意时，他总能"一蓑烟雨任平生""也无风雨也无晴""游于物之外"，以一种超然于物外，恬淡自安的旷达来面对人世间的一切纷扰，进而创作出无数流芳百世，给予后世人心灵滋养的艺术作品。

点绛唇[3]

【宋】李清照

蹴罢秋千，起来慵整纤纤手。露浓花瘦，薄汗轻衣透。

见客入来，袜刬金钗溜。和羞走，倚门回首，却把青梅嗅。

【注释】

① 蹴：踏。此处指打秋千。

② 慵：困倦，懒得动。

③ 袜刬金钗溜：袜刬，这里指跑掉鞋子以袜着地。金钗溜，快跑时金钗从头上掉下来。

④ 倚门回首：靠着门回头看，和"倚门卖笑"没有关系，并未用典。"倚门"是语出

《史记·货殖列传》的“刺绣文不如倚市门”。司马迁是以此说明“农不如工，工不如商”的道理。而“倚门卖笑”是后人的演绎，以之形容妓女生涯是晚至元代的事：“你看人似桃李春风墙外枝，卖俏倚门儿。”（王实甫《西厢记》三本第一折）

【赏析】

这首词是李清照早年的作品，描写了少女天真纯情的神态，为我们展现了她快乐的生活。

词的上阕描写少女荡完秋千的形象。“慵整纤纤手”，其中“慵整”表现了少女的娇憨。“纤纤手”出自《古诗十九首》：“娥娥红粉妆，纤纤出素手。”点出了人物的年龄和身份，同时也表现少女双手的美丽细嫩。“露浓花瘦，薄汗轻衣透”，为我们描绘出一个刚荡过秋千，细细的汗珠在鬓角，薄薄的香汗在轻衣，天真活泼的娇憨少女形象。

下阕写少女乍见来客的神态。“见客入来”打破了这静谧的场景，少女发现有客人进门，“袜刬金钗溜”，来不及穿鞋子，头上的金钗也滑落掉了，表现了少女的匆忙，形象生动地写出了在封建礼教束缚下要遵守所谓“礼”的心理和行为。正常情况下她应该要赶紧躲进屋子里，但是她害羞地跑到门边，“倚门回首，却把青梅嗅”。我们可以看出少女怕见又想见客人、想见又不敢见客人的微妙心理，同时也表现了她的天真和勇敢，以及轻视封建礼教束缚的一面。

成家之前，白茹云满村借着看琼瑶与金庸的小说，也青睐李清照那样婉约细腻的女词人写的词句。“蹴罢秋千，起来慵整纤纤手。露浓花瘦……”[3]这些词句如今她还能随口吟出。但生活的巨变使她的心境也发生了变化，现在她更喜欢的，已经变成了“竹杖芒鞋轻胜马，谁怕？一蓑烟雨任平生”的阔达超脱。这句词她走到哪说到哪。她说，身体已经这样，要学习古人的境界，她也想开了。她也喜欢李白那句“君不见黄河之水天上来”[4]，感觉特别有气势。她说如果自己是个男子，她也想“人生得意须尽欢”，快意潇洒，活得畅快淋漓。

或许在别人眼里，白茹云经历了太多太多的不幸，但她却经常面带笑容，在她身上，我们始终能看到那种历尽千山的从容与旷达，她说：“李白、杜甫、白居易等，都是满腹才华的大诗人，他们的一生也是颠沛流离，没有一个一帆风顺的，人生不如意事十常八九，这些都会成为过眼烟云。”

白茹云积累的诗词并非是像大多数人那样，专门挑出时间来系统学习和背诵的，其中有不少是她在劳动之余收获的。参加比赛前，做饭、喂鸡、放羊这些家里的活她不仅都没有耽误，还利用空闲争分夺秒反复背诵诗词。治疗期间家中欠下了大量债务，出院后白茹云身体很弱，不能干重体力活。于是在干好家务之余，白茹云养起了羊，一边牧羊，一边读诗词，既能对诗词有新的认识，也能在外面散心。有时候甚至因为读的太过专注，竟不知羊群走到哪里去了。除了放羊，白茹云还在家加工塑料花以补贴家用。插花的工作是枯燥且劳累的，白茹云就通过读背诗词转移注意力，减少自己的疲劳感。她还有一个专门记录诗词的本子，这个本子是女儿写作业用过的本子，她就在背面记录诗词。因为家里条件有限，没有网络，在别的地方发现了好的诗词，她就把它们逐字逐句地抄写下来，留待日后反复阅读背诵。就是在这样如饥似渴的阅读下，白茹云至今一共读了上万首诗词，目前有两千多首诗词都可以信手拈来。

白茹云参加诗词比赛的初衷并不是要在舞台上展现自己。2017 年是白茹云治疗的第六个年头了，那时候她刚化疗完不久，她想如果自己哪天离开这个世界了，还可以给孩子留个念想。况且，社会上对农民有一些误解与偏见，觉得他们没什么文化，农村背景的白茹云想让人们对农民有所改观。考虑到这些，她决定无论如何一定要试一下。更何况，白茹云的心里一直都挂念着失去联系的三弟。“我住院期间，接到弟弟的电话，他说被骗到传销组织里了，逃出来之后在北京一家快餐店打工。”白茹云说，这是最后一次和三弟联系时的通话，后来打三弟的电话就再也打不通，那年他才 25 岁，现在应该 32 岁了。白茹云说她想借这次来北京的机会再找找，看有没有三弟的线索。

第一次走上大舞台，她没有一点儿紧张感，可能是生死见得多了，人就比较淡定，什么都不会太在意，只想着尽力发挥就好。“我生病的时候也没有流过眼泪。”白茹云说。

参加《中国诗词大会（第二季）》节目，需要面对全国观众，按说应该多带些钱，为参加节目购买几件新衣服。然而，由于家庭经济困难，自身也勤俭节约惯了，几件贴身衣服、一件本来在乡村大集市上花 40 元买给女儿的棉外套和一百元现金，就是白茹云的全部行李。装这些行李的，

将进酒[4]

【唐】李白

君不见黄河之水天上来，
奔流到海不复回。
君不见高堂明镜悲白发，
朝如青丝暮成雪。
人生得意须尽欢，莫使金樽空对月。
天生我材必有用，千金散尽还复来。
烹羊宰牛且为乐，会须一饮三百杯。
岑夫子，丹丘生，将进酒，杯莫停。
与君歌一曲，请君为我倾耳听。
钟鼓馔玉不足贵，但愿长醉不复醒。
古来圣贤皆寂寞，惟有饮者留其名。
陈王昔时宴平乐，斗酒十千恣欢谑。
主人何为言少钱，径须沽取对君酌。
五花马，千金裘，呼儿将出换美酒，
与尔同销万古愁。

【注释】

① 将进酒：请饮酒。属于乐府旧题。
② 天上来：黄河发源于青海，青海地势极高，故称。
③ 高堂：房屋的正室厅堂；父母的敬称。
④ 青丝：比喻柔软的黑发。
⑤ 会须：正应当。
⑥ 岑夫子，丹丘生：李白的好友岑勋和元丹丘。
⑦ 钟鼓：古代宴会中奏乐使用的乐器。
⑧ 馔玉：珍美如玉的食品。
⑨ 陈王：指陈思王曹植。
⑩ 平乐：宫殿名，汉明帝时所建。在洛阳西门外，为汉代富豪显贵的娱乐场所。
⑪ 径须：干脆，尽管，直须，只管。
⑫ 五花马：指名贵的马。一说毛色作五花纹，一说颈上长毛修剪成五瓣。

【赏析】

全诗就写了一个字"喝"。先写"君不见高堂明镜悲白发，朝如青丝暮成雪"，写出人生苦短，有机会就要喝酒。再写"古来圣贤皆寂寞，惟有饮者留其名"，要想青史留名，也该放纵自己喝酒。在这首诗中，李白千方百计地找喝酒的理由。但凡喝酒的人都爱找理由，但是无人能及李白。他说，人生短暂要喝酒，青史留名还要喝酒。最后还写"五花马，千金裘，呼儿将出换美酒，与尔同销万古愁"，劝告人们别舍不得钱去喝酒。所以这首诗虽然有三层意思，但每一层都在讲同一件事，就是"喝酒"。

（王立群）

诗中提到的"元丹丘"，很明确是李白的一个友人。"岑夫子"一般认为是指岑勋，他有两个特别有名的朋友，一个是李白，一个是颜真卿。学颜真卿的书法，必临摹的一个碑帖是《多宝塔碑》，《多宝塔碑》就是岑勋撰文。李白的诗中不止一篇提到了"岑夫子"，古人称道德之士叫君子，饱学之士叫夫子，多才多艺之士叫才子。（郦波）

陈思王曹植是我国古代很有名的文学形象。李白诗中的"陈王昔时宴平乐，斗酒十千恣欢谑"，完全是从曹植的诗中化出来的，曹植曾有诗"归来宴平乐，美酒斗十千"，该句可谓化神奇为更神奇。

"平乐"是指"平乐宫"，汉朝著名宫殿，是当时的人对已逝的汉朝的想象。"平乐"就是他们所想象的大汉繁华、大汉盛世的表征。（蒙曼）

还是女儿不用了的书包，白茹云将它重新缝补缝补就继续用了。她带的那一百元现金，到了北京就押在栏目组安排的宾馆前台。退房返还押金的时候，她显得很是庆幸，"一张大票儿"，又原封不动地带了回来。栏目组管吃住，自己不出钱，这点也打动了白茹云。去北京录节目，编导让她买高铁票，栏目组报销。坐在高铁上她特别高兴，"以前去北京坐火车，挤得站都站不下，这次居然有座位，真好啊。" 录制节目的时候每天上午十一点多吃饭，节目录制到傍晚六七点，甚至晚上九点，虽然辛苦，但白茹云很快乐。

央视后来播出的节目里，我们可以注意到，其他选手都是轻便的春秋装，还有人穿着短袖，而白茹云还穿着毛衣，裹着厚重臃肿的棉服。她说："第一天也穿着薄衣服，录制大厅太冷，咱身体不行，不能光顾美，得顾命。"

按照她最初的设想，就是想见见诗友，参与一下就好，可"上了台就有好胜心"，白茹云从百人团中脱颖而出，一路打到了擂台上，充分展现了自己的风采。

诗意人生

人闲桂花落，夜静春山空

鸟鸣涧[①]

【唐】王维

人闲[②]桂花落，夜静春山[③]空[④]。
月出惊山鸟，时鸣[⑤]春涧中。

【注释】

① 鸟鸣涧：云溪一处地名，顾名思义，这是一个多鸟而幽静的山沟。
② 人闲：指没有人事活动来打扰。
③ 春山：春天的山。
④ 空：空寂、空空荡荡。这里是形容山中幽静。
⑤ 时鸣：偶尔啼叫。

【赏析】

“人闲桂花落”，难道我闲下来了，桂花掉下来了吗？这不是因果关系，而是说人静下来了，才会注意到桂花静静地坠落这个现象，你的心静到一定程度，才能看到那个特定的景观，不是所有的人都会看到桂花坠落的。“夜静春山空”，一方面是指的自然的景象空，另一方面指的是我的心放空了。“月出惊山鸟，时鸣春涧中”。我一直认为这是最为完美的，把一种景象和一个人的心统一在一起，在领悟的一瞬间，就如月亮升起在天空。那被惊动的山鸟就好像内心世界的一刹那的领悟，鸟声在春涧里的荡漾，就好像内心的领悟充斥着你的全身。后人评价王维的诗别有一番禅趣：人、自然和禅景，合而为一。在这个夜晚发生了很多事情，只需要安静下来，放空自己，什么都可以听到。

（康震）

宠辱不惊，看庭前花开花落[1]

赤壁[1]

【唐】杜牧

折戟沉沙铁未销，自将磨洗认前朝。
东风不与周郎便，铜雀春深锁二乔。

【注释】

① 折戟：折断的戟。戟，戈和矛的合成体，既有直刃又有横刃，具有钩、啄、刺、割等多种用途。
② 销：销蚀。
③ 将：拿起。
④ 磨洗：摩擦洗净。
⑤ 认前朝：认出戟是当年东吴破曹时遗物。

【赏析】

“东风不与周郎便，铜雀春深锁二乔”，如果不刮东风，周郎不能获胜，二乔可能就被曹操掳了去。杜牧、王安石等喜欢做翻案诗，这是诗歌创作的一种类型。

铜雀台是曹操修的，但曹操修铜雀台不是为了二乔。我觉得曹操应该说是当时最伟大的政治家、军事家。《三国演义》因为要尊刘抑曹，于是把他塑造成一个奸臣。其实曹操的胸怀、谋略、气质，特别是文学修养，乃至他广揽人才的气魄，都远超刘备。（康震）

铜雀台实际上跟父子三人都有关系。曹操修铜雀台，曹植、曹丕作《登台赋》。中国是一个人文化成的国家，光有建筑不行，建筑要有好诗配。当时“邺都三台”（冰井台、金凤台、铜雀台），现在大家只知道铜雀台，就是因为“东风不与周郎便，铜雀春深锁二乔”，就是因为《登台赋》。自然景观、英雄人物的业绩和后来文人的

《中国诗词大会（第二季）》节目播出之后，白茹云火了。经常有媒体和一些社会人士联系白茹云，“这几天的电话，比我前半辈子接的都多。”她也承认，她能推辞掉的全部推辞掉了，想把手机关掉，却又不敢关掉。

以前白茹云读诗词怕人笑话都避着人，有街坊邻居来串门的时候，她就赶紧把书放到一边。以前也有村民看见白茹云一边放羊，手里还捧着本书孜孜不倦地看，后来通过电视和网络看到白茹云参加诗词节目，才意识到她是在看诗词。自从村里人看到她参加过《中国诗词大会（第二季）》之后，还有人专门来找她向她学习诗词。村里很多人都佩服她，有的还敬重地叫她“诗人”。

村民们主要是通过电视和网络了解到白茹云会诗词，白茹云一下子成了村里的名人，还有村民好奇地打探她是不是和赵忠祥握手了。白茹云对这些并不知情，还是从邻居那里才知道自己“火了”的事情。白茹云说，她从没想过出名，当初去报名参加节目，是怕自己哪天不幸与世长辞了，“想给孩子们留个影像”。

白茹云的事情引起了人们的关注，好多热心人向白茹云提供了帮助，白茹云感动到哽咽：“好心人还是多”。以前某节目组送了她一套《中华传统诗词经典》，河南省扶贫基金会给她送来一台电脑，并接通了网线，还有观众通过栏目组，自发给予她资金资助，还送她手机，方便她上网。

1《菜根谭（节选）》【明】洪应明
宠辱不惊，看庭前花开花落；去留无意，望天上云卷云舒。

如今，碰到不是很能读懂的诗词，比如杜牧的《赤壁》[1]，白茹云可以在网上查阅，体会作者写诗词时的情感，还能随时通过手机，领略诗词的魅力。

参加《中国诗词大会（第二季）》节目，白茹云感受到了浓浓的人文关怀，《中国诗词大会（第二季）》的舞台也让她找到了归属感。在这里，她可以和来自全国各地不同身份、不同背景的诗词爱好者交流。

尽管白茹云通过节目“火”了一把，但她很清醒，她知道喧嚣过后，生活还要继续，没有谁能替代谁的人生，一切都要自己去面对。她照旧还要提防身体内藏的“定时炸弹”，每天处理家里的杂务，做饭、喂鸡，平淡过着生活。除此之外，她仍旧会继续品读古诗词，这已经成了她的习惯。诗词，已成为她生活中必不可少的“调味品”。

出名后，白茹云很淡然，“我就是个普通人，现在老有人打电话说向我学习，没什么好学的，谁遇到事儿都会想法解决、走过去，我就是个普通人。”她的最大愿望，就是找回在北京失踪的三弟。

苦难的生活经历，让白茹云对人生有了太多感触，“赋到沧桑句便工”[2]，她定期给诗词节目和邢台市“三阳诗社”写诗，一年多来写了二三十首。

词作品：

江城子

【当代】白茹云

病行京广又三遭，似衰茅，逐风飘。千里求医，来往独思寥。只为堂前双白发，长思量，且煎熬。

也曾难忍痛终宵，暗神凋，爱难消。心系家中，绕膝小儿娇。纵使前方晴日少，任风雨，路迢迢。

追忆，三者结合起来，这就是魅力中国。

（蒙曼）

题遗山诗[2]

【清】赵翼

身阅兴亡浩劫空，两朝文献一衰翁。
无官未害餐周粟，有史深愁失楚弓。
行殿幽兰悲夜火，故都乔木泣秋风。
国家不幸诗家幸，赋到沧桑句便工。

【注释】

① 遗山：金末元初著名诗人元好问，字裕之，号遗山。

② 身阅兴亡：是说元好问曾经历金元易代之变。

③ 浩劫空：大灾难，破坏严重。佛家谓世界由成、住到坏、空为四劫，空指世界毁灭。后遂以“劫”指灾难；大难。

【赏析】

这首诗是诗人针对元好问的诗作有感而发，抒发了国家变换、世事沧桑的感叹，也暗含了诗人空有雄心壮志而无法报效国家的无奈。最后两句诗，充满凄楚辛酸，道尽了封建社会文人的窘迫、困惑、无奈与怨怅。

历史上许多伟大作品，都是在作家遭遇个人及国家不幸之后写出来的。欧阳修在《梅圣俞诗集序》中说：“盖愈穷则愈工。然则非诗之能穷人，殆穷者而后工也。”国家动荡不安，使得诗人颠沛流离，感受、体味到底层人民的苦难与艰辛，发出心中的吼声，所谓“愤怒出诗人”是也，也正如苏轼在《次韵仲殊雪中游西湖二首》中的感慨：“秀语出寒饿，身穷诗乃亨。”

深林人不知，明月来相照[1]

病中作[1]

【现代】郁达夫

生死中年两不堪，生非容易死非甘。
剧怜病骨如秋鹤，犹吐青丝学晚蚕。
一样伤心悲命薄，几人愤世作清谈？
何当放棹江湖去，芦荻花间净结庵。

【注释】

① 晚蚕：夏蚕。
② 放棹：乘船，行船。

【赏析】

郁达夫是我国现代著名作家，也是一位为抗日救国而殉难的革命烈士，代表作有《沉沦》《怀鲁迅》《故都的秋》等。郭沫若在《论郁达夫》一文中曾经评价："郁达夫清新的笔调，在中国的枯槁的社会里面好像吹来了一股春风，立刻吹醒了当时的无数青年的心。他那大胆的自我暴露，对于深藏在千年万年的背甲里面的士大夫的虚伪，完全是一种暴风雨式的闪击，把一些假道学、假才子们震惊得至于狂怒了。"

郁达夫漂泊一生，坎坷多难，作品大多带有自传性质，将强烈的伤感情绪酝酿在其中。正如他自己所说的文学见解与创作态度："文学作品，都是作家的自叙传。"这也几乎成了郁达夫终生不变的文学观念，郁达夫一生所创作的绝大多数小说作品，都类似于他的"自叙传"。

这首诗是郁达夫在病痛中写下的。此时郁达夫已到了人生中的中年阶段，人生失意并多疾病，面临令人痛苦不堪的生死问题时，他感叹人生在世的不如意和艰难，就那样死

诗词陪伴白茹云经历了生死，帮助她解脱寂寞，是她的精神支柱。精神的力量是无穷的，古诗词是中国优秀传统文化的一部分，她从中汲取了大量能量。从诗词中可以了解古人的生活状态，大漠、田园风光，还可以学到为人处世的态度。

癌症确诊那年，她读到两句诗，郁达夫的"生死中年两不堪，生非容易死非甘"[1]，引起了她的共鸣，她联想起自己的病情，想到自己的家人，觉得自己也是生不易，死不甘。

诗词对白茹云最大的影响是人生态度的变化，阅读诗词，为古人崇高的人生与道德境界所感染，从而笑对人生百态。以前她遇到烦心事时，心里也会困苦，后来读到苏轼的词，了解了苏轼人生境遇后，对苏轼的达观人生态度由衷钦佩。她非常喜欢苏轼那首《定风波》，"回首向来萧瑟处，归去，也无风雨也无晴。"在经历了人生起落之后，对生活就多了一份宽容，"竹杖芒鞋轻胜马，谁怕？一蓑烟雨任平生。"任凭什么风雨，我都不怕。她觉得这就是她该有的人生态度。白茹云说，生病之前她的目标就是挣钱，有时因为一点小事就会跟别人争执不休，纠缠到底。现在不会了，除了活着，别的都是浮云，遇到什么事什么人都能一笑而过。诗词给了她一种平静的自由，在人最难面对的物质面前，她平和而安宁。

当她读到白居易的"松树千年终是朽，槿花一日自为荣"时，便觉得人生亦如此，有生必有死，

1《竹里馆》【唐】王维
独坐幽篁里，弹琴复长啸。深林人不知，明月来相照。

所以人们应该“何须恋世常忧死，亦莫嫌身漫厌生”，应当多考虑如何在有生之年，为社会做出应有的贡献。果能如此，则虽死犹生，死而无憾。清代画家郑板桥的诗句“千磨万击还坚劲， 任尔东西南北风”，则让她养成了淡定从容的性格。她说：“竹子生长虽没有肥沃的土壤，但凭一股坚韧劲和倔强气，经受住了种种磨砺和考验。我出生在一个并不富裕的农民家庭，同样也可以过得很幸福。”

从诗词中，白茹云也体会到了人生的喜怒哀乐。比如，杜甫的诗句“多病所需唯药物，微躯此外更何求”[2]，让她产生了强烈的共鸣。她说：“读到这句诗的时候，仿佛诗人在与我对话。”

她喜欢诗词给予自己的这种超拔力量。“诗词并不能战胜病魔，但能帮我看到一些原本看不到的东西。古人说‘大漠孤烟直，长河落日圆’，可能我一辈子也到不了那么远的地方，但谁也不能阻止我想象。”在 2016 年 7 月投给南和信息港的一篇文章里，她曾引用过苏轼的一句词“轻沙走马路无尘”[3]。

虽然困顿，虽然重病，但白茹云始终心有一隅，撑出诗词的天地。不羡繁华，不慕名利，不计较得失，不怨天尤人，坦然接受生活所赋予的一切，淡泊宁静地书写着自己的诗意人生。

没有窗明几净的温馨书室，她领略诗词最多的场地是田间地头，“最主要的是学习古人的境界，我也想开了，我可能永远也去不了远方，但我可以随时拥有诗歌。”在大自然中读诗，很容易激发白茹云的诗情，她随身携带一个本子，随时记录下她的灵感。每有所得，心中便觉无限畅快和满足，哪怕劳动有些劳累，她也甘之若饴。

去更是令人心有不甘。生命是珍贵的，人生的旅途中纵使万般无奈，但生命的意义是庄严的。这首病中所作的诗，既有“剧怜病骨如秋鹤，犹吐青丝学晚蚕”的坚持，“一样伤心悲命薄，几人愤世作清谈”的感叹，又有“何当放棹江湖去，浇水桃花共结庵”的释怀和旷达。郁达夫不仅是一名爱国的革命战士，更是一位有传奇色彩的诗人。

生老病死是佛教中所说的“人生八苦”之四，每个人在人生中都会遇到，也成为诗词中常见的吟诵主题。例如宋朝大文豪苏轼的《病中游祖塔院》：“紫李黄瓜村路香，乌纱白葛道衣凉。闭门野寺松阴转，攲枕风轩客梦长。因病得闲殊不恶，安心是药更无方。道人不惜阶前水，借与匏樽自在尝。”宋朝爱国诗人陆游的《衢州道中作》：“耿耿孤忠不自胜，南来清梦绕觚棱。驿门上马千峰雪，寺壁题诗一砚冰。疾病时时须药物，衰迟处处少交朋。无情最恨寒沙雁，不为愁人说杜陵。”

江村[2]

【唐】杜甫

清江一曲抱村流，长夏江村事事幽。
自去自来堂上燕，相亲相近水中鸥。
老妻画纸为棋局，稚子敲针作钓钩。
多病所需唯药物，微躯此外更何求。

【注释】

① 江村：位于江边的村庄。
② 清江：清澈见底的江水。江，此指锦江，属于岷江的支流，在成都西郊的一段称浣花溪。
③ 抱：怀抱，环绕。
④ 自去自来：飞来飞去，无拘无束。

【赏析】

唐肃宗上元元年（760年），诗人在饱经战乱之苦，经过多年流亡生活后，来到了四川成都郊外的浣花溪畔。在朋友资助下，诗人盖起了一间草堂。正值万物欣欣向荣的夏天，有感于眼前幽美宁静的夏日风光和村居生活的悠闲惬意，诗人写下了这首诗。

一条清澈见底的江水曲折地绕着村子静静地流过，在这长长的夏日里，村中的一切事物都显得幽静。梁间的燕子自由自在地飞，水中的鸥鸟相亲相近地游，妻子正兴致勃勃地在纸上画一个棋局，年幼天真无邪的儿子正认真在敲打着针作一只鱼钩。如此自然和谐的环境，如此温馨欢乐的家庭，无不蕴含着诗人对目前安稳宁静生活的喜爱和欣慰。最后诗人发出感慨：有如此美好的自然环境和安定闲适的生活，只要有老朋友能接济我药物，我还有什么好奢求的呢？

765年，杜甫担心的事终于发生了。他依靠的故人严武病逝，杜甫不得不离开成都，四处漂泊，窘迫的处境正如他在《旅夜书怀》一诗中所描绘：“名岂文章著，官应老病休。飘飘何所似，天地一沙鸥。”此后，诗人贫病交加，最后在穷困潦倒中死去。

这首诗被评为“以乐景写哀”，看似美好景色的背后，却是一个多愁多病的封建士人饱尝战乱的悲苦之情。诗的前六句描述的都是江村的乐景，都是为了反衬最后两句的哀情。虽然田园生活闲适幽静，但诗人因常年颠沛流离，再加上忧国忧民，多愁多病，无限忧愁与悲苦。

生活虽然清贫，但白茹云却是个热爱生活的人，在苦难中将日子过得富有意趣，描摹出生活的自在与优雅。她家院子虽小，却始终收拾得干净利落。走进屋里，能看到各种虽不知名却惹人喜爱的绿植四处点缀着，尤其窗台上那些欣欣向荣的绿植，散发着盎然生机。到了冬天下雪的时候，她还会在院子里堆上一个小雪人，装饰上眼睛、鼻子、嘴巴，还会给它戴上一个小帽子，十分可爱。

在诗词的世界里，她找到了别样的色彩。于她而言，诗词就像食物里的糖，没有，生活也能继续，有了，滋味更加层次分明。她选择了后者，也从中汲取了更多力量。

林泉春暮图轴

清，弘仁，上海博物馆藏

浣溪沙[3]

【宋】苏轼

徐州石潭谢雨，道上作五首。潭在城东二十里，常与泗水增减，清浊相应。

软草平莎过雨新，轻沙走马路无尘。何时收拾耦耕身？

日暖桑麻光似泼，风来蒿艾气如薰。使君元是此中人。

【注释】

① 莎：莎草，即香附子，多年生草本植物。

② 耦耕：两人并肩而耕。

③ 泼：泼水。形容雨后的桑麻叶子，在日照下如水洗过一样的光泽明亮。

④ 使君：汉以后用作对州郡长官的尊称，这是指作者自己，又泛指花草。

【赏析】

宋神宗元丰元年（1078年）的春天，徐州发生严重旱灾。作为一州的最高长官，苏轼奔赴石潭求雨，降雨之后又回到石潭谢雨。《浣溪沙》是苏轼在谢雨道上所作的一组词，词共五首，描写乡村的清新风光，质朴雅致的生活。

雨后初晴，小草嫩绿，空气清新，轻沙无尘，词人纵马驰骋，自然十分惬意。词人触景生情：“何时收拾耦耕身？”表达了词人回归农耕生活的愿望。在暖暖春日的照耀下，桑麻闪着明亮的光。春风吹来，泛起阵阵蒿艾的香气。“使君元是此中人”，可谓画龙点睛之笔，感慨良多。词人原本倾慕老庄，有逍遥逸世之心，但由于误入尘网中，久困仕途，不免怅然若失，有些悔意，“虽不能至，然心向往之”，但人生志趣应当及时把握，迷途知返，未尝晚也，于是又重拾归隐田园之志，找到了人生归宿，从而充满了信心。

此中有真意，欲辩已忘言

青松[1]

【现代】陈毅

大雪压青松，青松挺且直。
要知松高洁，待到雪化时。

【注释】

① 压：覆盖，压迫。
② 挺：挺拔的样子。

【赏析】

《青松》是《冬夜杂咏》组诗的首篇。《冬夜杂咏》这一组诗最初发表于《诗刊》1962年第一期上。《冬夜杂咏》是一组借物咏怀诗，包括十二题十九首，有《青松》《红梅》《秋菊》等篇。这是一首咏物诗，通过描写青松在寒冬暴雪中的坚韧表现，表现出诗人对青松的喜爱与赞美。这首诗表面上是描写青松，实则借物喻人，借助青松赞扬了人们的坚韧不拔、宁折不屈的铮铮傲骨，写出了那个特定时代人们不畏艰难、愈挫愈勇的品格。青松所处的环境是十分恶劣的，寒冬朔风，非常不利于万物的生长，而青松却不凋不落，与自然对抗，顽强地生长着。青松在寒冷的天气里又遭遇了大雪天气，枝叶被厚厚的霜雪覆盖，尽管如此，再看那青松，依旧傲然挺立在天地之间。我们要像松一样能够承受压力，又要像松一样宁折不屈。当时国内正处于内外交困的情况，这首诗给人以激励和振奋，告诫人们不论遭遇什么，遇到再大的困难，都要保持品格与气节。诗人人格和时代精神相互融合，以青松作比，使这首诗有一股大气豪迈之情，读来令人振奋。

通过诗词，白茹云获取了宝贵的精神财富，对生命有了更高层次的领悟，诗词蕴含的力量陪伴她走过病痛和挫折，从容走出困境。她以一种开放的心态，活出了真实的自我，活出了人生的新境界。同时，她身上的品质和坚强乐观的态度，豁达开阔的胸襟，也传递给了千千万万的人，激励着我们不惧风雨，砥砺前行。

她的经历感染了无数的观众和读者，给予他们温暖与力量。白茹云乐观地分享自己与诗词作伴的往昔，讲述自己的经历，和大家分享诗词。正如她在一次学校的励志报告中所说：“纵使人生多苦难，我们也要有‘大雪压青松，青松挺且直’[1]的坚毅精神。‘纸上得来终觉浅，绝知此事要躬行’。我希望所有的学生，能像一棵向日葵，在老师、家长的呵护下茁壮成长。”

白茹云这样的大气坚毅，值得我们每一个人敬佩。纵使生活给了白茹云太多磨难，她依然像大雪中的青松一般坚韧不拔，笑迎风霜雨雪。

“人生如逆旅，我亦是行人。”我们每个人都是人生旅途上的过客，在路上奔波行走，难免会遭遇风霜雨雪。白茹云说：“我们只要坦然面对就好，只要坚持走下去，终会有走过的那一天。”白茹云身上始终有种经历了千山万水后的淡然与从容，是的，人生的风雨固然令人困苦不堪，但走过这段风雨兼程后，终会迎来诗和远方。白茹云对诗词的热爱正是在这场“风雨飘摇”中建立起来的，正是这种热爱，让她更加的淡然，与病痛和谐相处，对苦难笑脸相迎。

诗词虽然没有改变既有现实，不能减少她的疼痛，但给了她无限的精神力量，陪伴她度过无数个日日夜夜。诗词给了她面对困境的勇气和力量，帮助她在人生最困顿的低谷中找到了最美的自己。不抱怨、不矫揉、不放弃。将苦难过成诗，这，就是白茹云和她的诗意人生。

因为有了诗词的陪伴，她将自己的精神与古代诗人、词人对话，尽管他们早已在历史的长河里化作尘土，但“相逢何必曾相识”，他们惊鸿之笔写下的词句就是他们的丰碑。阅读古诗词，那些情感和咏叹会与每一位读者产生心灵的碰撞，诗词里蕴含的力量千年不朽且历久弥新。

诗词可以说已经成了白茹云生活中必不可少的部分，是她精神上的良药。平时她依旧会在家做家务，照顾田地，闲暇时是她最惬意的，这个时候她就会回归到诗词上，继续读诗、背诗，还会创作诗词。谈到最近的生活状态，白茹云说：“诗词是我的爱好，最初只是背诗，渐渐地喜欢上了用诗词表达自己的心情，现在我一天最多时能创作两三首诗，具体已经写了多少首，自己也没数过。”

《中国诗词大会（第二季）》上一位百人团的诗友说得好：“我从来诗词大会第一天就认识了白茹云，通过跟她接触的几天，对我的启发很大，特别激励我。我第一次跟她说话的时候，她说她鼻子不太好，耳朵也不太好。后来她告诉我她有淋巴癌。我们接触多了后，有一天，她给我看她的手机，她的作品发表在报纸上了，我特别的敬佩，因为现在看不到这种来自民间乡村的纯朴的文章。我特别感动。白茹云的人生经历实在是让我太振奋了，也许我们经历的跟她相比显得太渺小，

饮酒（其五）[2]

【晋】陶渊明

结庐在人境，而无车马喧。
问君何能尔？心远地自偏。
采菊东篱下，悠然见南山。
山气日夕佳，飞鸟相与还。
此中有真意，欲辨已忘言。

【注释】

① 结庐：建造房屋，这里指居住。
② 车马喧：车马的喧嚣，这里指世俗生活的纷纷扰扰。
③ 君：指陶渊明本人。
④ 何能尔：如何能这样。尔，如此、这样。
⑤ 悠然：闲适自得的样子。
⑥ 见：看见。
⑦ 南山：泛指山峰，一说指庐山。
⑧ 相与还：结伴而归。相与，相交，结伴。

【赏析】

为什么不是“深意”而是“真意”？陶渊明的境界到底是什么？对于这首诗很多人都有误会，陶渊明其实是说他在很喧闹的地方，但内心是安静的。为什么住在人境，住在城市里，还能够内心那么宁静呢？因为“心远”，不在红尘里，所以地自然就偏。他讲的所有“真意”，都是如此。只要心放平淡了，一切真实淡泊的生活就来到你身边了。所以这一定是“真”，而不是“深”。（蒙曼）

陶渊明的一个行为可以很恰当地向我们现代人来展示他所谓的“真意”。“采菊东篱下，悠然见南山”，这是很自然很简单的动作。但就是这样简单的动作，我们做不来。“采菊东篱下，悠然见南山”，看见普通的景象，过普通的生活，但我们遗失这样的生活很久了。所以陶渊明这种返璞归真，不是一种神秘的返璞归真，而是回到了一种真实的生活。（康震）

延陵村图（局部）
明，董其昌，北京故宫博物院藏

但是我相信在我以后的人生道路上，当我懈怠的时候，每当回想起有这么多来自于民间、这么多振奋人心的故事时，就会重新振作起来。我想来到诗词大会的每一个人，都跟我一样，都是热爱生活，热爱知识的人，我希望我们都不忘初心，砥砺前行。”

诗词到底有怎样神奇的力量？可能是我们难以形容的，但每个人肯定有每个人独特的体会。康震老师在谈到陶渊明的《饮酒·其五》[2]时说：“‘此中有真意’，陶渊明的本意肯定也指的是生活当中的意，主持人董卿老师经常在诗词大会上说‘人生自有诗意’，白茹云讲述她对诗的热爱、为了减轻弟弟的痛苦而唱儿歌、念诗，就是这句诗里面的真意。其实我们每个人都很需要诗，而且我们每个人对诗里的真意的理解也有所不同，诗无达诂，没有标准答案，只要它对我的内心有催发，能够使我们感动，使我们唤起对生活的全部的信念，这就是我们的真意。”

是的，诗词能唤起我们心中一切对真善美的向往，是在困顿中能激励我们的忠实朋友，是丰富生活不可多得的调味品。愿更多的人拿起书本，共同浸润在诗词的海洋，感受诗词的力量！

第六章　王越彤

安居不用架高楼，书中自有黄金屋

来自甘肃的女孩王越彤，小学二年级便身患紫癜，双腿无法行走，但病痛并没有使她一蹶不振。经过诗词的洗涤，她变得乐观向上，坚韧勇敢。从诗词中习得的品质，让她在面对生活中接踵而至的考验和磨炼时，不再畏惧。凭借不屈的意志，她考入大学并取得优异成绩，又利用课余时间，坚持勤工俭学补贴家用。她，犹如古诗词中的梅花，于瑞雪纷扬之时，凌寒独立，傲然盛开。

励学篇

【宋】赵恒[1]

富家不用买良田，书中自有千钟粟。
安居不用架高楼，书中自有黄金屋。
娶妻莫恨无良媒，书中自有颜如玉[2]。
出门莫恨无人随，书中车马多如簇。
男儿欲遂平生志，六经[3]勤向窗前读。

【注释】

① 赵恒：宋朝第三位皇帝宋真宗，是宋太宗的第三子。
② 颜如玉：指美女如玉，用来形容女子的美丽或代指美丽的女子。
③ 六经：古代读书人必学、科举考试必考的《诗经》《尚书》《礼记》《易经》《春秋》《乐经》（失传）等六部儒家经典。

【赏析】

为了提倡天下人读书的风气，广开读书人进入仕途的途径，使得朝廷能够广招贤士参政治国，宋朝的第三任皇帝宋真宗赵恒亲自创作了这首《励学篇》，在民间广为流传。“千钟粟”“黄金屋”“颜如玉”“车马多如簇”是一朝金榜题名出人头地后最具代表性的收获。其中“书中自有黄金屋”“书中自有颜如玉”流传千古，如今还常常被世人引用来劝勉学子读书上进。“颜如玉”出自《古诗十九首》：“燕赵多佳人，美者颜如玉。”用来指代美貌的女子。

读书考取功名是当时人生的一条绝佳出路。宋代的开国皇帝宋太祖赵匡胤与其弟宋太宗赵光义都喜爱读书，并崇奖读书人。赵匡胤留下“不得杀士大夫及上书言事人”的誓言与祖训，声明“宰相须用读书人”。赵光义日阅《御览》（《太平御览》），也曾说过：“开卷有益，朕不以为劳也。”宋朝录取进士的名额多，比例大，政府也优待读书人，以致后世都将宋朝视为读书人的黄金时代。

高山流水

闲云潭影日悠悠，物换星移几度秋

滕王阁[①]诗

【唐】王勃

滕王高阁临江渚[②]，佩玉鸣鸾[③]罢歌舞。
画栋朝飞南浦[④]云，珠帘暮卷西山[⑤]雨。
闲云潭影日悠悠，物换星移几度秋。
阁中帝子今何在？槛外长江空自流。

【注释】

① 滕王阁：故址在今江西南昌赣江之滨，江南三大名楼之一，因唐朝滕王李元婴始建得名。

② 渚：江中小块陆地。

③ 佩玉鸣鸾：身上佩戴的玉饰、响铃。

④ 南浦：地名，在江西南昌西南。浦，水边或河流入海的地方，多用于地名。

⑤ 西山：南昌名胜，又名南昌山、散原山、洪崖山。

【赏析】

唐高祖李渊之子、唐太宗李世民最小的弟弟滕王李元婴任洪州都督时，建造了滕王阁。故址在今江西南昌赣江边，站在滕王阁上远望，视野极其开阔。唐高宗上元三年（676年），诗人途经洪州（今江西南昌），出席了阎都督的宴会，在宴席上创作了《滕王阁序》，这首《滕王阁诗》就在序的末尾。

这首诗凝炼地写出了滕王阁高远的气势，壮丽的景色。诗人来到阁上，想起滕王阁当年的繁华，宴会的盛况，而如今建阁的滕王早已死去，滕王阁也无人游赏，不禁思绪万千，含蓄地表明了人世间万物的盛衰无常，也概括了序的内容，与序可谓相得益彰。

《滕王阁序》成为流传千古的名篇佳作，而滕王阁也因为王勃的这篇文章声名远扬，滕王阁成为江南三大名楼之一。凡名楼必有名诗名作，而且很大程度上，正是因为名诗名作成就了名楼，滕王阁正是为名文《滕王阁序》所成就。

钟期既遇，奏流水以何惭[1]

卜算子·咏梅[1]

【现代】毛泽东

风雨送春归，飞雪迎春到。已是悬崖百丈冰，犹有花枝俏。

俏也不争春，只把春来报。待到山花烂漫时，她在丛中笑。

【注释】

① 俏：相貌美好，漂亮。
② 烂漫：颜色鲜明而美丽。
③ 丛中笑：百花盛开时，梅花感到高兴。

【赏析】

毛泽东这首《咏梅》，我特别喜欢。经常就看这首词，我在想这词怎么写出来的呢？一般古代文人说梅花，特别是黄昏的梅花，都是非常悲惨的。可是毛泽东的这首词，“风雨送春归，飞雪迎春到”，春天是在什么情况下来到的呢？是在最艰难的情况下来到的，在最恶劣的环境当中来到的，所以是最坚强的春天。这样的意境和立意是古人所不能及的。“已是悬崖百丈冰”，不仅是有风雪和风雨，而且还有“悬崖百丈冰”，但是“犹有花枝俏”。越艰难，绽放得越美丽。

毛泽东这首词鲜明地指出我不是来跟你争宠，“俏也不争春”，我的使命是把春来报，我是报春的梅花，不是争春的梅花。“待到山花烂漫时”，等到漫山遍野的花都开遍的时候，“她在丛中笑”，只是从容地笑看这一切。我们感觉到了一种雍容、

“我叫王越彤，来自甘肃省白银市，现在在牡丹江师范学院文学院上大三。父母的爱，让我在最困难的时候，依旧乐观向上，我想用自己的双手减轻家里的负担，我想做他们最优秀的女儿。我喜欢古诗词，因为它伴随我成长。第一次登台虽然有点紧张，但是我相信自己一定能行！《中国诗词大会》，我来了！”

2017年2月4日，在《中国诗词大会（第二季）》的舞台上，迎来了一位大方得体、朴实无华的农家女孩王越彤。她穿着一件浅粉色的丝质衬衫，一条普通的黑色裤子，身上并无任何饰品，在现场其他选手的精致搭配面前，显得有些黯然失色，但她身上散发出来的质朴气质却赋予了她不一样的美感。如果要用古诗词中的一种意象来比喻这种气质，当数梅花最为契合，尤其是毛泽东《卜算子·咏梅》[1]中的梅花。

“安居不用架高楼，书中自有黄金屋。”王越彤在第七场第三个出场，定场诗让人感受到她乐观、坚毅的性格。

王越彤在“个人追逐赛”中连续答对四道题后，在第五道题犯难了。题目是：

李贺“茂陵刘郎秋风客，夜闻马嘶晓无迹”[2]中的“刘郎”是指以下哪位历史人物？

A 汉武帝刘彻

B 唐代大诗人刘禹锡

C 三国时期的刘备

1《滕王阁序（节选）》【唐】王勃

勃，三尺微命，一介书生。无路请缨，等终军之弱冠；有怀投笔，慕宗悫之长风。舍簪笏于百龄，奉晨昏于万里。非谢家之宝树，接孟氏之芳邻。他日趋庭，叨陪鲤对；今晨捧袂，喜托龙门。杨意不逢，抚凌云而自惜；钟期既遇，奏流水以何惭？

王越彤觉得这首诗风格硬朗，诗中人物估计不可能是文人刘禹锡，轻而易举地排除了这个选项，却在另外两个选项中犹豫不决，最后选择了刘备，与正确答案失之交臂。

古诗文中虽然曾经多次出现过刘郎，但所指向的并非同一个人，汉高祖刘邦、汉武帝刘彻、三国蜀汉先主刘备、南朝宋武帝刘裕，都曾被称过刘郎，还包括刘晨、刘攽、刘禹锡、刘克庄等人，有时也直接代指情郎。三个选项所涉及的三个人，都有过刘郎的称呼，但茂陵刘郎只能是指刘彻，因为汉武帝刘彻死后所葬的陵墓被称为茂陵，并且刘彻还写过一篇《秋风辞》，其后的诗人都以秋风客借喻汉武帝刘彻。茂陵刘郎秋风客，指向的其实是同一个人，就是汉武帝刘彻。

其后，嘉宾郦波对此进行了一番诠释，嘉宾王立群与主持人董卿也进行了相关的补充。俗话说，文史不分家，确实如此。以这道题为例，即便你不知道刘彻是《秋风辞》的作者，但若知道茂陵是汉武帝刘彻的陵墓，同样也可得出正确答案。

节目中选手面对的题库是节目组随机选择的，各种难度的题目也是随机分配的。因此，仅仅依据答题得分情况，并不能完全准确地评判出选手的诗词积淀，其中肯定有运气的成分。

王越彤的诗词底蕴无形之中体现在了她的谈吐和见识之中，离开舞台的她并没有显得非常沮丧。“钟期既遇，奏流水以何惭？我觉得和众位的相遇是最值得庆幸的事情。其实我来《中国诗词大会》的目的，原本想的是，在我们这一代或者下一代，以自己为榜样，种下一颗诗词的种子，让他们把中国的传统文化传承下去。来到这里后，我发现我

大度，俯瞰江山，无限的希望和理想尽在眼中。 （康震）

陆游的梅是寒士之梅，毛主席的梅是战士之梅。首先他是一个战士，然后才可能是一个王者。他在战斗当中成长起来，并且拥有了这样的心胸和气象，是这样一枝独特的梅花。实际上中国古代讲“梅兰竹菊”四君子，应该有非常丰富的品格。我想这两种品格对于完整的诗意也好，对于完整的人生也好，都是非常重要的。这两种品质就是：做寒士的时候是有“零落成泥碾作尘，只有香如故”的品质，做战士的时候有“已是悬崖百丈冰，犹有花枝俏”的傲骨。二者交融，就是一枝了不起的能够代表中国形象的梅花。 （蒙曼）

金铜仙人辞汉歌[2]

【唐】李贺

魏明帝青龙元年八月，诏宫官牵车西取汉孝武捧露盘仙人，欲立置前殿。宫官既拆盘，仙人临载，乃潸然泪下。唐诸王孙李长吉，遂作《金铜仙人辞汉歌》。

茂陵刘郎秋风客，夜闻马嘶晓无迹。
画栏桂树悬秋香，三十六宫土花碧。
魏官牵车指千里，东关酸风射眸子。
空将汉月出宫门，忆君清泪如铅水。
衰兰送客咸阳道，天若有情天亦老。
携盘独出月荒凉，渭城已远波声小。

【注释】

① 茂陵刘郎秋风客：茂陵，汉武帝刘彻的陵墓，在今陕西省兴平市东北。刘郎，指汉武帝。秋风客，犹言悲秋之人。汉武帝曾作《秋风辞》，其中有：“箫鼓鸣兮发棹歌，欢乐极兮哀情多。少壮几时兮奈老何？”

② 夜闻马嘶晓无迹：传说汉武帝的魂魄出入汉宫，有人曾在夜中听到他坐骑的嘶鸣。

③ 秋香：桂花的香气。
④ 土花：苔藓。
⑤ 千里：此处指长安汉宫到洛阳魏宫路途的遥远。
⑥ 东关：车出长安东门，故云东关。
⑦ 铅水：比喻铜人落下的眼泪，如铅水一样沉重。

【解析】

大家耳熟能详的应该是，“天若有情天亦老，人间正道是沧桑”，出自毛泽东《七律·人民解放军占领南京》。这首《金铜仙人辞汉歌》涉及“文物异地保护”的问题。起初汉武帝为了求仙在宫殿前设立“仙人承露盘”。三国魏明帝时期，“仙人承露盘”被从长安运到洛阳。李贺由此感悟，一个王朝的灭亡，一位英雄的远去，承载着历史的文物，也遭遇不可预测的命运，不知道下一步又向何处去，所以才有所谓“天若有情天亦老”，讲的正是这种沧桑感，毛泽东在诗中用的也是这种沧桑感。(蒙曼)

春日偶成[3]

【宋】程颢

云淡风轻近午天，傍花随柳过前川。
时人不识余心乐，将谓偷闲学少年。

【注释】

① 偶成：偶然间写下的。
② 偷闲：繁忙中抽出休闲的时间。

【赏析】

这首小诗是一首理趣诗，为北宋理学的奠基者程颢所作，诗中表达了一定的哲理，并非单纯为写景而写景。诗人在一个阳光明媚的春天外出郊游，即景生情而作此诗，表达了个人悠然闲居自得其乐的心情。诗人运用白描的写作手法，为我们勾

其实是想多了。我们90后种下的种子已经开始生根发芽，00后他们做的更好。百人团中有好几位00后，古诗词积累量都很大。所以，其实我已经无憾了。” 这是王越彤在离开比赛舞台之前说的最后一段话。

对于王越彤来说，此行目的已然达成，比赛结果如何已不再重要。她的脸上挂着轻松淡然的笑容。如果要用一句诗来形容她的状态，当数程颢《春日偶成》中的那句“云淡风轻近午天，傍花随柳过前川”[3]。虽然王越彤离开了比赛舞台，但她在节目中大方得体、朴实无华的形象却给观众留下了深刻印象。

“爸妈都为我骄傲，他们开心，我也开心。”王越彤说，参加节目的很大一部分喜悦来自父母。她的父母都在电视机前观看了节目，为有这样的女儿而自豪，而成为让爸妈骄傲的孩子，一直是王越彤的愿望。

王越彤说，2016年11月，学校有位老师鼓励大家报名参加央视《中国诗词大会（第二季）》节目，班上的学习委员推荐了她。节目组导演以电话问答的形式考查她的诗词量，将近二十道问题，诗词的上下句、内容典故都是考查方向，王越彤顺利通过了初步考核。

来到节目现场后，王越彤成了节目百人团中的一员，百人团还有很多优秀的选手。比赛过程中百人团与挑战区的选手同时答题，只有百人团中准确率较高的前四位才能进入挑战区，竞争相当激烈。第七场比赛，王越彤终于突出重围，走上了挑战区。

远浦归帆图（局部）

明，陈洪绶，北京故宫博物院藏

勒出春天美好的景色。天空中飘着淡淡的白云，柔和的微风轻拂着诗人的脸庞，诗人跟随着路两边的花儿和嫩柳散步到河边。诗人乐于追求自然的真性，乐在其中并孤芳自赏，对外界的声音并不在乎，怡然自得。这也表达了他作为一个理学家，追求平淡自然、不急不躁的修身养性功夫。

在世人看来，理学家大多爱板着面孔说教，迂腐而不通人情世故。其实中国理学家很多都爱写诗，以诗言志，以诗缘情，而诗教也是儒家传统，原本就提倡“诗言志”，将理学思想不着痕迹地蕴含在诗中，更为流行，更易为读者接受，也更能启迪人心。

穷且益坚，不坠青云之志[1]

行路难[1]

【唐】钱起

君不见明星映空月，太阳朝升光尽歇。
君不见凋零委路蓬，长风飘举入云中。
由来人事何尝定，且莫骄奢笑贱穷。

【注释】

① 骄奢：骄纵的品性行为；骄横奢侈。
② 贱穷：低贱贫困。

【赏析】

中国古代俗语有云："人的命，天注定"，似乎死生有命，富贵穷通天注定。可是，杜甫在《柏学士茅屋》中曾言："富贵必从勤苦得，男儿须读五车书。"尽管杜甫的一生坎坷蹉跎，始终与富贵无缘，但他也有豁达的一面，正如他在《丹青引赠曹将军霸》中慨叹："丹青不知老将至，富贵于我如浮云。"可是，杜甫作为中国历史上最伟大的现实主义诗人，千载之后，声名依然燿燿生辉，精神上不也弥足富贵么？

对待富贵，李白显得比较洒脱，在《江上吟》一诗中曾言："功名富贵若长在，汉水亦应西北流。"《悲歌行》中感慨："富贵百年能几何？死生一度人皆有。"对于李白而言，尽管富贵与神仙，蹉跎成两失，但他年少成名，交友无数，粉丝遍天下，纵情诗酒，漫游祖国大好河山，又有多少人的一生能够过得比他更为精彩纷呈？况且，李白并非没有获得富贵的机会，只是那样的生活，不是他所想要的，鄙弃功

"比赛中我并无压力，参赛选手有一百多位，来自全国各地，各行各业，年龄最大的七十多岁，最小的只有七八岁，和他们交流学习诗词心得，比一场比赛的成绩要有意义得多。在每一场的答题中，我都能学到一些东西，补充一些知识盲点，所以录制节目的那段时间，我非常开心、充实。从这些高手的身上，我看到了自己还有很多不足，在和他们相处的半个月时间里，我也交到了几位朋友。"王越彤赛后回忆起《中国诗词大会（第二季）》参赛经历时，显得尤为谦逊。

在赛场之下，王越彤和武亦姝也有过短暂的交流，虽然来往不多，但王越彤对武亦姝印象非常深刻。当谈到武亦姝时，王越彤表示非常佩服。王越彤说，武亦姝是非常优秀的一个姑娘，对自己未来有清晰规划，刻苦用功，前途无量。

王越彤表示，参加《中国诗词大会（第二季）》节目后，对学校和家乡也有一些影响。学校明确表示会更加重视中国传统文化教育，多发起诗词类、文化类的活动，相信家乡的学校也会有类似打算。"我也相信我的行为可以给家乡的孩子们做出榜样，让他们懂得知识的力量和文化的魅力。"王越彤这样说。

王越彤对诗词的喜爱给她身边的人带来了不小的影响，在她的带动下，不少同学也对古诗词产生

1《滕王阁序》（节选）【唐】王勃
嗟乎！时运不齐，命途多舛。冯唐易老，李广难封。屈贾谊于长沙，非无圣主；窜梁鸿于海曲，岂乏明时？所赖君子安贫，达人知命。老当益壮，宁移白首之心？穷且益坚，不坠青云之志。酌贪泉而觉爽，处涸辙以犹欢。北海虽赊，扶摇可接；东隅已逝，桑榆非晚。孟尝高洁，空怀报国之心；阮籍猖狂，岂效穷途之哭？

了浓厚的学习兴趣。王越彤的家里还有一个弟弟和一个妹妹，他们也喜欢诗词。作为姐姐，王越彤经常给他们讲解诗词，帮他们答疑解惑，带他们领略诗词的魅力。姊妹三人希望有一天三人同台站在《中国诗词大会》舞台上参赛。

苏轼在《晁错论》中有云："古之立大事者，不惟有超世之才，亦必有坚忍不拔之志。"这正是王越彤的人生写照。自古以来能够干成大事的人，不但需要超越世人的才能，更加需要永不放弃的精神。"世上无难事，只要肯登攀"，只要持续地努力，不懈地奋斗，就没有征服不了的东西。

既然选择了远方，便只顾风雨兼程。为着自己选定的远方，一路坚持向前，即使凄风苦雨，也不畏伤痛，努力的人或许会暂时被生活辜负，但生活不会辜负一直努力的人。没有一种努力会白费，没有一种坚持会被辜负，努力就有回报，坚持就会成功。当坚持成为一种习惯，坚守成为一种品质，还有什么事情办不好？还有什么想法不会实现？还有什么人生不能成功？

当然，我们在努力的时候，也要讲究方法与效率，而不能看上去很努力，却非常低效，事倍而功半。远离低质量的勤奋，因为那比懒惰更可怕。如果缺乏坚定的目标，缺乏良好的效率，其实只是一种"假努力"。这种"假努力"，只会使人越勤奋，就越平庸。

参加节目后，好多人都对王越彤表示赞赏，而王越彤却很坦然，"选手不是明星，在天空飘过还是要落地呀。舞台的灯光不会影响我，我还是会继续喜欢诗词，会喜欢中国传统文化，会去做自己喜欢的事。"

名利禄，才能换取自己想要的自由，而不是为了所谓的皇恩浩荡、功名富贵，使自己备受拘束，"使我不得开心颜"。倘或生活中没有了快乐与自由，再多的钱财，又有何用？

正如汪洙在《神童诗》中所云："朝为田舍郎，暮登天子堂。将相本无种，男儿当自强。"钱起的《行路难》，也正是其人生经历的写照。钱起虽然早有文名，但科考之途屡遭波折，可谓屡考屡败，屡败屡考，用他自己的话来说，"献赋十年犹未遇，羞将白发对华簪"，但功夫不负有心人，终于在一次科举考试中，钱起所作的试帖诗《省试湘灵鼓瑟》一鸣惊人，为主考官李暐所青睐，尤其是诗的最后一句"曲终人不见，江上数峰青"，更令其读了又读，爱不释手，"击节吟味久之"，以为绝唱，"是必有神助之耳"，而钱起也由此幸运地荣登金榜，一举成名。

钱起后来成为了翰林学士，被誉为"大历十才子之冠"。又与郎士元齐名，称"钱郎"，当时称为"前有沈宋，后有钱郎"。在某种意义上来说，钱起的声名鹊起，与这首《省试湘灵鼓瑟》也有很大的关系。

其实，早在春秋战国时期，墨家鼻祖墨子就有人定胜天的思想，认为人的富贵穷通都不是天定的，而是由人们的努力与否造成的。俗语说得好："莫欺少年穷，终须有日龙穿凤。"人生天地间，富贵不常有，贫贱岂生根？不要嘲笑看不起贫穷的人，即使富贵也不要炫耀，人生变幻莫测，谁能保证一个人是一直贫穷或是一直富有呢？何况，人生幸福也并不完全取决于贫穷与富贵，君不见，世上尽有忧愁终日的君王，也有不知忧愁为何物的乞丐，还是宋朝的大诗人陆游看得通透豁达，正如他在《一壶歌》中的感悟："看尽人间兴废事，不曾富贵不曾穷。"

人生本来就是一次时光的旅程，只有月白风清的淡定，才有人淡如菊的从容，才能欣赏到生命过程中至善至美的风景。

满身苍翠惊高风图

现代，傅抱石，私人收藏

主持人董卿在节目中，曾经讲过王越彤参赛过程中的一个小细节，让大家深受触动。牡丹江到北京距离较远，王越彤本来可以订机票去北京参加节目录制，而机票是由节目组报销的，但她最终选择订了一张最便宜的火车票。对此，王越彤是这样回应的，“我没有坐过飞机。从牡丹江到我家甘肃，路途是很远的，坐火车是两天。放假那个时候的飞机票是永远都没有便宜的，然后我就买了火车票。节俭是美德，我一向这么认为，所以这是一种肯定，喜欢诗词的人不会汲汲于富贵的。我的确穷，但我不认为这是什么可鄙的事。”并不富裕的家庭，使得王越彤自小就养成了节俭的好习惯。

“由来人事何尝定，且莫骄奢笑贱穷。”[1]贫穷并不可耻，可耻的是甘于贫穷。正如英国作家约翰生所说：“最穷的是无才，最贱的是无志。”知识改变命运，只要努力，发奋进取，一切皆有可能。

王越彤坦言，她今后想考研或者当老师，舞台的灯光不会影响自己。点评嘉宾郦波老师称赞她非常懂事，很适合当老师，在节目中这样说道，“她曾经苦痛的经历必将让她成长，成为宝贵的经历反哺自己和他人。”

读书万卷

沉舟侧畔千帆过，病树前头万木春

酬乐天扬州初逢席上见赠[①]

【唐】刘禹锡

巴山楚水[②]凄凉地，二十三年弃置身[③]。
怀旧空吟闻笛赋，到乡翻似烂柯人。
沉舟侧畔千帆过，病树前头万木春。
今日听君歌一曲[④]，暂凭杯酒长精神。

【注释】

① 酬乐天扬州初逢席上见赠：酬，答谢，酬答，此处指用诗歌赠答。乐天，白居易的表字。见赠，指白居易赠给作者的诗。

② 巴山楚水：指四川、湖南、湖北一带。古时四川东部属于巴国，湖南北部和湖北等地属于楚国。

③ 二十三年弃置身：二十三年，从唐顺宗永贞元年（805年）刘禹锡被贬为连州刺史，至宝历二年（826年）冬应召，约二十二年。因贬地离京遥远，实际上到第二年才能回到京城，所以说二十三年。弃置身，指遭受贬谪的诗人自己。弃置，贬谪。

④ 歌一曲：指白居易的《醉赠刘二十八使君》。

【赏析】

“烂柯人”的典故是说，有一个人进山打柴，看到仙人下棋，给他一颗枣，等他看完棋回家的时候，斧柄都烂了，已经物是人非。“闻笛赋”说的是竹林七贤之一的向秀经过当年嵇康的旧居时，听到了吹笛声，就写下《思旧赋》，怀念当年岁月。（郦波）

刘禹锡年轻的时候被贬谪到远郡。二十三年以后，他写这首诗的时候已经五十五岁。白居易写了一首诗给他，意思是说，谁让你名头太高，所以这二十三年是在折磨你。但是他却回答：“沉舟侧畔千帆过，病树前头万木春。”虽然我是一只沉舟，是一棵病树，却也能千帆竞发，也能够万木争春。刘禹锡在受过这么长时间的折磨之后，获得了一种自信和青春，我们都应该向刘禹锡学习这种乐观精神。（康震）

凌寒独自开[1]

声声慢[1]

【宋】李清照

寻寻觅觅，冷冷清清，凄凄惨惨戚戚。乍暖还寒时候，最难将息。三杯两盏淡酒，怎敌他、晚来风急。雁过也，正伤心，却是旧时相识。

满地黄花堆积，憔悴损，如今有谁堪摘？守着窗儿，独自怎生得黑！梧桐更兼细雨，到黄昏、点点滴滴。这次第，怎一个愁字了得！

【注释】

① 寻寻觅觅：四处寻找，表现出词人空虚怅惘、迷茫失落的心态。

② 凄凄惨惨戚戚：指词人忧愁苦闷的样子。

③ 乍暖还寒：指秋天的天气，刚刚还暖和，突然就变得寒冷。

④ 这次第：这光景、这场合。

【赏析】

在国破家亡，丈夫去世，沦落异地之后，李清照写下了这首沉郁凄婉的词，写出了无尽哀愁，营造了凄清、孤寂的意境，表现出词人孤苦伶仃生活下的感伤和苦闷，表达了词人深沉哀痛的家国之思。“寻寻觅觅，冷冷清清，凄凄惨惨戚戚”，连用十四个叠字，分别写词人的神态，所处的环境和心境，皆在表现词人的苦闷和孤寂。接着描画出一连串景物：淡酒、急风、大雁、黄花、梧桐、细雨，这些景物都加深了词人的愁绪。一切景语皆情语。词人触景生情，处处可见其愁苦之深重。

王越彤出生在甘肃省白银市会宁县，家中生活并不富裕，但是父母的爱让她养成了乐观向上的生活态度。会宁县有着“苦甲天下”的称呼，而王越彤又是在会宁县的农村长大。长期艰难困苦的物质生活条件，并没有消磨她高远的志向和精神上的追求。相反，却历练出了她坚定的生活信念，养成了她从小勤俭自立的习惯。

王越彤说，自己对于古诗词的热爱缘于一场大病。2004 年的秋天，王越彤刚满 8 周岁不久，同龄人还在家人的宠溺中无忧无虑地成长时，她却不得不面对突如其来的不幸遭遇——她得了一种名叫“紫癜”的皮肤疾病。得了这种病后，因血液淤于皮肤、黏膜之下，会开始长出一种紫色的斑点，继而遍及全身，直到无法行动。

命运之神过早地将王越彤抛入了绝境，这一年她刚读小学二年级，是班里的语文课代表。学习成绩好，尤其喜欢语文。来势汹汹的病情让本来就颇为拮据的家庭更是雪上加霜，正是“屋漏偏逢连夜雨，船迟又遇打头风”。自此之后，王越彤再也不能像正常的小朋友一样去学校上学听课，只能窝在家里养病。

失去了学校里的小伙伴的陪伴，王越彤的父母总是尽量留在家里陪她。为了不让父母担心，很早就懂事的王越彤总在他们面前表现得轻松自若，

1 《梅花》【宋】王安石

墙角数枝梅，凌寒独自开。遥知不是雪，为有暗香来。

有时候还会调皮地逗他们笑，她不希望父母因自己的遭遇而过度忧心烦恼。

等父母都出去干活，家里只剩下她一个人的时候，才是王越彤最难熬的时刻。有时候她一个人坐在窗前，全身上下蚀骨的疼痛让她几乎动弹不得，有时甚至根本无法集中精力看书，只能趴在桌子上强忍最难捱的十几分钟。等到稍微恢复，站起身子，倚栏远眺，却只能看到稀松的人影和偶尔在树梢停歇又很快飞走的麻雀。

几年之后，王越彤读到李清照的一首词中的第一句，“寻寻觅觅，冷冷清清，凄凄惨惨戚戚”[1]，便觉似曾相识，这种感同身受正是来源于那年独自蜗居在家养病的孤独经历。这段特殊的经历，让王越彤早于同龄人认识到生活的艰难和命运的残酷，既然无处躲避，又无人可以代替自己去承受，那就只能迎头面对。王越彤置身在重重困苦中，依然能乐观向上，如严冬的梅花在雪中凌寒独立、傲骨盛放。

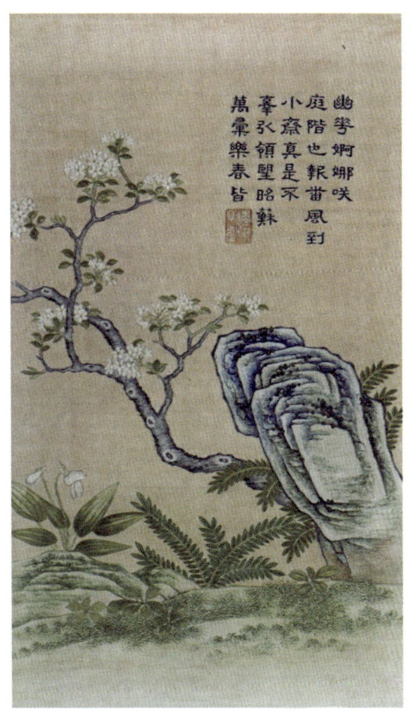

缂丝乾隆御制诗花卉册

清，爱新觉罗·弘历，北京故宫博物院藏

吾侪幸襟灵，诗书足相伴[1]

敕勒歌[1]

【南北朝】佚名

敕勒川，阴山下。
天似穹庐，笼盖四野。
天苍苍，野茫茫。
风吹草低见牛羊。

【注释】

① 敕勒歌：敕勒族的民歌。敕勒族，北齐时居住在朔州（今山西省北部）一带。
② 敕勒川：敕勒族居住的地方，在现在的山西、内蒙一带。北魏时期把今河套平原至土默川一带称为敕勒川。川，平川、平原。
③ 阴山：在今内蒙古自治区北部。
④ 穹庐：用毡布搭成的帐篷，即蒙古包。
⑤ 四野：草原的四面八方。
⑥ 天苍苍：天蓝蓝的。苍苍，青色。
⑦ 茫茫：辽阔无边的样子。
⑧ 见：同“现”，显现。

【赏析】

这是一首描写敕勒人热爱家乡热爱生活的敕勒族民歌，由鲜卑语译成汉语，语言生动，境界雄阔，具有极强的艺术概括力。

“天似穹庐，笼盖四野”，用八字言及草原之阔、苍穹之大，既描绘了敕勒人生活的典型特征，又勾勒出北方的地理风貌。末句以天和野相接，采用叠词手法，突出了天空的苍远辽阔，草原的碧绿无垠，具有鲜明的游牧民族的色彩，为读者描摹了一幅家园安乐、生动祥和的草原之景。

王越彤休学在家的那年，也从未放弃过学习。她很快就把课本自学完了，遇到不懂的地方，她会趁着父母有空的时候见缝插针，向他们请教。她至今仍清楚地记得她最初在语文课本上读到的几首古诗词，有《小池》和《春晓》。读这些古诗词的时候，王越彤当时只是感觉到它们很美，但是其实并不知道到底美在哪里。也就是从这个时候，王越彤对古诗词产生了浓厚的兴趣。

“小学课本上面的东西其实是很少的，如果真的是所有的时间都用来学它的话，很快（就会学完），然后就会没有东西可以学。我爸爸就从别的地方找来一本旧的《唐诗三百首》，我就开始看那一本来学习诗。”在《中国诗词大会（第二季）》的现场，王越彤是这样回忆她与古诗词之间的不解之缘的。

那本书皮已经磨破，纸张早已泛黄的《唐诗三百首》是王越彤童年记忆中最深刻的印记。这本书王越彤依然保留着，她将它摆放在书架最显眼的位置，闲暇时还会拿来翻阅一会儿。王越彤如今朴素的穿着打扮中隐藏不住的诗书气质，也正是由那时候开始打下的底子。对于一个识字还不算多的小学二年级学生来说，理解每一首古诗词的内涵，赏析其中的奥妙和韵味，确实比较困难，但是古诗词本身所固有的节奏韵律，以及丰富意

1 《和蔡生》 【宋】胡寅

吾生惭松独，天赋比樗散。学道才窥藩，圣门未容款。老来忧患集，雚草经湿叹。衣带垂有馀，樗腹无可坦。跫然喜君至，肯就我乎馆。一醉老瓦盆，宁用玻璃碗。春风正骀荡，柳暗月欲满。蚩蚩万物类，混化胎与卵。吾侪幸襟灵，诗书足相伴。浩然天宇内，未暇论修短。扬雄正希颜，曾子岂雇管。希声非折杨，下士每大莞。

象的场景组合所产生的美感，依然可以在她反复诵读时留下深刻印象，直至渐渐产生兴趣而喜欢上古诗词。

古诗词对于那时候的王越彤来说，并不仅仅是诗情画意的陶醉与兴致。当时的她身患“紫癜”，无法行走。古诗词就是陪伴她度过那段孤独时光的良师益友，是支撑她与病痛苦苦相抗的力量源泉，是将她带离久滞其中的狭小房间，到达天高海阔的更大世界的引路者，是她感到无依无靠时的情感寄托，也是她年幼时的文学启蒙。

当读到北朝民歌《敕勒歌》中的“天苍苍，野茫茫，风吹草低见牛羊”[1]时，她仿佛看到了穹顶之下，茫茫无际的大草原上，一阵风吹过，长势喜人的绿草不时半弯着腰，成群结队的牛羊随着草丛的起伏若隐若现，一幅辽阔而又充满生气的草原风光犹在眼前。她仿佛能嗅到青草和泥土的气息，听见牛羊的叫声。

当读到杜甫的《登岳阳楼》中的“亲朋无一字，老病有孤舟”[2]时，她的眼前浮现出晚年“漂泊西南天地间”，已过知天命之年的白发老人，拖着孱弱的身躯，倚靠在岳阳楼上，独自感叹着命运多舛的际遇：远方的亲朋杳无音信，年迈多病不能返乡安度晚年，仿佛一叶扁舟到处漂流无所依靠。短短十个字，就将杜甫心中郁结翻腾的千言万语一展无遗——漂泊天涯、壮气蒿莱、沧海桑田……

当读到李白的《行路难三首·其一》中的“长风破浪会有时，直挂云帆济沧海”时，一种睥睨前路凶险、一往无前的豪气顿时从胸中生起。长风卷浪，波涛汹涌，旅者将船帆高高挂起，破浪前行。黑暗现实的阻遏和奔向理想的奋进之间的

登岳阳楼[2]

【唐】杜甫

昔闻洞庭水，今上岳阳楼。
吴楚东南坼，乾坤日夜浮。
亲朋无一字，老病有孤舟。
戎马关山北，凭轩涕泗流。

【注释】

① 洞庭水：即洞庭湖。在今湖南省北部，长江南岸，是我国第二大淡水湖。

② 岳阳楼：在今湖南省岳阳市，下临洞庭湖，是我国著名的游览胜地。

③ 吴楚：春秋时吴国和楚国，它们的领地大概在今湖南、湖北、江西、安徽、江苏、浙江一带。

④ 坼：分裂，划分。

⑤ 乾坤日夜浮：日月星辰都飘浮在洞庭湖上。据《水经注》卷二十八记载，“湖水广圆五百余里，日月若出没于其中。”乾坤，天地，此指日月。

⑥ 无一字：没有一点音讯。字，这里指书信。

⑦ 老病有孤舟：老病，年老多病。杜甫时年五十七岁，身患肺病，风痹，右耳已聋。有孤舟，只有一叶孤舟，飘无定所。杜甫人生中最后三年里大部分时间是在船上度过的。这句写的是杜甫生活的实况。

⑧ 戎马关山北：北方边关战事又起。当时吐蕃侵扰宁夏灵武、陕西邠州一带，朝廷震动，匆忙调兵抗敌。戎马，军马，借指战乱。

⑨ 凭轩涕泗流：凭轩，倚着楼窗。涕泗流，眼泪禁不住地往下流。涕泗，眼泪和鼻涕，偏义复指，即眼泪。

【赏析】

这首诗意境宽阔广大，被后人所称道，也是描写岳阳楼的名诗之一。诗人很早就听说洞庭湖的风光无限好，直到今天才得以登上岳阳楼，去领略感受这湖光山色的美好。诗人运用对比的写作手法，用“昔闻”和“今上”，今昔对照，有愿望终于实现的喜悦，也暗含自己早年间的抱负至今未能实现的惋惜之情。登上岳阳楼，浩瀚无边的洞庭湖划分开吴楚两国的边界，日月都好似漂浮在洞庭湖上，描绘出洞庭湖的壮阔和宏伟气势，“吴楚东南坼，乾坤日夜浮”是描写洞庭湖的名句。接着诗人笔锋一转，想到自己和亲朋好友没有一点联系，在一叶孤舟上孤苦伶仃，漂泊天涯，居无定所，不禁悲从中来。因自己的凄苦身世，转念又想到北方战事又起，天下仍处在兵荒马乱的动荡不安之中，诗人倚着岳阳楼的窗子，眼泪止不住地往下流。诗人的内心，一直是忧国忧民的，却始终无法施展自己的抱负，怀才不遇，壮志难酬。他将自己的命运和国家的命运紧紧地联系在了一起，深感无力和痛苦。

送僧归日本[3]

【唐】钱起

上国随缘住，来途若梦行。
浮天沧海远，去世法舟轻。
水月通禅观，鱼龙听梵声。
惟怜一灯影，万里眼中明。

【注释】

① 上国：春秋时称中原为上国，这里指代唐朝。
② 来途：从日本来中国的路途。
③ 浮天：船浮于天边。形容海面宽广，水天相接。

缠斗，组成了一幅气势恢弘的场景，沧海一粟般的旅者与浩瀚无垠的大海的强烈对比中，旅者意志的执着和刚毅显得弥足珍贵。“浮天沧海远，去世法舟轻。”[3]王越彤感觉自己就是那个在大海的迷途中航行的旅者，尽管前路漫漫，但她坚信，凭借自己的努力终将抵达彼岸。

令王越彤印象深刻的古诗词不胜枚举，其中的每一首都能给她带来不一样的感悟和动力。据王越彤回忆，如今她大部分的诗词储备来源于小时候的两个习惯：一个是从小学二年级开始，每逢开学，她首先会将语文书里面能背的内容全部背完；另一个是在小学五六年级时，又养成了摘抄的习惯，碰到喜欢的诗或者句子就会抄下来背。就这样，这两个良好的习惯被她一直保持到了现在。如此长年累月积淀下来，她的诗词储备量已逾千首。

这些诗词最终都化作精神上的骨与肉，伴随着她的成长，指引着她的人生方向。因而，当她迷茫困惑时，不再无所适从；当她疲倦不堪时，不再无处安歇；当她前行乏力，耐力消磨殆尽时，不再无处填补……这些她都可以从她从小热爱的古诗词中找到依靠，在与古人的对话中，找到古今相通的解答。

④ 去世：离开尘世，这里指离开中国。

⑤ 法舟轻：意为因佛法高明，乘船归国，将会一路顺利。法舟，指受佛法庇佑的船。

⑥ 禅观：寺院。

⑦ 梵声：念佛诵经的声音。

⑧ 一灯：佛家用语，比喻智慧。一灯，双关，以舟灯喻禅灯。

【赏析】

唐朝时中日之间来往密切，日本派出大量遣唐使到中国学习，每次五六百人之多，回国后全面推广唐代文化，实现“全盘唐化”，许多僧人也为中日文化交流做出了巨大贡献。诗人送别的是日本僧人，精妙地采用了佛家术语，如“随缘”“法舟”“禅观”“梵音”“一灯”。诗人通过这首诗赞美了日本僧人千里迢迢，仍乘风破浪传播交流文化的大无畏精神，也赞美了僧人高尚的品格。

孤雀横江图

元，赵雍，美国纽约大都会艺术博物馆藏

作赋吟诗空自好[1]

从小就对诗词有着浓厚兴趣的王越彤，终究割舍不下对于文学的热爱，因而考大学的时候，果断选择就读牡丹江师范大学文学院。

在大学里，拥有不同兴趣爱好的同学可以自由组合，组建多种多样的社团组织。王越彤也加入了校园诗社，诗社定期组织社员以诗会友，相互切磋交流。她喜欢跟在诗社里志同道合的朋友分享自己的读诗体会，相互传阅各自写的诗作。

王越彤写过一首咏怀李煜的词《浪淘沙·怀重光》，算是自己比较满意的。“晓梦莫深究，凤阙重楼，便欣作未破金瓯。却看金陵成地府，不忍淹留。

违命亦为侯，几载悠悠，故国不见正言愁。清泪一掬寻不见，随水东流。”上阕写景铺陈，想象李后主登高远望，看到江山易主、故国不再的悲痛掩泣。下阕抒情感怀，化用李煜的名篇《虞美人》[1]，李煜的愁绪一咏三叹，表现得淋漓尽致。

写诗是她长年累月诵读古诗词之后，诗词乐趣的延续，是对诗词知识的一次检视，也是一种情感的抒发。如今的时代，古体诗早已不再是人们叙事抒情的主流表达方式，文学体裁的门类和花样层出不穷，情感宣泄和寄托的途径也是多种多样。王越彤的坚持不是为了写出流芳百世的诗篇，仅仅是自己对于古典诗词美感的一份坚守和执念。

虞美人[1]

【五代】李煜

春花秋月何时了？往事知多少。小楼昨夜又东风，故国不堪回首月明中。

雕栏玉砌应犹在，只是朱颜改。问君能有几多愁？恰似一江春水向东流。

【注释】

① 虞美人：原为唐教坊曲，得名于项羽的宠姬虞姬。

② 雕栏玉砌：指远在金陵的南唐故宫。砌，台阶。

【赏析】

中国古代写“愁”的诗词很多，人活得越长，人生会有越多的感慨。对于生命的无力感也就越多，就会有“愁”。这是人生的一部分，让人生特别丰富。“愁”有很多种，李煜属于亡国之愁。“愁”又不可解，不可解的东西也是人生的一部分。其实李煜的词就是如此。李煜早年人生阅历不丰富的时候，在小朝廷当皇帝时写的词中，艳词也不少。一旦破国亡家，沦为臣子，他有了“愁”，李煜词的境界忽然上升了。磨难锻炼人。生活中这些磨难，反而会让生命感受更丰富，人生境界更高。

（蒙曼）

---

1 《酹江月·夜凉》【宋】黄升

西风解事，为人间、洗尽三庚烦暑。一枕新凉宜客梦，飞入藕花深处。冰雪襟怀，琉璃世界，夜气清如许。划然长啸，起来秋满庭户。　应笑楚客才高，兰成愁悴，遗恨传千古。作赋吟诗空自好，不直一杯秋露。淡月阑干，微云河汉，耿耿天催曙。此情谁会，梧桐叶上疏雨。

力俭者富

静以修身，俭以养德

诫[1]子书

【三国】诸葛亮

夫[2]君子[3]之行，静以修身，俭以养德。非澹泊[4]无以明志[5]，非宁静[6]无以致远[7]。夫学须静也，才须学也，非学无以广才，非志无以成学。淫慢[8]则不能励精[9]，险躁[10]则不能治性[11]。年与时驰，意与日去，遂成枯落，多不接世[12]，悲守穷庐[13]，将复何及[14]！

【注释】

① 诫：劝诫，劝人警惕。

② 夫：段首或句首发语词，引出下文的议论，无实义。

③ 君子：品德高尚的人。

④ 澹泊：清静而不贪图荣华富贵，内心恬淡，不慕名利。

⑤ 明志：表明自己崇高的志向。

⑥ 宁静：这里指安静，集中精神，不分散精力。

⑦ 致远：实现远大目标。

⑧ 淫慢：放纵懈怠。淫，放纵。慢，懈怠。

⑨ 励精：尽心，专心，奋勉，振奋。

⑩ 险躁：冒险急躁，狭隘浮躁。

⑪ 治性：修养性情。治，修养。

⑫ 多不接世：大多对社会没有任何贡献。接世，接触社会，承担事务，对社会有益。

⑬ 穷庐：破败的房子；穷困潦倒之人住的陋室。

⑭ 将复何及：又怎么来得及。

【赏析】

这是诸葛亮晚年写给他八岁儿子诸葛瞻的一封家书，是诸葛亮一生经历的智慧总结，也是古代家训中的名作，更是修身立志的名篇。《三国演义》里有“三绝”，即曹操的“奸绝”——奸诈过人，关羽的“义绝”——义重如山，诸葛亮的“智绝”——智慧超群。诸葛亮被后人誉为“智慧之化身”，《诫子书》是诸葛亮对儿子的谆谆教导，自然也充满了智慧之语。这篇文章主旨是劝勉儿子勤学立志，修身养性要从淡泊宁静中下功夫。细细品味这封家书，我们可以看出他对儿子人生之路的无限期望，舐犊情深，也给予了后人无穷的力量。

成由勤俭破由奢[1]

送东阳马生序（节选）[1]

【明】宋濂

同舍生皆被绮绣，戴朱缨宝饰之帽，腰白玉之环，左佩刀，右备容臭，烨然若神人；余则缊袍敝衣处其间，略无慕艳意，以中有足乐者，不知口体之奉不若人也。盖余之勤且艰若此。

【注释】

① 被绮绣：穿着美丽的丝绸衣服。被，通“披”，穿着。

② 缨：帽带。

③ 腰：腰佩。

④ 容臭：香袋，香囊，古代的一种民间刺绣工艺品。臭，气味，这里指香气。

⑤ 烨然：光彩鲜明的样子。

⑥ 缊袍敝衣：破旧的衣服。缊，旧絮。敝，破旧。

⑦ 略无慕艳意：毫无羡慕的意思。略无，毫无。慕艳，羡慕。

【赏析】

明洪武十一年（1378年），宋濂告老还乡的第二年，应诏从家乡浦江（今浙江省浦江县）到应天（今江苏省南京市）去朝见。同乡晚辈马君则前来拜访，宋濂写了这篇赠序，介绍自己的学习经历和学习态度，勉励后学晚辈珍惜现在的良好读书环境，以学有所成。

不是一番寒彻骨，争得梅花扑鼻香。事实上，宋濂本人也正是苦学成才的典型。

从小就懂事的王越彤，非常理解父母的艰辛，她一直尽己所能，为家里减轻一些经济上的负担。高中以前，她对自己花钱可以说是苛刻，绝不愿意向家里多要一分钱；上大学后，她开始利用课余时间，做各种兼职，发过传单，做过超市促销员，从没抱怨过。当同龄人还在互相炫耀和攀比物质上的富足时，她已经认识到这种虚荣心并不可取。

在大学里，一时心血来潮去找兼职做的冲动，是大多数家境一般的大学生都曾有过的想法。然而，能真正付诸实践，并长期坚持下来的，就寥寥无几了。王越彤身上最可贵的地方在于，她能以坚定的价值取向，支撑她战胜在做简单体力劳动时，作为“天之骄子”的大学生内心的“小自尊”。

这些端正的价值观的形成和确立，正是源自她喜爱的中华传统文化精粹——古诗文经典。令她印象尤为深刻的，是明初大儒宋濂的《送东阳马生序》。宋濂小时候，为了求学，在深冬的寒风大雪中前行，哪怕手脚冻得皴裂都没能阻止他求学路上前进的脚步。这份勤勉时常激励王越彤，哪怕条件再艰难，都不应退却。见到同住一起的人衣着光鲜，而自己穿着朴素，相形见绌时，她说：“同舍生皆被绮绣，戴朱缨宝饰之帽，腰白玉之环，左佩刀，右备容臭，烨然若神人；余则缊袍敝衣处其间，略无慕艳意，以中有足乐者，不知口体之奉不若人也。”[1]摒弃外在的奢华靓丽，返璞归

---

1 《咏史》【唐】李商隐

历览前贤国与家，成由勤俭破由奢。何须琥珀方为枕，岂得真珠始是车。

运去不逢青海马，力穷难拔蜀山蛇。几人曾预南薰曲，终古苍梧哭翠华。

真，去追求精神上的满足感，王越彤也找到了心中的“足乐者”，因而她并不因贫穷而自卑。她觉得凭借自己的辛勤去挣得自己所需，更加心安，也更有意义。

生活清贫，王越彤就勤工俭学，被病痛折磨，她就将磨难看作是对自己的考验。肉体可以接受折磨，内在的意志却是神圣不可侵犯的。在人生的旅途中，很多人会因为挫折和苦难变得失意消沉，从而一蹶不振。在王越彤这个姑娘身上，展现出了超常的坚韧品格，直面生活的痛苦，毫不妥协。“志当存高远”[2]，心当存澄洁。诗词陪伴着王越彤的成长，她将继续在学习诗词的路上不懈攀登。

叶嘉莹先生曾经说过：“中国古人作诗，是带着身世经历、生活体验，融入自己的理想志意而写的；他们把自己内心的感动写了出来，千百年后再读其作品，我们依然能够体会到同样的感动，这就是中国古典诗词的生命。所以说，中国古典诗词绝对不会灭亡。因为，只要是有感觉、有感情、有修养的人，就一定能够读出诗词中所蕴含的真诚的、充满兴发感动之力的生命，这种生命是生生不已的。”

在灯红酒绿、纸醉金迷的大都市生活久了的人，在电视上看到这样一个在古典诗词的浸润中成长起来的质朴无华的农家女孩，分享着似乎来自另一个世界的人的生活状态，是否也会勾起他们对于乡土和田园的想象与眷念，又是否会让他们重新思考勤俭朴素的传统美德与价值，以及物质富足之后提升精神和文化的相关问题。

宋濂自幼家境贫寒，但聪明好学，拜过多位名师，再加上持之以恒地刻苦学习，终成一代名家。他与高启、刘基并称为“明初诗文三大家”，刘基赞许他“当今文章第一”。

自古至今，苦读诗书一向为世人所提倡。十年窗下无人问，一举成名天下知。对于嗜学并且家贫的作者来说，家无藏书，也买不起书，只能借书抄书苦读，忍受饥寒奔走之苦，从而得以博览群书，可又担心无名师指点，常奔赴百里外，向前辈虚心求教。作者刻苦、勤奋的学习精神，谦恭、务实的学习态度，不由得令人肃然起敬。

作者并不因为衣食住行条件与“烨然若神人”的“同舍生”差距巨大而感到自卑，“略无慕艳意，以中有足乐者，不知口体之奉不若人也”，体现了他不怕艰苦、勤奋好学、安于贫贱、不慕富贵的精神。作者这种刻苦向学、乐以忘忧的学习态度，诚实守信、尊师重教的学习品质，以及对后生的热情关怀和谆谆教导的教育态度，即便到了今天，依然有着积极的借鉴意义。

诫外甥书[2]

【三国】诸葛亮

夫志当存高远，慕先贤，绝情欲，弃凝滞，使庶几之志，揭然有所存，恻然有所感；忍屈伸，去细碎，广咨问，除嫌吝，虽有淹留，何损于美趣，何患于不济。若志不强毅，意不慷慨，徒碌碌滞于俗，默默束于情，永窜伏于凡庸，不免于下流矣！

【注释】

① 慕先贤：仰慕和效仿古代的圣人。
② 凝滞：心思局限于某个范围；拘泥。
③ 庶几之志：接近或近似于先贤的志向。
④ 细碎：琐碎的杂念。

写意花卉纸本（局部）

清，吴昌硕，北京故宫博物院藏

⑤ 嫌吝：怨天尤人的情绪。

⑥ 淹留：滞留、逗留、迟缓。

⑦ 美趣：高尚的情趣。

⑧ 束于情：被欲念困扰。

⑨ 下流：地位微贱的人。

【赏析】

诸葛亮写给儿子的《诫子书》中，强调了“修身学习”的重要性，《诫外甥书》则阐述了“立志做人”的重要性。

“夫志当存高远，慕先贤”是讲一个人要有远大和高尚的志向，要尊崇古代先贤，以他们为榜样。然后要“绝情欲，弃凝滞”，不要沉缅于情欲，以免消磨自己的意志，要克服阻碍自己前进脚步的一切障碍。做到这些才可以“使庶几之志，揭然有所存，恻然有所感”，接近先贤的高尚志向，让他们的志向存留在自己身上，使自己内心有所寄托。拥有了立志的途径，那么实现理想的过程中，要做到“忍屈伸，去细碎，广咨问，除嫌吝”，能屈能伸，能忍耐曲折的境遇，去除琐碎的杂念，广泛地向别人请教咨询，吸取经验教训，心胸要开阔，除去猜疑和怨天尤人的情绪。这样就算遇见挫折，也不会使自己高尚的志趣受损，不必担心自己的理想达不到。最后作者警醒我们，如果没有坚毅的志向，没有开阔的思想，那么就会碌碌无为，沦为平庸没有出息的人。

一个人若缺乏志向，势必会庸碌无为，不可能成就一番大事业。清代儒将左宗棠有副对联：“发上等愿，结中等缘，享下等福；择高处立，寻平处住，向宽处行。”眼界广者其成就必大，眼界狭者其作为必小。眼界决定境界，如果没有开阔的眼界，很难做出大的事业。只有发上等愿望，择高处立，才能开阔我们的眼界。志向远大之人总有一天会干出惊天动地的宏图大业，而目光短浅之人永远只能是凡夫俗子。

第七章　孙东辉

种桃道士归何处？前度刘郎今又来

孙东辉，一位普普通通的交通厅工作人员，却有着不平凡的人生，两年时间内因为脑部病变三次进行开颅手术，这些经历不但没有压垮他，反而让他对人生、对诗词有了更深刻的理解和体会。诗词之于他，是战胜疾病、战胜自我，修身养性的最重要力量源泉。诗词于他而言，是一种修行，是自强不息的生命斗士精神的完美诠释。

再游玄都观[①]

【唐】刘禹锡

百亩庭中[②]半是苔[③]，桃花净尽[④]菜花开。

种桃道士[⑤]归何处？前度刘郎今又来。

【注释】

① 再游玄都观：唐宪宗元和十年（815年），刘禹锡在玄都观赏花写诗后，被贬出京，十四年后重被召回，故地重游后写下此篇。

② 百亩庭中：指玄都观百亩大的观园。

③ 苔：青苔。

④ 净尽：净，空无所有。尽，完。

⑤ 种桃道士：暗喻当时打击当年政治革新运动的当权者们。

【赏析】

刘禹锡能够“反其意而上”，达到超越，如“自古逢秋悲寂寥，我言秋日胜春朝”。被贬之后，过了好多年，好不容易回京了。可一回来立刻又写了《再游玄都观》，“前度刘郎今又来”，具有常人所达不到的坚持和韧劲。这种精神在韩愈和柳宗元身上也能看到，所以我们讲文人团体和文人精神，有时候一个人的支撑还不能体现一个时代的魅力，需要一群人的坚持，才能体现出一个民族、一个时代的一种文化魅力。（郦波）

柳暗花明

山重水复疑无路，柳暗花明又一村

游山西村

【宋】陆游

莫笑农家腊酒[1]浑，丰年留客足鸡豚[2]。
山重水复疑无路，柳暗花明[3]又一村。
箫鼓追随春社近[4]，衣冠简朴古风存。
从今若许闲乘月[5]，拄杖无时[6]夜叩门[7]。

【注释】

① 腊酒：腊月里酿造的酒。
② 足鸡豚：意思是准备了丰盛的菜肴。豚，小猪，诗中代指猪肉。
③ 柳暗花明：柳色深绿，花色红艳。
④ 箫鼓：箫与鼓。泛指乐奏。
⑤ 春社：古代把立春后第五个戊日作为春社日，拜祭社公（土地神）和五谷神，祈求丰收。
⑥ 闲乘月：有空闲时趁着月光前来。
⑦ 无时：不定时，即随时。

【赏析】

“山重水复疑无路，柳暗花明又一村”这两句很有名，因为它讲了一个哲理。这是中国古代哲理诗最常见的一种，读全诗感觉它算不上在说理，但它中间会有几句，含有很深刻的哲理。类似“不识庐山真面目，只缘身在此山中”，也体现了中国古代哲理诗最常见的一种形式：在叙事抒情中间插上两句哲理诗。还有另一种形式，是通篇咏物的，但它包含了哲理，那是更高的一个层次。（王立群）

江东子弟多才俊，卷土重来未可知

题乌江亭[1]

【唐】杜牧

胜败兵家事不期，包羞忍耻是男儿。
江东子弟多才俊，卷土重来未可知。

【注释】

① 乌江亭：在今安徽和县东北的乌江浦，相传为西楚霸王项羽自刎之处。《史记·项羽本纪》记载，“于是项王乃欲东渡乌江。乌江亭长檥船待，谓项王曰：‘江东虽小，地方千里，众数十万人，亦足王也。愿大王急渡。今独臣有船，汉军至，无以渡。’项王笑曰：‘天之亡我，我何渡为！且籍与江东子弟八千人渡江而西，今无一人还，纵江东父兄怜而王我，我何面目见之？纵彼不言，籍独不愧于心乎？’……乃自刎而死。”

② 包羞忍耻：容忍羞愧与耻辱。

③ 江东：自汉至隋唐称自安徽芜湖以下的长江南岸地区为江东。

④ 才俊：才能出众的人。

⑤ 卷土重来：比喻失败之后，重新又恢复势力。

【赏析】

咏史而不落俗套一直是杜牧诗的特点，这首诗是作者就议论战争成败之理，对历史上已有结局的战争进行一个大胆的推测。首句就点出胜败乃兵家常事，但关键在于怎样面对失败。次句阐明项羽遭受兵败无法面对、羞愧自刎，算不上真正的男子汉。曾经不可一世的西楚霸王直到死前都没有认识到自己的问题，愧对“英雄”的称号。最后两句其实是对史实的假设，虽后世评价项羽无颜见江东父老表现了他的气节，但是也客观反映了他刚愎自用的

2017 年，《中国诗词大会（第二季）》第二场的舞台上，走来了一位谦谦君子。他就是孙东辉。孙东辉穿着一身干练笔挺的西装，大病初愈的消瘦面容，隐藏不住他胸有成竹的自信。他以一句“种桃道士归何处，前度刘郎今又来”霸气登场，艳惊四座。

孙东辉的开场词一度还让主持人误以为他之前参加了《中国诗词大会（第一季）》节目，但孙东辉表达的意思却是原先的那个我又回来了。近两年的时间里，他先后做了三次头部手术，但这些病痛的经历并没有影响到他，头脑当中的诗词一首也没有少，而且病也痊愈了。在轻描淡写提及自己的生命经历后，他清楚地认识到，自己来到的是一个诗词竞技舞台，因此只想依靠自己的真实水平来答题，并不希望凭借自己的坎坷经历来博取同情。孙东辉来参加比赛，最主要的目的其实是给 9 岁的可爱儿子孙效瑜树立榜样，因为他每天都在教儿子背诗、学诗，希望通过这个节目，更加激发儿子学习诗词的热情，给他敢于挑战自我的勇气。

一上场，他就以不俗的实力，一路高歌猛进，一口气答对了全部九道题，不仅能轻松给出答案，而且能将整首诗、作者和诗背后的典故从容道来，自信霸气。最后一题，百人团中只要有超过二十一人答错，他就可以后来居上，从个人追逐赛环节脱颖而出。然而运气欠佳，本轮只有十七人答错，最终孙东辉仅以 4 分的微弱差距，惜败于北京大学女博士陈更。尽管如此，谁也不会怀疑孙东辉

的实力。临走前，孙东辉仍不忘嘱咐儿子加油背诗，希望成为儿子的榜样，“孙效瑜，没关系，‘卷土重来未可知’[1]”，他挥一挥手，潇洒离场。

未能进入下一个环节飞花令，孙东辉感到有点遗憾，但他觉得没有关系，自己一定还会再回来的。在他离场时，主持人董卿送去了美好的祝福：“我也相信凭你的实力一定会再回到我们的舞台。我相信你儿子这会儿坐在电视机前一定会说爸爸很棒。你已经做到了你想要做的，成为孩子的一个榜样，无论是在学习上，还是在生活上，我觉得你都是一个值得尊敬的父亲形象。”

果然，第六场他就以答题正确率最高、速度最快冲出了百人团，杀入“飞花令”环节。无巧不成书，正好对手又是陈更。双方就主题字“夜”展开了激烈角逐，你来我往。有趣的是，温婉的陈更吐露清新婉约的诗词，孙东辉就以豪放激昂的风格与之相对。现场双方大战十八回合，最终孙东辉惜败于紧迫的时间限制上。连点评嘉宾郦波老师都惊呼：“他们两个人（真行），我脑袋都空了。”虽然挑战失败，但正是由于有了孙东辉这样的对手，才让这次“飞花令”对决精彩绝伦，惊艳四座。

虽然孙东辉总共出场的次数并不多，但他精彩的答题过程，引经据典的过硬实力，镇定自若的临场表现，还是让人印象深刻。其实，这样的实力和气度背后，还有着一个感人的生命故事。

一面。假设他能面对现实，“包羞忍耻”，忍辱负重，未来的结局未可知。“卷土重来未可知”是全诗的题眼，在对项羽的结局惋惜、批判、讽刺之时，阐明了“败不馁”的道理，颇具积极意义。

柳岸江洲图（局部）

清，王翚，天津艺术博物馆藏

兴在趣方逸，欢馀情未终 1

望江南[1]

【五代】李煜

多少恨，昨夜梦魂中。还似旧时游上苑，车如流水马如龙。花月正春风。

【注释】

① 望江南：原唐教坊曲名，后用为词牌名。又名《忆江南》《梦江南》《江南好》等。

② 梦魂：古人认为在睡梦中人的灵魂会离开肉体，故称“梦魂”。唐代刘希夷《巫山怀古》中有句“颓想卧瑶席，梦魂何翩翩。”

③ 上苑：封建时代供帝王玩赏、打猎的皇家园林。

④ 车如流水马如龙：意思是车子接连不断像流水一样驰过，马匹络绎不绝像一条龙一样走动。形容车马络绎不绝，十分繁华热闹。袁宏《后汉纪・孝章皇帝纪》上记载：“建初二年（马）太后诏曰：‘吾万乘主，身服大练，食不求甘，左右旁人无香熏之饰，衣但布帛，如是者欲以身率服众也……前过濯龙门上，见外家车如流水马如龙。吾亦不谴怒之，但绝其岁用，冀以默愧其心。’”

⑤ 花月正春风：形容春天鲜花怒放，春夜月光明朗，春风微拂的情景，描绘春光的明媚。花和月，泛指美好的景色。

孙东辉，吉林长春人，1978 年出生于一个普通的工薪家庭。孙东辉从小酷爱读书，从小学到高中，每逢寒暑假，都要阅读大量文史类课外书，是个勤学好问、记忆力惊人的孩子。

孙东辉的诗词启蒙老师是他的高中语文老师，来自吉林省敦化市实验中学的王庆春老师，同时也是他的班主任。王老师只带过他一年语文课，却为孙东辉播下了热爱诗词的种子。王老师每次上课前，就会在黑板上板书一首诗，仔细讲解之后，要求学生背诵。一年下来，学生能积累约三百首诗词。在孙东辉眼里，王老师个子不高，但一站到讲台上谈论起诗词来，便立刻让人觉得风度翩翩，长身玉立，成为学子们崇拜的偶像。其实，当所教出来的学生有了出息时，很多老师恐怕会自谦，那都是“无心插柳柳成荫”，但准确说来，其实应该是春风化雨润无声。从那时起，孙东辉对诗词的热爱一发而不可收，并一直保持到了现在。如今王老师已经故去十多年，孙东辉依然非常想念这位诗词路上的引路人。

孙东辉大学学的是法律，最终获得了法律硕士学位，毕业后到吉林省交通运输厅公路管理局法规处工作，成为了省公路管理系统法律专家，曾负责起草《吉林省公路条例》及其释义编纂。一

1《秋夜宿龙门香山寺奉寄王方城十七丈奉国莹上人从弟幼成令问》【唐】李白

朝发汝海东，暮栖龙门中。水寒夕波急，木落秋山空。望极九霄迥，赏幽万壑通。目皓沙上月，心清松下风。玉斗横网户，银河耿花宫。兴在趣方逸，欢馀情未终。凤驾忆王子，虎溪怀远公。桂枝坐萧瑟，棣华不复同。流恨寄伊水，盈盈焉可穷。

般人们很难将理性严谨的现代法律人和风花雪月的古典诗词联系起来，而我们在孙东辉身上找到了二者的完美结合。在业余生活中，孙东辉凭着对诗词的兴趣和坚持不懈地努力，涉猎了大量诗词经典，能背诵的诗词竟达两千多首，还可以把它们的来龙去脉、背后典故、作者经历等娓娓道来。

这样的成果靠的就是坚持。孙东辉每天都会抽出一点时间背诵诗词，而且是题目、作者、诗词内容全部背诵。背诵时间不长，每天就半小时或一小时。他的经验是不能间断，一旦间断就会有惰性；所以要保持每天都在背诵的状态、重在坚持，没有任何取巧的办法。他说，身边有的人曾经也想学他背诗，但他们往往心血来潮一天背十首八首，然后十天半个月不看，其实最后的结果就是"零"。所以，想要有效地背诗，必须坚持不懈。

孙东辉学习诗词时，尤其注重活学活用。这些诗词常会用在日记中，用在他写的文章当中，不仅能使他的文字增光添彩，还有助于牢记这些诗词，而不是满足于死记硬背。如果路上遇到堵车，在朋友圈抱怨，便会想到李煜《望江南》中的"还似旧时游上苑，车如流水马如龙"[1]；一边喝茶一边招待客人，他会想到苏东坡《望江南·超然台作》中的"且将新火试新茶"[2]；喝酒时则又借诗抒情："兰陵美酒郁金香，玉碗盛来琥珀光。但使主人能醉客，不知何处是他乡。"[3]记者来采访他，他送给记者一句杜甫《宾至》中的"岂有文章惊海内，漫劳车马驻江干"[4]。

当与朋友就一个话题争执不下时，还可以引用一句古诗词反驳他，反驳完就可以完全不理他。想一想朋友一下子哑口无言、呆若木鸡的样子，

【赏析】

该词是李煜亡国被囚后的作品，全篇仅仅二十七个字，但内容、寓意不言而喻。首句"多少恨"直抒胸臆、开门见山。接着"昨夜梦魂中"，将哀怨悔恨之由点出却不说破。后面第三、四、五句将梦境中的情境描绘出来。梦境当中李煜仍是那南唐后主，游览上苑时满朝文武大臣、后妃宫娥随行，一路上春光明媚，人流如织，正所谓"梦里不知身是客，一晌贪欢"。这里化用袁宏《后汉纪·孝章皇帝纪》中马皇后诏中指斥外戚奢华的一句话"见外家车如流水马如龙"，似乎也在字里行间流露出李煜对自己当年安于奢丽、偏于闲逸生活的悔恨之意。然而，黄粱一梦里有多惬意，现实中就有多悲戚，怎能不"花落水流红，闲愁万种，无语怨东风"。这种"正面不写，写反面"的艺术手法将作者的亡国之痛表现得深刻且回味，语言含蓄却震撼。

望江南·超然台作[2]

【宋】苏轼

春未老，风细柳斜斜。试上超然台上看，半壕春水一城花。烟雨暗千家。

寒食后，酒醒却咨嗟。休对故人思故国，且将新火试新茶。诗酒趁年华。

【注释】

① 超然台：筑在密州（今山东诸城）北城上，登台可眺望全城。
② 壕：护城河；沟。
③ 寒食：节令。旧时清明前一天（一说两天）为寒食节。
④ 咨嗟：叹息、赞叹。
⑤ 故国：这里指故乡、家乡。
⑥ 新火：唐宋习俗，清明前两天起，禁火

三日。节后另取榆柳之火称“新火”。

⑦ 新茶：新采制的茶叶，气味香烈，为世人所推崇。

【赏析】

这是苏轼在宋神宗熙宁九年（1076年）于密州任上的一首词作。作者感怀良多，触动相思，有感而发。该词在原来单调《望江南》的基础上增加了一叠，故为双调。上阕写登台时所见春景，斜柳、楼台、春水、城花、烟雨等景致依次铺叙，寥寥几笔，烟雨中的千家万户跃然纸上。下阕触景生情，“休对”“且将”几番思量，将作者有家难回、有志难酬的无奈与怅惘委婉描摹，同时亦是一番自我安慰和开解。于是，“诗酒趁年华”以自娱。全词始终围绕“超然”二字，且“超然”之气扑面而来。

客中作[3]

【唐】李白

兰陵美酒郁金香，玉碗盛来琥珀光。
但使主人能醉客，不知何处是他乡。

【注释】

① 客中：指旅居他乡或外国。唐代孟浩然《早寒江上有怀》诗：“我家襄水上，遥隔楚云端。乡泪客中尽，孤帆天际看。”

② 兰陵：今山东省临沂市兰陵县；一说位于今四川省境内。

③ 郁金香：散发郁金的香气。郁金，一种香草，用以浸酒，浸酒后呈金黄色。唐代卢照邻《长安古意》诗：“双燕双飞绕画梁，罗帏翠被郁金香。”

④ 玉碗：玉制的碗，亦泛指精美的碗。

⑤ 琥珀：一种树脂化石，呈黄色或赤褐色，色泽晶莹。这里形容美酒色泽如琥珀。

⑥ 但使：只要。

⑦ 醉客：让客人喝醉酒。醉，使动用法。

真让人忍俊不禁。当然背诗也有些技巧，就是掌握格律、对仗、平仄，掌握了这些，音韵的感觉自然就出来了。比如说“雨里鸡鸣一两家，竹溪村路板桥斜”，想不起来“村路”这两个字的时候，根据上句，下句的第四个字肯定要放仄声字，就会想到“村路”。参加《中国诗词大会（第二季）》期间，有一位百人团的成员问他：“《游园不值》中的‘春色满园关不住，一枝红杏出墙来’[5]，到底是‘春色满园’还是‘满园春色’？”开始他也发蒙，但是考虑到平仄，如果是“满园春色”就不符合平仄规律了。掌握了平仄规律，培养一种音韵的感觉，比如“平平仄仄仄平平”或者“仄仄平平仄仄平”等等，背诗就容易些了。

兴趣才是最好的老师。无论做任何事情，只有你发自内心真正喜欢了，热爱了，你才会有坚持下去的源源动力，并且乐在其中。《三字经》中曾经说过：“头悬梁，锥刺股。彼不教，自勤苦。”当然，读书有苦也有乐。阅读的快乐并不在于人家告诉了你什么，而在于你陶醉其中，心灵得以舒展，心有所得。对于爱书者而言，读书是世界上最有乐趣的事情。清代学者萧抡谓有诗云：“一日不读书，胸臆无佳想。一月不读书，耳目失清爽。”诗词学习与背诵，对于孙东辉来说，也正是这种感觉。

丰富的积累，让他经常即景生情，联想起那些相对应的古诗词。当看到“箫鼓追随春社近，衣冠简朴古风存”时，他会畅想古时候过春社日时的淳朴风俗；当读到“桑柘影斜春社散，家家扶得醉人归”时，他会想到古时候的劳动人民在祭祀土地神祈求丰收时，喝醉了酒被亲朋好友们搀扶着回家的场景；“鸡声茅店月，人迹板桥霜"[6]，则会让他想到古时交通不便，出门在外的游子不得不"未晚先投宿，鸡鸣早看天"，引起思乡愁绪。此外，他已习惯了弄清诗词背景，尤其是反映诗人之间友谊的，交情不错的诗人之间，那时多有应和之作，比如白居易与元稹。李白在《闻王昌龄左迁龙标遥有此寄》中写道："杨花落尽子规啼，闻道龙标过五溪。我寄愁心与明月，随风直到夜郎西。"[7]读了这首诗，就大致可以了解李白与王昌龄之间的友情了。

孙东辉会背诵诗词，也会原创诗词。事实上，他一直笔耕不辍。他曾经写过一组诗叫《东山清辉戏赠唐才子百首》。东山清辉是他的网名，在这组诗中，孙东辉点评了唐朝百名诗人，每首诗根据诗人的诗词风格、生平行状、逸闻趣事，为他们每人量身赋诗一首，展示了他深厚的文化功底。"戏赠"，是因为这些诗词创作素材有些是花边新闻。其实，古人作诗时，也多有戏赠之作，体现了至交之间的真情实话与深情厚谊。

身教甚于言传，孙东辉爱好诗词的良好习惯也熏陶着儿子。才读三年级的儿子，对诗词同样兴趣十足，如今已会背两百多首诗词。或许受了诗词启蒙老师的影响，孙东辉也会将诗抄在小黑板上，让儿子背诵，但并不强求背会的时间，重要的是学以致用，内化于心，涵养自己的气质与修养。正如孙东辉所言，诗词对于孩子未来学习成长大有好处，适当引用，会使作文更加出彩，即便没有具体引用哪句诗词，字里行间也自有诗意。诗词使儿子作文大有进步，还有几次被推荐上《小学生作文》广播节目上面去朗读作文。

【赏析】

远在他乡写离别，乡愁是古诗文的传统主题，李白却一反传统，抒写了诗人身虽为客却乐观洒脱的情感。"兰陵美酒郁金香，玉碗盛来琥珀光。"首句就点出诗人的作客地点，并将美酒与之相连，将远在异乡为异客的凄楚情绪一扫而空，反而有点享受当下的意味。有好友陪伴，有美酒尽兴，并非不思恋故乡，但乡愁没有那么的浓烈。正因为这种心态，所以"美酒、玉碗"这些看起来都是那么生动和美丽，故而"但使主人能醉客，不知何处是他乡"了。这首诗作于盛唐时期，李白的性格又豪放不羁，造就了这首极盛时期充分反映当时气象的作品。

宾至[4]

【唐】杜甫

幽栖地僻经过少，老病人扶再拜难。
岂有文章惊海内，漫劳车马驻江干。
竟日淹留佳客坐，百年粗粝腐儒餐。
不嫌野外无供给，乘兴还来看药栏。

【注释】

① 经过：这里指来访的人。
② 文章：这里指诗歌。
③ 漫劳：空劳。
④ 江干：江边，江畔，这里指杜甫住处。
⑤ 淹留：长期逗留，羁留。
⑥ 百年：犹言终身，一生。
⑦ 粗粝：即糙米。
⑧ 药栏：药圃的栏杆。这里借指药圃中的花药。

【赏析】

这首诗是诗人会晤尊而不亲的客人后所作，通篇暗含嘲讽之意。第一、二句先写等客之状，因为幽居地偏所以甚少人到访，但忽然听到有人来，言语之间暗喻应酬之苦。第三、四句写惊讶之情，嘲讽自己的文章哪劳动得访客如此兴师动众。第五、六句写款待客人时的情境，尽力安排还是多有不周之处，自谦的同时还有自伤的意思。第七、八句致歉怠慢之处并邀请客人再来，但并不以“文”相交而是以“花”相许，暗含嘲讽之意。通篇将杜甫虽然贫穷但有骨气的性格展现得淋漓尽致。

游园不值[5]

【宋】叶绍翁

应怜屐齿印苍苔，小扣柴扉久不开。
春色满园关不住，一枝红杏出墙来。

【注释】

① 游园不值：想游园没能进门。值，遇到。不值，没得到机会。

② 应怜：大概是感到心疼吧。应，表猜测。怜，怜惜。

③ 屐齿：屐底的齿，指足迹，游踪。屐是木鞋，鞋底前后都有高跟儿。

④ 小扣：轻轻地敲门。

⑤ 柴扉：用木柴、树枝编成的门。扉，门扇。

【赏析】

这首诗虽然小，但能够显现出宋诗的特点，即诗中要讲道理。唐诗有“飞流直下三千尺，疑是银河落九天”，读过诗后便想去看瀑布。但读过苏轼“横看成岭侧成峰，远近高低各不同。不识庐山真面目，只缘身在此山中”后，并没有去庐山的冲动，而是陷入了沉思。李白、苏轼二人写庐山，一个是性情的庐山，一个是思考的庐山。本诗其实写了一件极小的事，想到别人家里去，主人家觉得春天到了，草地绿油油的，怕人踩坏。诗人却想虽不能进入，但依然能看见春天，“春色满园关不住，一枝红杏出墙来”。

（康震）

商山早行[6]

【唐】温庭筠

晨起动征铎，客行悲故乡。
鸡声茅店月，人迹板桥霜。
槲叶落山路，枳花明驿墙。
因思杜陵梦，凫雁满回塘。

【注释】

① 商山：山名，又名尚阪、楚山，在今陕西省商洛市东南山阳县与丹凤县辖区交汇处。作者曾于大中（唐宣宗年号，847—860年）末年离开长安，经过这里。

② 动征铎：震动出行的铃铛。征铎，车行时悬挂在马颈上的铃铛。铎，大铃。

③ 槲：陕西省山阳县生长的一种落叶乔木。叶子在冬天虽枯而不落，春天树枝发芽时才落。每逢端午用这种树叶包出的槲叶粽也成为了当地特色。

④ 枳花明驿墙：枳花鲜艳地开放在驿站墙边。枳，也叫“臭橘”，一种落叶灌木或小乔木。春天开白花，果实似橘而略小，酸不可吃，可用作中药。明，使……明艳。驿墙，驿站的墙壁。驿，古时候递送公文的人或来往官员暂住、换马的处所。

⑤ 因思杜陵梦：因而想起在长安时的梦境。杜陵，地名，在长安城南（今陕西西安东南），古为杜伯国，秦置杜县，汉宣帝筑陵于东原上，因名杜陵，这里指长安。作者此时从长安赴襄阳投友，途经商山。

⑥ 凫雁：凫，俗称野鸭。雁，大雁，一种候鸟，春往北飞，秋往南飞。

⑦ 回塘：岸边曲折的池塘。

【赏析】

晚唐时期，温庭筠的名气比不上李商隐。但是一个文人，写诗不一定要写得多。“鸡声茅店月，人迹板桥霜”，即便只有这两句，也足以在诗词史上留下他的名字。中国古代最伟大的诗人都有一个特点：他们的思维都是画面思维，如果是现在都能当导演。像“鸡声茅店月，人迹板桥霜”，将直观的画面拼接在一起，生发出无限的想象力，给我们展现出一个完整的三维式的生活面貌。

（康震）

唐朝的驿站以富丽堂皇著称，但驿站主要招待官员，而且是在交通要道上才设有驿站。像温庭筠这样，不走官家途径，就只能是“鸡声茅店月”了。这样的一个小客栈，本身就很像家，但它又不是家，很简陋、很凄惶的场所，更容易勾起人的乡愁。

（蒙曼）

闻王昌龄左迁龙标遥有此寄[7]

【唐】李白

杨花落尽子规啼，闻道龙标过五溪。
我寄愁心与明月，随风直到夜郎西。

【注释】

① 王昌龄：唐代诗人，天宝（唐玄宗年号，742—756 年）年间被贬为龙标县尉。

② 左迁：贬谪，降职。古人尊右卑左，因此把降职称为左迁。

③ 龙标：古地名，唐朝置县，今湖南省黔阳县。

④ 子规：杜鹃鸟，相传其啼声哀婉凄凉。

⑤ 闻道龙标过五溪：龙标，诗中指王昌龄，古人常用官职或任官之地的州县名来称呼一个人。五溪，是雄溪、樠溪、酉溪、沅溪、辰溪的总称，在今湖南省西部。

⑥ 随风直到夜郎西：夜郎，汉代中国西南地区少数民族，曾在今贵州西部、北部和云南东北部及四川南部部分地区建立过政权，称为夜郎。唐代在今贵州桐梓和湖南沅陵等地设过夜郎县。这里指湖南的夜郎（在今新晃侗族自治县境，与黔阳邻近）。李白当时在东南，所以说“随风直到夜郎西”。

【赏析】

古代的鸟可以入诗。有鸿雁“拣尽寒枝不肯栖”的清高，有“子规啼”的悲凄。子规是什么？就是杜鹃鸟。据说这种鸟，每次叫的时候像是悲叫。“闻道龙标过五溪”，王昌龄往南走，但是内心恋着皇上和宫廷，所以像子规鸟一样，向北啼叫。“子规”是意象烘托，中国古代语言之美有很多方面，在不同时候和不同场合用不同意象。“杨花落尽”和“子规”啼叫，用得恰到好处，让人能联想起好多典故和好多情景来。读一首诗，心中涌现出无限的意象，这就是中国古诗的美。

（蒙曼）

李白是不同凡响的诗人。“狂风吹我心，西挂咸阳树”，这是怎样非凡的想象力，才能想到心跟着风、跟着明月？遥想大唐，那是怎样一个非凡的时代！每个诗人都拥有空前的想象力和表达力，每当他们想到要表达这种感情，就有无限的句式来供他们驱使。我想，即便他们没有高官，没有厚禄，但他们的精神世界也比任何一个时代都丰富。

（康震）

李白写的诗，感觉像说出的白话一样，但是他的诗歌中的感情很深；看起来没有雕饰斧凿的痕迹，但其中所含的深情，却是一般人很难达到的境界。

（王立群）

赠刘禹锡

【当代】孙东辉

久历朝中诸圣颜，焉能不解语防闲。
振衣拂袖远谪去，绝胜苟活桃树间。

赠柳宗元

【当代】孙东辉

同谪远去上孤舟，一片寒鸦晚更愁。
虽似飘蓬身至柳，清风高义到播州。

赠白居易

【当代】孙东辉

我共微之访醉吟，清溪几曲入山深。
酒酣且试飞云履，驰啸九天清碧心。

赠李贺

【当代】孙东辉

天帝新成白玉京，尚诚邀我篆文铭。
区区进士人间事，岂配劳心鬼斧工。

赠韦应物

【当代】孙东辉

不识诗书三卫郎，恃强暮窃美娇娘。
顽痴年少糊涂事，断尽滁州刺史肠。

杜鹃啼血

可堪孤馆闭春寒，杜鹃声里斜阳暮

踏莎行·郴州旅舍

【宋】秦观

雾失楼台[①]，月迷津渡[②]，桃源望断无寻处[③]。可堪[④]孤馆闭春寒，杜鹃[⑤]声里斜阳暮。

驿寄梅花[⑥]，鱼传尺素[⑦]，砌成此恨无重数。郴江幸自绕郴山，为谁流下潇湘去？

【注释】

① 雾失楼台：暮霭沉沉，楼台消失在浓雾中。

② 月迷津渡：月色朦胧，渡口迷失不见。

③ 桃源望断无寻处：拼命寻找也看不见理想的桃花源。桃源，语出晋陶渊明《桃花源记》，指生活安乐、合乎理想的地方。

④ 可堪：怎堪，哪堪，即怎能受得了，哪能禁得住。

⑤ 杜鹃：鸟名，传说杜鹃昼夜悲鸣，啼至血出乃止，常用以形容哀痛之极。

⑥ 驿寄梅花：陆凯《赠范晔诗》：“折花逢驿使，寄与陇头人。江南无所有，聊赠一枝春。”这里作者是将自己比作范晔，表示收到了来自远方的问候。

⑦ 鱼传尺素：汉乐府诗《饮马长城窟行》中有“客从远方来，遗我双鲤鱼。呼儿烹鲤鱼，中有尺素书”。另外，古时舟车劳顿，信件很容易损坏，古人便将信件放入匣子中，再将信匣刻成鱼形，美观而又方便携带。“鱼传尺素”成了传递书信的代名词。这里也表示接到朋友问候的意思。

【赏析】

这首词是秦观被贬郴州后的作品，由于是在被贬处州之后的再度被贬，又适逢晚年，哀苦凄厉之感不言而喻。开篇首句“雾失”“月迷”将重重浓雾、朦胧月色的幻景描述出来，接着“桃源”自然让人联想到陶渊明的《桃花源记》，那片乐土人皆向往但现实中无迹可寻。继而连用“孤馆”“春寒”“杜鹃”“斜阳”等寂寥之辞引人生悲。下阕“驿寄梅花，鱼传尺素”，连用两则有关友人投寄书信的典故，道尽远方友人的致意和安慰。心中的悲愤想一吐为快但不能说透，于是化实为虚，借山水一问：“郴江幸自绕郴山，为谁流下潇湘去？”感慨自己深陷政治漩涡、有志难平。

垂死病中惊坐起，暗风吹雨入寒窗[1]

长恨歌（节选）[1]

【唐】白居易

骊宫高处入青云，仙乐风飘处处闻。
缓歌慢舞凝丝竹，尽日君王看不足。
渔阳鼙鼓动地来，惊破霓裳羽衣曲。
九重城阙烟尘生，千乘万骑西南行。
翠华摇摇行复止，西出都门百馀里。
六军不发无奈何，宛转蛾眉马前死。
花钿委地无人收，翠翘金雀玉搔头。
君王掩面救不得，回看血泪相和流。
黄埃散漫风萧索，云栈萦纡登剑阁。
峨眉山下少人行，旌旗无光日色薄。
蜀江水碧蜀山青，圣主朝朝暮暮情。
行宫见月伤心色，夜雨闻铃肠断声。
天旋地转回龙驭，到此踌躇不能去。
马嵬坡下泥土中，不见玉颜空死处。
君臣相顾尽沾衣，东望都门信马归。
归来池苑皆依旧，太液芙蓉未央柳。
芙蓉如面柳如眉，对此如何不泪垂？
春风桃李花开日，秋雨梧桐叶落时。

【注释】

① 骊宫：指骊山的华清宫。骊山在今陕西临潼。

② 凝丝竹：指歌舞紧扣乐声。丝竹，指弦乐器和管乐器。

③ 渔阳：唐玄宗天宝元年（742年）改蓟州为渔阳郡，治所在渔阳（今天津市蓟州县）。当时属于平卢、范阳、河东三镇节度使安禄山的辖区。

2014年，一次意外打破了孙东辉平静的生活：他被诊断出脑动脉瘤出血。脑动脉瘤是一种血管瘤，不是肿瘤，平时无任何病征，但是一旦破裂就极其凶险，会造成脑出血，危及生命。而孙东辉的脑动脉瘤就破裂了，形成了脑溢血。脑溢血这个名词，在此之前孙东辉对它的认识还一直停留在字面上，完全没有想到有一天自己也会和它联系上。在医院里，当CT结果出来，确诊之后，他被告知需要做开颅手术。那一刻，孙东辉才感到事态的严重性。他委托同事在一边照看孩子，自己悄悄对妻子说：“你和孙效瑜要好好地生活……”只这一句，孙东辉一时语塞，心底犹如翻江倒海，千言万语竟无从说起。

很快，孙东辉就要迎来第一次手术。这次手术是最重要，也是最危险的，而恰恰这次手术之前他最不紧张。在手术之前他甚至还和医生护士开玩笑，指着自己的头脑说：“医生，我这里面装了诗词2000首，手术之后会不会一下都没了？”最终，这次手术相当成功。术后孙东辉被推进了ICU（重症监护室），要在这里度过相当难熬的24小时。因为刚刚苏醒，全无睡意，动不了，伤口又隐隐作痛，孙东辉感到无所适从。就在这时候，他突然冒出一个想法——何不自我检测一下自己的记忆力还在不在？这好像是此时此刻唯一能做的事了。于是乎，《长恨歌》[1]《琵琶行》《春江花月夜》《代悲白头翁》——

1 《闻乐天授江州司马》【唐】元稹
残灯无焰影幢幢，此夕闻君谪九江。垂死病中惊坐起，暗风吹雨入寒窗。

专挑长诗，孙东辉一遍遍地在头脑中过起来。第一首是《长恨歌》，当默背到“行宫见月伤心色，夜雨闻铃肠断声”的时候，他就已经能确定自己的记忆力还在了。但因为实在没有别的事可做，就继续一首一首地背，直到迷迷糊糊地渐渐有了困意。在半睡半醒之间，他收到通知可以出ICU病房了，终于又见到了亲人们，倍感欢欣！医生为了确认他的记忆力还在，手术之后还让他背一背《春江花月夜》，结果他一连背出了好几句，大家这才放心了。

术后第三天，孙东辉不幸出现刀口感染，直接的后果是每天夜里都要忍受高烧和疼痛，而本来半个月就可以出院的时间延长到了四十多天，每天都是度日如年。2015年农历新年前夕，孙东辉终于出院了。在这次出院之后，他对生命有了更多的思考。有时候诗词就是这样，意思可能很好理解，但所要表达的情感和意境只有亲身经历过才能体会。

④ 鼙鼓：小鼓和大鼓，此处借指战争。鼙，一种军用小鼓。汉以后又名骑鼓。此借指战争。

⑤ 霓裳羽衣曲：舞曲名，初名《婆罗门曲》，据说为唐开元年间西凉节度使杨敬述所献，经唐玄宗润色并制作歌词，改用此名。乐曲着意表现虚无缥缈的仙境和仙女形象。

【赏析】

唐宪宗元和元年（806年），白居易任盩厔县（今陕西省周至县）县尉，结识了陈鸿与王质夫，并成为了好友。这年冬天，三人同游仙游寺，有感于唐玄宗和杨玉环的生死离别故事，白居易写下了《长恨歌》，陈鸿则为此诗撰写了一篇《长恨歌传》。二者反映的内容都是唐玄宗李隆基与杨玉环的爱情悲剧，前者为叙事长诗，属于诗歌，后者为唐传奇，属于小说，可谓相得益彰，但《长恨歌》脍炙人口，流传千古，而《长恨歌传》知道的人则不多，影响远不及《长恨歌》。

二者虽然反映同一个主题，但《长恨歌传》语言比较客观，侧重于叙述，重在描写生前李隆基与杨玉环二人的欢娱及死后道士招魂，讽刺的意味更加强烈。而《长恨歌》虽然也有讽刺之意，但对二人爱情悲剧的同情因素远远地超过了讽刺，抒情意味更浓，富有浪漫色彩。无论是贵妃入宫还是李杨欢娱、玄宗相思、贵妃致词，都显得缠绵悱恻，荡气回肠，尤其是唐玄宗避难途中回到宫中后的刻骨相思，更是浓墨重彩，占到了全诗三分之二的篇幅，达到的客观效果则是读者往往深爱其“风情”，而忘记了“戒鉴”之意。

白居易的《长恨歌》将帝王与后妃之间的爱情悲剧，加以艺术的提炼，使诗中所赞美的爱情，获得了普遍的意义，具有很高的审美和艺术价值，震撼人心，打动了无数人。

万里悲秋常作客，百年多病独登台

登高[1]

【唐】杜甫

风急天高猿啸哀，渚清沙白鸟飞回。
无边落木萧萧下，不尽长江滚滚来。
万里悲秋常作客，百年多病独登台。
艰难苦恨繁霜鬓，潦倒新停浊酒杯。

【注释】

① 登高：诗题一作《九日登高》。古代农历九月九日有登高习俗。本诗作于唐代宗大历二年（767 年）秋天的重阳节。

② 啸哀：指猿的叫声凄厉。

③ 渚清沙白鸟飞回：渚，水中的小洲；水中的小块陆地。鸟飞回，鸟在急风中飞舞盘旋。回，回旋。

④ 无边落木萧萧下：落木，指秋天飘落的树叶。萧萧，草木摇落声。

⑤ 万里悲秋常作客：万里，指远离故乡。常作客，长期漂泊他乡。

⑥ 百年：犹言一生，这里借指晚年。

⑦ 艰难苦恨繁霜鬓：艰难，兼指国运和自身命运。苦恨，极恨，极其遗憾。苦，极。繁霜鬓，增多了白发，如鬓边着了霜雪。繁，这里作动词，增多。

⑧ 潦倒：衰颓，失意。这里指衰老多病，志不得伸。

⑨ 新停：刚刚停止。杜甫晚年因病戒酒，所以说“新停”。

【赏析】

这首诗是杜甫非常有名的一首七律。杜甫诗中用“浊酒”的比较多，李白诗中用“清酒”的比较多。浊酒劣质一点，而清酒好一点。这一方面可能是经济条件的原因，但还存在另一种说法：诗人自己的感受对“清酒” 和“浊酒”写作影响比较

出院大概三个月后，发生了一件让孙东辉难以接受的事。有一天，手术的刀口附近渗液，他去医院检查，被告知之前的感染未好，已侵蚀到颅骨，需要做颅骨置换！而且要分两次做，第一次清创移除，第二次植入人造颅骨，两次手术之间至少要间隔半年。其实和之前的那次手术比起来，这两次手术只能算是小手术，但是，对于当时的孙东辉来说，打击比第一次还要大得多，这大概是由于人普遍有一个心理预期，当事情超出预期时，心理便很难接受。而当时孙东辉的心理预期是自己已经快康复了，应该要恢复正常生活了，却突然遭此变故，一时间无法接受。就如《笑傲江湖》里的令狐冲练过吸星大法之后，以为自己体内的异种内力已经消失，过后才知道原来那只是表面现象，实际非但没好，反而加重了，需要修炼《易筋经》才能彻底解决问题。孙东辉的眼前一片昏暗。

很快，他就不得不接受再次手术。在上手术台之前，他想起了杜甫的一句诗：“万里悲秋常作客，百年多病独登台。”[1]只是，诗圣长年漂泊在外，老病孤愁，登上高台思念故乡，孙东辉则是因病登手术台。手术还算成功，但术后创口迟迟未能愈合，足足在医院住了一个多月，也直接导致了第三次人造颅骨植入手术时间的延后。接下来，他不得不接受自己颅骨少了一块的现实。失去了一块颅骨的保护，外貌影响倒还在其次，关键在于人时刻都会缺少安全感。为此，他戴着一条发带来遮挡头部的塌陷，但实际上只能起到遮挡的作用，并不能安全防护，心理安慰大于实际效果。

山水册页（局部）

清，萧云从，北京故宫博物院藏

大。比如说李白的诗《行路难》，“金樽清酒斗十千，玉盘珍羞直万钱”。他把酒写成清酒，但“清酒”前有金樽，纯金的酒杯盛满清酒，价值十千即一万，后有玉盘，即珍贵的盘子，珍羞，佳肴。李白和杜甫的性格不一样，写诗的时候，即使喝的浊酒也要写成清酒，杜甫即使喝到清酒时，也可能写成浊酒。不必拘泥于词的字面，而应探究诗中包含的诗人自己对待生活的感知。这首诗杜甫是要表达自己苦闷的心情，所以他才说“潦倒新停浊酒杯”。凡是类似“清酒和浊酒”的解读要特别小心，说清酒未必都是清酒，说浊酒也未必都是浊酒。

（王立群）

烦疴近消散，嘉宾复满堂[1]

洗儿诗[1]

【宋】苏轼

人皆养子望聪明，我被聪明误一生。
惟愿孩儿愚且鲁，无灾无难到公卿。

【注释】

① 鲁：迟钝，笨拙。

② 公卿："三公九卿"的简称，泛指高官。三公九卿始设于夏朝，周代沿袭，"公"即是周代封爵之首，"卿"是古时高级长官或爵位的称谓。

【赏析】

这首诗虽然只有短短四句，但的确是苏轼遭受仕途大挫后的反思，故而语言虽然戏谑却是言之有因。

在人才辈出的宋代，苏轼在诗、文、词、书、画等许多方面均取得了登峰造极的成就，一生融儒、释、道于一体，是中国历史上罕见的文学和艺术全才。出身于书香门第，天赋异禀的苏轼，可谓一举成名，少年得志，名闻海内，并顺利进入仕途。可惜，满腹才华的苏轼，在官场上却并不顺利，屡受排挤，甚至险些丢掉性命。他一生坎坷艰辛，大部分时间流放在外，甚至被贬到天涯海角的儋州。苏轼因反对王安石新法，又在诗文中讥讽"新进"，被对方构陷入狱。一场"乌台诗案"，震惊朝野，幸有元老重臣营救，加上太皇太后干预，苏轼才免得一死，贬谪黄州。

在黄州期间，侍妾朝云为苏轼生下一个男孩，《洗儿诗》即为此男孩而作。刚刚经历一场大磨难，诗人"惟愿孩儿愚且鲁，无灾无难到公卿"，一点都不难理解。

整整一年之后，他才在北京接受了第三次手术。所幸手术进展顺利，他的右上额装上了一块钢板，孙东辉终于可以完全恢复正常的生活了。

与病魔做斗争的几年生命斗士经历，使得孙东辉感慨良多，正如他在节目中所说："杜甫写过'多病所需唯药物'，我在生命过程当中的体会是，人在重病的时候需要两种药物，一种是医学上的药物，还有一种就是精神力和意志力方面的药物，而对于我来说，诗词就是我的第二种药物。"

在第二场正式答题前，孙东辉送给百人团选手一句诗："集贤学士如堵墙，观我落笔中书堂。"当第六场孙东辉在"飞花令"较量惜败于陈更之后，未能更进一步，进入其后的擂主争霸赛甚至年度总决赛，但他也非常坦然："鬓霜饶我三千丈，诗律输君一百筹。"

在生病之前，孙东辉在电视上曾看到过诗词节目，他感到特别惊喜，因为他之前虽然喜欢诗词，每天都读诗、背诗，但从来没想过还有机会用这种方式玩转诗词。当时他虽然想过要参加，但没有果断行动。然而当身处病重之时，他思考了很多。人生短暂，如果自己想做的事情却没能去做，岂不是太遗憾？应该趁着还有力量，把自己的心愿完成。于是出院之后他毫不犹豫地报了名。

经过此番大劫，孙东辉依然能迅速拾起生活的信心和勇气，凭借的正是长期的古诗词的浸染和熏陶。今人和古人之间，虽有时空的鸿沟，但

1《郡斋雨中与诸文士燕集》（节选）【唐】韦应物

兵卫森画戟，宴寝凝清香。海上风雨至，逍遥池阁凉。烦疴近消散，嘉宾复满堂。自惭居处崇，未睹斯民康。

面对的生活困境和内心的感受却是相通的。孙东辉喜欢从记录着古人的生活经历和感悟的诗词中，寻得一份慰藉和启示。优美典雅的韵律，加上意蕴深远的内涵，总能让这位刚刚经历过病痛折磨的中年人重拾希望。

孙东辉曾由衷感慨，很多时候，人只有经历了类似的事，才能真正理解一首诗的精髓。比如苏轼写过一首非常浅白的诗："'人皆养子望聪明，我被聪明误一生。惟愿孩儿愚且鲁，无灾无难到公卿。'[1]诗意很简单，稍微有点文学素养的人一看就懂了。但若想要真正理解这首诗的精髓，就不那么容易了，你首先得是有孩子的人，其次是还和孩子一起经历过一些事情后，才能完全理解苏轼这首诗的意思。我之前不理解，体会不到写这首诗的心境和精髓。"

他喜欢诗仙李白的那句"长风破浪会有时，直挂云帆济沧海"，雄浑开阔的气势中蕴藏着砥砺前行的信念和志向；他喜欢读苏轼《定风波》中那句"竹杖芒鞋轻胜马，谁怕？一蓑烟雨任平生"，豪放恣意的潇洒之中，是睥睨困境、不畏艰难的不凡气度；他也喜欢刘禹锡的"沉舟侧畔千帆过，病树前头万木春"，仿佛描述的就是自己此刻的状态，虽然拖着"病体"，但依然坚信"万木春"的生意盎然就在前方不远处；他更喜欢宋朝诗人蔡格的"逆境须同顺境宽，熟仁坚志这中观"[3]，要正确对待一时的成败得失，处优而不养尊，受挫而不短志，使顺境逆境都能成为人生的财富，而不是人生的包袱。

《中国诗词大会（第二季）》第二场比赛太过精彩，四位选手实力都很强，全都答完了九道题。

"公卿"还是要当的，只是希望"无灾无难"而已；"愚且鲁"不过是件外套，大智若愚才是内核。不锋芒毕露，就不会经历"木秀于林，风必摧之"一类的悲剧。苏轼此愿，实在是有感而发，绝非无病呻吟。

然而，世事难料，佳愿难如。写过《洗儿诗》不过十个月，苏轼又给小儿作了一首悼诗，题曰《去岁九月二十七日，在黄州，生子遁，小名干儿，颀然颖异。至今年七月二十八日，病亡于金陵，作二诗哭之》。全诗如下：

其一

吾年四十九，羁旅失幼子。
幼子真吾儿，眉角生已似。
未期观所好，蹁跹逐书史。
摇头却梨栗，似识非分耻。
吾老常鲜欢，赖此一笑喜。
忽然遭夺去，恶业我累尔。
衣薪那免俗，变灭须臾耳。
归来怀抱空，老泪如泻水。

其二

我泪犹可拭，日远当日忘。
母哭不可闻，欲与汝俱亡。
故衣尚悬架，涨乳已流床。
感此欲忘生，一卧终日僵。
中年忝闻道，梦幻讲已详。
储药如丘山，临病更求方。
仍将恩爱刃，割此衰老肠。
知迷欲自反，一恸送馀伤。

纪晓岚品评苏轼的诗时，不时可见苛语，曾批评《洗儿诗》"此种岂可入集？"而读到"归来怀抱空，老泪如泻水"二句，还是不由得感叹"住得沉痛"。

山居十三首（其九）[3]

【宋】蔡格

逆境须同顺境宽，熟仁坚志这中观。

英雄何限经坷坎，一片精光本自完。

【注释】

① 熟仁：中国文化意蕴极深的儒家传统，意指化“仁”为德性、德行，化“仁”为做人、做事、做官、做学问的基本原则，通过对“仁”的活学活用，达到“仁熟”的最高境界。

② 坚志：心志坚定。

③ 坷坎：即坎坷。

④ 精光：崇高精神的光辉。

【赏析】

《菜根谭》上有言：“布衣暖，菜根香，读书滋味长。”人的才智和修养只有经过艰苦磨炼才能获得，正所谓“嚼得菜根，百事可做。”一个人成熟的过程正是经历逆境的过程，一个人成材的过程也正是战胜逆境的过程。《菜根谭》上还说过：“居逆境中，周身皆针砭药石，砥节砺行而不觉；处顺境中，眼前尽兵刃戈矛，销膏靡骨而不知。”逆境如良药，会在不知不觉中磨砺人的品行节操；顺境似刀刃，不经意间消磨人的斗志。

人生有顺境也有逆境，不可能处处是逆境；人生有巅峰也有谷底，不可能处处是谷底。因为顺境或巅峰而趾高气扬，因为逆境或低谷而垂头丧气，都是浅薄的人生。真正的人生需要磨炼。面对挫折，如果只是一味地抱怨、生气，是一种消极、愚蠢的表现。视野大的人，心胸就会更加开阔。心有多远，你就能走多远。胸怀大志的人，崎岖的路也会变成坦荡。

其实，人生在世，无论遭逢顺境逆境，都需要保持心态的平和，胜不骄，败不馁。英雄不问出身，许多英雄豪杰的事业，都是在不断的挫折与坎坷之中成就的。

欣赏陈更，诗意开场，气质恬静，学霸技巧，柔中带刚。欣赏李浩源，阳光果敢，满满自信，定力十足，不卑不亢。特别欣赏姜闻页，如兰如松，如水如雪，淡定闲适，静雅端庄。尤其欣赏姜闻页在离场途中，听到主持人董卿夸赞，停下脚步，转身朝向董卿，那种知书达礼，书卷芬芳，在如今浮躁的年轻人中实属罕见。欣赏孙东辉，不自弃，敢抗争，不服输，敢争强。最终，孙东辉仅以 4 分之差，不敌陈更，未能进入接下来的“飞花令”环节。

孙东辉的故事深深打动了在场每一个人，他是真正在用自己的生命来背诗词！他的诗词储备量令人惊叹，而他的冷静、平和，也如诗词一般通透豁达。主持人董卿感动地说：“孙东辉今天站在这里，虽然声音不大，个头也不壮实，但是我们能感受到他内在的一种力量。”

以诗为药

采药归来，独寻茅店沽新酿

点绛唇

【宋】陆游

采药[1]归来，独寻茅店沽新酿[2]。暮烟[3]千嶂[4]，处处闻渔唱。

醉弄扁舟[5]，不怕黏天浪[6]。江湖上，遮回[7]疏放[8]，作个闲人样。

【注释】

① 采药：采集药物，亦指隐居避世。

② 新酿：新酿造的酒。

③ 暮烟：傍晚的烟霭。

④ 嶂：高而险峻的山峰。

⑤ 扁舟：小船。

⑥ 黏天浪：连天的波浪。

⑦ 遮回：这回，这一次。

⑧ 疏放：任性而为，不受拘束。

【赏析】

这首词写于陆游遭弹劾罢职还乡，闲居山阴之时。全词通过描写作者采药归来、寻找酒店（沽酒、买酒、喝酒、醉酒）、暮烟千嶂、渔舟唱晚、醉弄扁舟（荡舟、弄舟、划船）等场景，既流露出作者村居生活的闲适洒脱之感，但也隐隐透露出作者怀才不遇、无力报国的愤懑无奈之情。

表面上看来，词中所描绘的情景，显示了作者的闲适与自得其乐，悠哉乐哉，但我们都知道，陆游是以爱国诗人而著称于世，外表的“醉”只是表象与假象，实则隐含着他内心的“忧”，即忧国忧民。“处处闻渔唱”与杜牧《泊秦淮》诗中的“商女不知亡国恨，隔江犹唱后庭花”有异曲同工之妙。悠闲、潇洒、无拘无束的乡居生活背后，却是作者壮志难酬的严峻现实，结尾“作个闲人样”颇有一番自我解嘲的意味，洒脱中满含沉郁和悲愤。

旧俗方储药，羸躯亦点丹[1]

春夜喜雨[1]

【唐】杜甫

好雨知时节，当春乃发生。
随风潜入夜，润物细无声。
野径云俱黑，江船火独明。
晓看红湿处，花重锦官城。

【注释】

① 好雨知时节：说雨知时节，是一种拟人化的写法。
② 红湿处：雨水湿润的花丛。
③ 花重：花沾上雨水而变得沉重。
④ 锦官城：古代成都的别称，也可简称为锦城。

【赏析】

杜甫是唐代最温厚的诗人。“春夜喜雨”为什么“喜”？因为来得是时候。“好雨知时节，当春乃发生”，雨在春天最需要的时候来，而且来的方式温柔——“随风潜入夜”。不是白天下大雨，让人“上不了班”，而是晚上大家都安睡了，悄悄进入村庄。“润物细无声”，不是下冰雹，不是下瓢泼大雨，把庄稼都打坏了，而是细细的春雨，滋润万物。这样的雨，在晚上，在春夜，在我们最需要它的时候来到。就好像我们最需要老师的时候，最需要一个人引导我们的时候，听到了温润的话语一样。杜甫写的虽然是雨，但是用意在人。因此这首诗经常被人们用来比喻教化人生，润物心田。“诗圣”写出来的诗真是令人感动。（康震）

在孙东辉眼里，诗词就是他战胜疾病、战胜自我、修身养性的最重要的力量源泉。

在病痛期，诗词填补了他大量的空隙时间，充实了他的心灵，带给了他精神上的满足。于他而言，诗词就是他的药物。在病床上他不断地背诵，不断地默想，他想到最多的除了“种桃道士归何处？前度刘郎今又来”外，还有“千磨万击还坚劲，任尔东西南北风”。他反复思考，对这些诗词有了切身的理解，找到了许多共鸣。这样的安静沉淀，让他的生命更深刻了。

一些观众听说孙东辉的经历之后，称呼他为“生命斗士”，起初他并不是太喜欢这个称号，因为它让人感觉有点儿惨，其实现实没那么严重，但后来他也接受了这个称号，毕竟它能给人带来积极的正能量。

孙东辉更看重的，是诗词对人修身养性方面潜移默化的影响。他认为，学诗的过程就像是一种修行，修成自身的修养和更加丰富的精神世界。书读得多了，了解古人的微言大义之后，无疑对人平时的一言一行会有“润物细无声”[1]的影响。日常的谈吐、行为，也许没刻意想到哪句古诗词，但会自然而然地按着其中的行为准则去做。

孙东辉曾经获得过某档诗词类文化节目的冠军，上演了“草根”的完美逆袭，也由此结识了一些爱好诗词的朋友，还获得了许多综艺类节目的

1《乙卯重五》【宋】陆游
重五山村好，榴花忽已繁。粽包分两髻，艾束著危冠。
旧俗方储药，羸躯亦点丹。日斜吾事毕，一笑向杯盘。

邀请，但孙东辉只参加了《中国诗词大会》，因为这是个诗词类的节目。场上是对手，定要拼个高下，场下还是朋友，不妨把酒言欢！孙东辉与其他选手建了微信群，经常会在群里玩飞花令、射覆之类的诗词游戏。当然，也会有些遗憾，他曾说过："最大的遗憾是很多诗词如果是在台下，我可以把来龙去脉、包括背后的典故、作者的经历都说出来，在台上有时候一时间想不起来那么多，那些题我是答对了，但是在台上我可能来不及把背景娓娓道来，感觉展示得不够全面。"

在获奖感言中，他曾经如此感慨："我常常在想，如果有几个这样的节目，共同形成我们一个总体的社会导向，那么使得每一个社会团体里，就都能多几个性情高洁之人，而少几个阿谀奉承之徒、蝇营狗苟之辈。果能如此，善莫大焉！"从中我们可以感受到，浸淫古人高洁思想境界已久的孙东辉，也是一位刚正不阿、高风亮节之士。在浮躁的现代社会中，他的这种坚持和呼声难能可贵。

雨洗山根图轴（局部）

清，髡残，北京故宫博物院藏

雪虐风饕愈凛然，花中气节最高坚[1]

上堂开示颂[1]

【唐】黄蘗禅师

尘劳迥脱事非常，紧把绳头做一场。
不是一翻寒彻骨，争得梅花扑鼻香。

【注释】

① 上堂开示颂：上堂开示时作的偈颂。“上堂”和“开示”是指佛门的住持、首座等高僧大德上法堂为弟子及信众讲演经法，所作的启发性训示。一般皆为富于禅理含有机锋的话语，也常常会夹以韵语偈句。“颂”即偈颂，或称偈子，因为大多是诗的形式，又名偈诗。

② 尘劳迥脱：超脱尘世的烦恼。尘劳，佛教徒谓世俗事务的烦恼，泛指事务劳累或旅途劳累。迥脱，远离，指超脱。

③ 紧把绳头做一场：像牧牛人紧紧抓住绳头驯服顽牛一样来修养心性，下一番工夫。紧把绳头，紧紧抓住牧牛的绳头，这里是引用佛教典故。佛教常以牛比心，以牧人喻修行者，来表现佛门弟子“调伏心意”的禅修过程。佛经云“譬如牧牛之人，执杖视之，不令纵逸，犯人苗稼”，是“牧牛”说的起源。

【赏析】

在这堂讲经说法中，黄蘗禅师告诫弟子与信众，参禅悟道必须要下苦工夫，不能临渴掘井。要珍惜光阴，凡事处处留心，总有一天会“忽然心花顿发，悟佛祖之机”。最后，黄蘗禅师念出了这首偈颂。梅树经历了寒冬的考验，才能开出馨香扑鼻的梅

艰难的经历赋予孙东辉的，不仅是意志的坚强，还有他一直以来崇尚的气节，一如他非常喜欢的陆游所作的《梅花绝句》。在艰难中，诗词给了他力量，成为他无尽安慰的源泉。经历病痛归来，使他愈发坚强勇敢，也对人生有了一份更加豁达的态度和深沉的智慧。

“不是一翻寒彻骨，争得梅花扑鼻香。”[1]人生总有挫折，唯有经历艰难，才能磨炼出美好的品格。毛虫只有经过破茧的疼痛，才能蜕变成美丽的蝴蝶；梅花只有经受住刺骨寒风，才能在枝头傲然绽放。在忍耐中，请君勿忘，人生还有诗意。在物欲膨胀的当下，快节奏高压力的生活中，在各种艰难险阻间，我们需要精神支柱的支撑，需要心灵的洗礼。我们要使自己在嘈杂的大环境下安静沉淀，具有从容不迫之色，获得永不言弃之志，就得从内在上进行修练，其中一条捷径就是多读诗词。“熟读唐诗三百首，不会作诗也会吟”，诗词是中华民族文化的瑰宝，也体现着华夏五千年的人杰地灵，沉浸其中，久而久之定会习得其中体现的志趣性情。从“洛阳亲友如相问，一片冰心在玉壶”[2]的品性纯洁，到“青山遮不住，毕竟东流去”[3]的百折不回，再到“粉身碎骨全不怕，要留清白在人间”[4]的大义凛然……让我们徜徉诗词的海洋，拾取那份涤荡心灵、隽永非凡的坚韧和高洁。

---

1 《落梅二首（其一）》【宋】陆游

雪虐风饕愈凛然，花中气节最高坚。过时自合飘零去，耻向东君更乞怜。

山水十开（局部）

明，蓝瑛，台北故宫博物院藏

花。梅花凌寒而开的生长特征，常被用来比喻不屈不挠、不畏艰难的人格特性。禅师以梅花为喻，要求弟子与信众意志坚定、刻苦修行，只有经历过困苦磨难，才能最后达到大彻大悟的境界。“不是一翻寒彻骨，争得梅花扑鼻香”，虽然原本是为劝诫佛门弟子修行而作，但也蕴含深刻的人生哲理，从而成为后世广为传颂的励志名句，用来表示只有经过一番艰苦的磨炼，才能有所成就。

芙蓉楼送辛渐二首（其一）[2]

【唐】王昌龄

寒雨连江夜入吴，平明送客楚山孤。
洛阳亲友如相问，一片冰心在玉壶。

【注释】

① 芙蓉楼：原名西北楼，在润州（今江苏省镇江市）西北。登临可以俯瞰长江，遥望江北。

② 寒雨连江夜入吴：寒雨，秋冬时节的冷雨。连江，雨水与江面连成一片，形容雨很大。吴，周朝诸侯国名，这里泛指江苏南部、浙江北部一带。江苏镇江一带为三国时吴国所属。

③ 平明：天亮的时候。

④ 客：指作者的好友辛渐。

⑤ 楚山：楚地的山。这里的楚也指南京一带，因为古代吴、楚先后统治过这里，所以吴、楚可以通称。

⑥ 冰心：比喻纯洁的情操。

⑦ 玉壶：道教概念，妙真道教义，专指自然无为虚无之心。

【赏析】

当时王昌龄被贬官在南京，他在镇江送朋友辛渐回洛阳，并让朋友给亲友捎话，“一片冰心在玉壶”，意思是我虽然被贬

官了，但是没有做任何的亏心事。要是官员都能说这句话，何其幸甚！（蒙曼）

芙蓉楼有两处，一处在江苏镇江，一处在湖南洪江。王昌龄此诗写于江苏镇江的芙蓉楼。（郦波）

中国有很多表示修身品格的诗句，如“落红不是无情物，化作春泥更护花”“生当作人杰，死亦为鬼雄”，中国儒家思想对知识分子影响非常大，中国古代的文人深受影响。他们往往在诗歌中间，用多种方式来表示自己的人格修为。（王立群）

菩萨蛮·书江西造口壁[3]

【宋】辛弃疾

郁孤台下清江水，中间多少行人泪！西北望长安，可怜无数山。

青山遮不住，毕竟东流去。江晚正愁余，山深闻鹧鸪。

【注释】

① 造口：一名皂口，在江西省万安县南六十里。

② 郁孤台下清江水：郁孤台，今江西省赣州市城区西北部贺兰山顶，又称望阙台，因“隆阜郁然，孤起平地数丈”得名。清江，赣江与袁江合流处旧称清江。

③ 长安：今陕西省西安市，为汉唐故都。此处代指宋都汴京。

④ 愁余：使我发愁。余，一作“予”。

⑤ 鹧鸪：鸟名。传说其啼声凄苦，极容易勾起旅途艰险的联想和满脸的离愁别绪。

【赏析】

“余”这个字现在有好几个版本，但最初的版本应该是“予以”的“予”，表达“我”的意思。“青山遮不住，毕竟东流去。江晚正愁余，山深闻鹧鸪”中，“鹧鸪”很有意思，它是南方的鸟，古代《异物志》里也记载它“栖至淮南”，它不飞到北方来，所以叫“但南不北”。鹧鸪的声音很有意思，南方很多鹧鸪叫，古人就拟声为“行不得也哥哥”。

辛弃疾是一个绝世的天才，后人评价辛弃疾的这首《菩萨蛮》不得了，说这首词代表了辛弃疾此时的志向。鹧鸪喻指朝廷里那些反对北伐的主和派。鹧鸪的叫声和它的习性，在这里都激起辛弃疾内心的愁闷。“江晚正愁余，山深闻鹧鸪”，鹧鸪在最后点得特别好。（郦波）

石灰吟[4]

【明】于谦

千锤万凿出深山，烈火焚烧若等闲。
粉身碎骨全不怕，要留清白在人间。

【注释】

① 石灰吟：赞颂石灰。吟，吟颂，也指古代诗歌体裁的一种名称。

② 千锤万凿：无数次的锤击开凿，形容开采石灰非常艰难。

③ 若等闲：好像很平常的事情。若，好像、好似。等闲，平常，轻松。

④ 清白：指石灰洁白的本色，也比喻高尚的节操。

【赏析】

“要留清白在人间”中“清白”是双关语，既是石灰的白，也是品行的纯洁。（董卿）

于谦非常了不起。朝廷靠他主持局面，他没有屈服于瓦剌的压力，坚持扶持新皇帝上台，并且打败了瓦剌的入侵，保住了大明江山，这是于谦政治上的功绩。在诗中，于谦非常了不起的地方在于，他不但写了一个最白的东西——石灰，并且“要留清白在人间”；他还写过最黑的东西——煤。他说“但愿苍生俱饱暖，不辞辛苦出山林”。一个人做官做到“但愿苍生俱饱暖”的境界，做人做到“要留清白在人间”的境界，这个人无论是做官还是做人都是第一等的。（蒙曼）

诗词索引

第一章　冯子一

第二章　陈更

第三章　刘泽宇

第四章　曹中希

第五章　白茹云

第六章　王越彤

第七章 孙东辉

《中国诗词大会》电视节目主创人员

出　品　人　聂辰席
总　监　制　魏地春　张　宁
总　策　划　阚兆江　姚喜双　景　临
总　导　演　颜　芳
执行总导演　刘　磊
现场导演　王　珊　贺　玮
学术顾问　周笃文　钟振振　康　震　李定广
题库专家　莫道才　方笑一　李小龙　李南晖　江　英　刘青海　辛晓娟　李天飞
电视策划　邓　武　秦　翊　冷　凇　靳智伟　韩骄子
切换导演　殷鹤鸣
前期导演　汪　震　王萍萍　姚习昕　董宇卓　刘　敬　徐永洁　李思琪　易雅楠　叶一倩　李维天　陈丹霞　黄若茜　邹高艺　徐　派　彭钟男
后期剪辑　邓　肯　李　刚　张冰倩　魏　迪　李小双　胡淑冕　刘　班　张嘉麟　尹霞飞　王金新　徐　斌
选手导演　任琳娜　张迎迎　李　晨　刘　吉　卢海琦　武欣欣　纪润璇
外拍导演　曲大林　王　烨　赵伟行　杨海晨
配　　音　吴　疆
技术监制　智　卫
技术协调　栗小斌
美术设计　吕金明　吴　广

美术制作	景建农　孟　禹　徐　冰　王　杰
视频制作	李真源　王山甲　林帝浣
评分系统	沈豪杰　李　杰
大屏幕	阿　包
摄像	许兴海　何旭刚　张　宇　刘　皓　李虎军
灯光设计	曲国军
灯光制作	童仪德　曲东辉
视频技术	盛　楠　廖森波
音频技术	刘　旭
音乐制作	达　达
后期视频技术	李小龙　张济羽
化妆	韩　鎏　王　楠
新媒体监制	钱　蔚　罗　琴　晋延林　宋维君
新媒体执行	赵军胜　刘　铭　黄丽君　马　桦　石　岩　田楚韵　张曦健
宣传推广	陈　忠　于　淼　胡云龙
统筹	张广义　闫　东　容　宏　张　艳　吕通义
节目编排	洪丽娟　王立欢　赵津菁　翟　环　张学敏　贾　娟　朱宏展
责编	王志刚　谢　智
制片	贾同杰　李春涛　贾志超　吴　泽　孙阅涵　侯佳丽　张　丹
监制	王新建

主办单位 中央电视台

联合主办单位 共青团中央

国家语言文字工作委员会

鸣谢 上海市语言文字工作委员会

共青团广东省委员会

共青团四川省委员会

秦皇岛市教育局

秦皇岛山海关区政府

中华书局

湖南大学

陕西师范大学

北京师范大学中华传统文化学科交叉平台

北京语言大学研究生院

上海商学院

中国农业银行

网络支持 央视网

图书在版编目（CIP）数据

中国诗词大会．诗词的力量／《中国诗词大会（第二季）》节目组编著．-- 北京：北京联合出版公司，2018.12

ISBN 978-7-5596-0609-9

Ⅰ．①中… Ⅱ．①中… Ⅲ．①古典诗歌－诗歌欣赏－中国②词(文学)－诗歌欣赏－中国－古代 Ⅳ．①I207.2

中国版本图书馆CIP数据核字(2017)第132817号

中国诗词大会　诗词的力量

ZHONGGUOSHICIDAHUI　SHICIDELILIANG

《中国诗词大会(第二季)》节目组 编著

策划统筹： 北京一灵文化
责任编辑： 喻静
策划编辑： 郑斌、付佳、高芳、李冰
书籍排版： 蔡丹丹
封面设计： 蔡牧原
内文版式： 白峻瑜、蔡牧原

出　　版： 北京联合出版公司出版
（北京市西城区德外大街 83 号楼 9 层 100088）
发　　行： 北京联合天畅文化传播公司发行
经　　售： 新华书店经销

印　　刷： 北京华联印刷有限公司
规　　格： 710 毫米 ×1000 毫米　1/16
印　　张： 12
字　　数： 180 千
版　　次： 2018 年 12 月第 1 版　2018 年 12 月第 1 次印刷
书　　号： 978-7-5596-0609-9
定　　价： 49.80 元